Annales 2021

Sujets & corrigés

Histoire-Géographie
Enseignement moral et civique 3e

Grégoire Pralon
Professeur certifié, collège Beaumarchais (Paris)

Laure Genet
Professeur certifié, Cité scolaire Henri-Wallon (Aubervilliers)

Pascal Jézéquel
Agrégé d'histoire et de géographie
ESPÉ de l'Académie de Créteil

Nathan

PRÉSENTATION

Ces *Annales ABC du Brevet* ont été conçues pour vous aider à préparer efficacement la nouvelle épreuve d'Histoire-Géographie et d'Enseignement moral et civique du **Brevet 2021**. Vous y trouverez les sujets du **Brevet 2019** et des **sujets inédits** rédigés par nos auteurs et conformes au nouveau programme du collège qui entre en application en septembre 2017.

Les épreuves du Brevet

→ **En juin 2021**, l'examen du Brevet sera constitué de :
– **4 épreuves écrites** : Mathématique – Français – Physique-Chimie-SVT-Technologie – Histoire-Géographie-EMC ;
– **1 épreuve orale.**

→ Nous proposons dans ce titre **2 sujets complets** de la **2de épreuve.**

→ Ces sujets ont été rédigés selon les instructions du ***B.O.* du 8 avril 2016.**

47 sujets d'Histoire-Géographie-EMC corrigés

→ **Tous les types de sujets proposés au nouveau Brevet** sont traités : exercice 1, exercice 2 et exercice 3.

→ Et en plus, **3 sujets** pour préparer l'épreuve orale.

Un classement thématique

→ L'organisation de l'ouvrage suit la **progression du nouveau programme officiel** appliqué à la rentrée 2016 et couvre l'intégralité des thèmes.

→ **Le sommaire détaillé** permet de choisir un exercice se rapportant à la notion à approfondir.

Une analyse détaillée de chaque sujet

→ **Une rubrique *Les clés pour réussir*** pour bien analyser et comprendre l'énoncé avant chaque corrigé.

→ **Un corrigé détaillé** et **entièrement rédigé**, conforme à l'examen.

Des compléments indispensables et pratiques

→ **L'Infos-Brevet** : un dossier complet pour aborder la nouvelle épreuve.

→ **Des fiches de révisions et de méthode** pour retenir les points-clés.

→ **Un lexique** des termes à connaître.

Et en plus, une offre numérique innovante

→ **Gratuitement** avec ce livre, **un abonnement au site abcbrevet.com** vous est offert. Vous y trouverez des exercices et des fiches de révisions, des sujets d'annales.

→ Grâce à l'**application gratuite Nathan live**, flashez les pages de votre ouvrage pour avoir accès à **des ressources supplémentaires en direct** :
- des sujets supplémentaires en flashant la couverture de l'ouvrage ;
- des exercices de révision, QCM, textes à trous... (p. 237) ;
- les fiches de révision adaptées aux DYS (p. 241-257).

Nathan live!

(!) L'application nécessite une connexion Internet

COMMENT FAIRE ? C'EST FACILE !

1. Téléchargez l'application gratuite **Nathan live** disponible dans tous les *stores* sur votre *smartphone* ou votre tablette (Appstore, GooglePlay, Windows Store).
2. Ouvrez l'application. Flashez les pages de vos annales où ce logo apparaît en plaçant votre appareil au-dessus de la page.
3. Consultez les ressources !

Couverture : Jean-Marc Denglos et Clémentine Largant
Cartes et schéma : COREDOC
Coordination éditoriale : Sophie Zeegers – Christila Bearzi
Édition : Charlotte Luttringer – **Fabrication** : Noëlle Lagoute
Mise en page : Nord Compo
Conception graphique intérieur : Julie Lannes

Nathan 2020 - 92, avenue de France - 75013 Paris - ISBN 978-2-09-157514-8

Mon planning de révisions,

Ce planning propose une sélection de sujets de difficulté progressive et adaptés à différents besoins.

Choisissez votre parcours en fonction de vos objectifs de révisions

Parcours vert — Objectif : REPRENDRE CONFIANCE

Parcours bleu — Objectif : RÉUSSITE ASSURÉE

	BREVET – 6 semaines	BREVET – 5 semaines	BREVET – 4 semaines
Lun	n° 4 EXERCICE 1 Géographie	n° 14 EXERCICE 2 Indépendances et construction de nouveaux États	n° 30 EXERCICE 2 Les territoires ultra-marins français : une problématique spécifique
Mar		n° 45 EXERCICE 3 La défense et la sécurité	
Mer	n° 28 EXERCICE 1 Les espaces de faible densité et leurs atouts	n° 16 EXERCICE 1 Un monde bipolaire au temps de la Guerre Froide	n° 1 EXERCICE 1 Histoire
Jeu	n° 35 EXERCICE 3 Le rôle de la loi dans une société		
Ven	n° 7 EXERCICE 1 Civils et militaires dans la Première Guerre mondiale	n° 33 EXERCICE 2 La France et l'Europe dans le monde	
Sam		n° 11 EXERCICE 1 La Seconde Guerre mondiale, une guerre d'anéantissement	n° 20 EXERCICE 1 1944-1947 : refonder la République, redéfinir la démocratie
Dim	n° 21 EXERCICE 2 La Ve République gaulienne à l'alternance et à la cohabitation		n° 6 EXERCICE 3 EMC

6 semaines avant le BREVET !

Pour choisir votre parcours, vous pouvez vous aider du QUIZ sur **www.abcbrevet.com**

Parcours rouge — **Objectif : EXCELLENCE**

	BREVET - 3 semaines	BREVET - 2 semaines	BREVET - 1 semaine
Lun		n° 17 EXERCICE 2 Les étapes et les enjeux de la construction européenne	n° 22 EXERCICE 1 Femmes et Hommes dans la société des années 1950 aux années 1980 : nouveaux enjeux soxiaux, culturels et réponses politiques
Mar	n° 12 EXERCICE 1 La France défaite et occupée. Régime de Vichy, collaboration, Résistance	n° 24 EXERCICE 1 Les aires urbaines, une nouvelle géographie d'une France mondialisée	n° 2 EXERCICE 2 Géographie
Mer	n° 3 EXERCICE 3 EMC	n° 10 EXERCICE 2 Démocraties fragilisées et expériences totalitaires dans l'Europe de l'entre-deux-guerres	
Jeu	n° 27 EXERCICE 1 Les espaces productifs et leurs évolutions		n° 5 EXERCICE 2 Histoire
Ven		n° 32 EXERCICE 2 L'Union européenne, un nouveau territoire de référence et d'appartenance	
Sam	n° 18 EXERCICE 1 Enjeux et conflits dans le monde après 1989		n° 29 EXERCICE 1 Aménager pour répondre aux inégalités croissantes entre territoires français, à toutes les échelles
Dim		n° 44 EXERCICE 3 Le vote, un droit fondamental en démocratie	

SOMMAIRE

INFOS-BREVET

SUJETS COMPLETS

à revoir | réussi

France métropolitaine, juillet 2019

Centres étrangers, juin 2019

SUJETS D'HISTOIRE PAR THÈME

L'Europe, un théâtre majeur des guerres totales (1914-1945)

Civils et militaires dans la Première Guerre mondiale

Démocraties fragilisées et expériences totalitaires dans l'Europe de l'entre-deux-guerres

SUJETS DE GÉOGRAPHIE PAR THÈME

La France et l'Union européenne

à revoir | réussi

SUJETS D'EMC PAR THÈME

Respecter autrui

Acquérir et partager les valeurs de la République

Construire une culture civique

SUJETS D'ORAL

RÉVISIONS ET MÉTHODE

Repères de la 3e

Fiches de révisions

Cartes repères du collège

Fiches méthodes pour le Brevet

Infos-Brevet

Comment obtenir le Brevet ?

Le DNB (Diplôme National du Brevet)

- Le Brevet permet d'**évaluer les compétences** acquises par l'élève à l'issue du collège et du **cycle 4**.
- Le DNB s'obtient par les notes :

– du **contrôle continu** qui représente **400 points** :

  - l'évaluation des huit composantes du socle commun de compétences, de connaissances et de culture entre désormais dans le calcul des points pour l'obtention du brevet.
  - la maîtrise de chacune des huit composantes du socle commun est évaluée lors du dernier conseil de classe de 3e.

– de **l'examen final** qui représente **400 points** :

  - 4 épreuves écrites : 300 points.
  - 1 épreuve orale : 100 points.

- Pour être déclaré admis au diplôme national du Brevet, il faut cumuler un total de **400 points** sur un total de **800** (soit 10 sur 20).
- Des **mentions sont attribuées** selon le barème suivant :

– mention assez bien pour un total de points au moins égal à 480 sur 800.
– mention bien pour un total de points au moins égal à 560 sur 800.
– mention très bien pour un total au moins égal à 640 sur 800.

Les 4 épreuves écrites

Mathématiques	Français	Sciences	Histoire-Géo-EMC
100 points	100 points	50 points	50 points
2 heures	3 heures	1 heure	2 heures

L'épreuve orale

- D'une durée de 15 minutes, l'épreuve orale évalue votre capacité à exposer un projet et est notée sur 100 points.
- Vous devez présenter un projet, de votre choix, que vous avez étudié lors des EPI (Enseignements pratiques interdisciplinaires), d'un parcours éducatif (Avenir, Citoyen, Éducation culturelle et artistique) ou en histoire des arts.
- L'oral se déroule en deux temps :

– présentation du projet (5 min) ;
– questions du jury (10 min).

- Vous pouvez présenter le projet seul ou en groupe de 2 ou 3.

Le contrôle continu

Évaluation des **huit composantes du socle commun** de connaissances, de compétences et de culture tout au long de l'année scolaire.

→ 400 points

L'épreuve orale

dès avril – fin juin

Présentation d'un projet mené en histoire des arts ou dans le cadre d'un EPI ou de l'un des parcours éducatifs (Avenir, Citoyen, Éducation culturelle et artistique). L'exposé est suivi d'un entretien.

→ oral individuel : 100 points (15 min)
ou
→ oral collectif : 100 points (25 min)

L'épreuve d'Histoire, Géographie et EMC

Analyse et compréhension de documents.

→ 50 points (2h)

L'épreuve de Français

Travail sur un texte littéraire
Dictée
Rédaction

→ 100 points (3h)

L'épreuve de Mathématiques

Exercices, dont certains assortis de tableaux ou de schémas, et un exercice d'informatique.

→ 100 points (2h)

L'épreuve de Sciences

- Physique-Chimie
- SVT
- Technologie

→ 50 points (1h)

début juillet

Publication des **résultats du Brevet**

Diplôme et mentions

Admission au diplôme national du Brevet :
400 points sur 800 (soit 10 sur 20)

- **Mention assez bien** plus de 480 points
- **Mention bien** plus de 560 points
- **Mention très bien** plus de 640 points

septembre octobre

Cérémonie républicaine de remise des diplômes du Brevet

L'épreuve d'Histoire, Géographie et EMC expliquée

- **Durée** : 2 heures
- **Notation :** une note globale sur 50 points est attribuée au candidat (20 points pour l'histoire, 20 points pour la géographie et 10 points pour l'enseignement moral et civique).
- **L'épreuve comporte trois parties obligatoires**, divisées en 3 exercices.

Exercice 1	Exercice 2	Exercice 3
• Histoire ou géographie • Analyser et comprendre des documents	• Histoire ou géographie • Maîtriser différents langages pour raisonner et se repérer	• Enseignement moral et civique • Questions sur des documents

Top chrono !

Pour vous organiser efficacement, prévoyez environ :
- **45 minutes pour** l'exercice 1
- **45 minutes pour** l'exercice 2
- **30 minutes pour** l'exercice 3

Quels sont les critères d'évaluation de ma copie de Brevet ?

On attend de vous que vous soyez capable de :
- **maîtriser les connaissances** du programme de 3e ;
- **savoir lire et comprendre** un document ;
- **lire, comprendre et utiliser différents langages** (textuel, iconographique, cartographique, graphique) ;
- **répondre aux questions posées** ou aux consignes ;
- **rédiger un développement construit** en réponse à l'une des questions d'histoire ou de géographie.

La méthode pour le Brevet

Bien s'organiser pour réviser

- **Révisez régulièrement votre cours**, n'attendez pas le dernier mois avant l'épreuve.
- **Les Brevets blancs** préparés dans votre collège tout au long de l'année vont vous aider à connaître les caractéristiques de l'épreuve finale.
- Fabriquez-vous des **fiches de révisions** comprenant le vocabulaire, les dates, les localisations, ainsi que les grandes questions possibles.
- **Entraînez-vous à répondre à des questions** ; vous pouvez vous interroger mutuellement avec des camarades de classe.
- **Entraînez-vous à lire des documents** et à vous demander quel est le sens général du document.

Exercice 1 : Analyser et comprendre des documents

Histoire ou géographie

- **Un travail sur un ou plusieurs document(s)** vous est proposé dans une des deux matières. Vous devrez répondre à des questions ou des consignes permettant d'**identifier** le ou les document(s) proposé(s), d'en dégager le **sens**, de prélever des informations et éventuellement, de porter un regard **critique** sur ce ou ces document(s) en soulignant son intérêt ou ses limites.
- **Pensez à présenter le ou les document(s)**, même si on ne vous le demande pas spécifiquement. Pour cela, identifiez la nature du ou des document(s), l'auteur, la date...
- **Vous devez également rattacher le ou les document(s) proposé(s) à un chapitre du programme** : ainsi vous comprendrez rapidement pourquoi on vous propose ce ou ces document(s).

L'astuce du prof

Quand vous le pouvez, utilisez des connaissances personnelles qui permettent de comprendre le ou les document(s), sans réciter votre cours. L'objet d'analyse reste le ou les document(s).

- **Lisez attentivement** les intitulés des questions, des consignes et les documents, y compris les graphiques et les images, les photographies et les légendes des cartes. Analysez les **chiffres**, relevez les **détails** d'une photographie ou d'un dessin.
- Certaines questions vous demandent de **prélever des informations** sur le ou les document(s), de **vous servir de vos connaissances** pour répondre à la question, ou bien encore **d'analyser les informations** données par le ou les document(s).

- **En histoire** : repérez à quel type de document vous êtes confronté. Est-ce un témoignage fait par quelqu'un ayant assisté à un événement historique, est-ce l'analyse d'un historien ? etc.
- **En géographie** : il faut identifier clairement l'espace étudié en s'interrogeant sur l'échelle à laquelle il est considéré : le document concerne-t-il un phénomène mondial, une situation nationale, régionale ou locale ?

Exercice 2 : Maitriser différents langages

Histoire ou géographie

- **Un paragraphe argumenté** vous est demandé dans chacune des deux matières, sur un thème donné dans les consignes et d'une longueur correspondant aux attentes des correcteurs. Mettez en œuvre toutes vos connaissances et sélectionnez-les bien pour répondre le plus précisément possible au sujet donné.
- Vous devez tout d'abord **introduire votre développement** en expliquant de quoi il s'agit et en le situant dans le temps et dans l'espace.
- Vous devez ensuite **organiser vos idées** en deux ou trois parties qui correspondent à deux ou trois idées différentes. Là encore, utilisez un vocabulaire précis appris en cours. Quand vous avez fini d'exposer l'une de vos idées, **allez à la ligne** ou **sautez une ligne** pour montrer au correcteur que vous **passez à une autre idée.**

> **Conseil**
> Pour introduire un développement construit, posez-vous à chaque fois les questions suivantes : où ? Quand ? Qui ?

- **Un second exercice** faisant appel à un **autre langage** peut être préparé. Il s'agit par exemple de remplir une frise, un croquis ou un schéma, en respectant les consignes données : colorier une carte ou compléter un croquis en y ajoutant des flèches, des points ou des couleurs. Le but sera toujours de voir si vous avez compris l'**organisation** et le **fonctionnement** de l'espace représenté.
- **Pensez à toujours vous munir de crayons de couleur** car vous pouvez en avoir besoin.
- **Pensez à relire les croquis étudiés en classe** (en particulier le titre et la légende) et, éventuellement, à les reproduire en guise d'entraînement.

Exercice 3 : Enseignement moral et civique

EMC

- **Vous devez identifier** les documents proposés, en dégager le sens, prélever des informations et, éventuellement, porter un regard critique sur ces documents en indiquant son intérêt ou ses limites.
- **Vous devez rendre compte** du problème politique ou social mis en avant par les documents. Prenez des exemples qui montrent que vous suivez l'actualité et que vous vous intéressez au monde qui vous entoure. Ne vous limitez pas aux connaissances extraites de votre cours.
- Certaines questions vous demandent de **prélever des informations** sur les documents, de **vous servir de vos connaissances** pour répondre à la question, ou **d'analyser les informations données** par les documents.
- **Une situation pratique** vous sera proposée ainsi qu'un ensemble de questions en relation avec la situation. Vous devrez comprendre le cas décrit mais aussi mettre à profit toutes les connaissances acquises tout au long de l'année pour répondre correctement.

Le jour J

- **N'oubliez pas d'apporter une trousse complète** avec des stylos bleu, rouge et vert, une règle, un crayon à papier, une gomme et des crayons de couleur.
- **Commencez par la matière que vous maîtrisez le mieux,** cela vous mettra en confiance pour la suite.
- **Ne perdez pas de temps** en détaillant trop votre brouillon ; si vous en faites un, limitez-vous aux questions longues, en particulier celles qui demandent un développement construit.

Comment bien présenter votre copie ?

- Dans la maîtrise de la langue, sont prises en compte la **rédaction**, la **grammaire**, l'**orthographe** et la **lisibilité** de votre copie.
- **Soignez votre écriture** et aérez votre copie.
- **Écrivez bien sur les lignes** et n'écrivez pas trop petit, même si vous devez respecter le nombre de lignes imposé par les cadres.
- **Toutes vos réponses doivent être rédigées** : évitez les tirets, le style télégraphique ou les abréviations.
- **Évitez le « je »** dans la rédaction.
- Le **nombre de lignes** laissé pour chaque question est à respecter. Il vous donne une indication sur la longueur maximale attendue par le correcteur (toutes les lignes ne seront pas nécessairement remplies).
- **Prenez impérativement du temps pour vous relire,** surtout si vous n'avez pas fait de brouillon.

Le programme

ATTENTION

- Les indications qui suivent sont conformes aux textes publiés dans les Bulletins Officiels de l'Éducation nationale du 26 novembre 2015 pour l'histoire et la géographie et du 26 juillet 2018 pour l'EMC. Les nouveaux programmes sont entrés en vigueur à la rentrée 2016 à l'exception du programme d'EMC qui est entré en vigueur en septembre 2018.
- La réforme du collège impose un enseignement par cycles.
- Le cycle 4 correspond aux trois classes de collège : 5e, 4e et 3e.
- Il existe en histoire, géographie, enseignement moral et civique un programme pour chaque niveau.

Le programme d'Histoire

Thèmes	Sous-thèmes
L'Europe, un théâtre majeur des guerres totales (1914-1945)	Civils et militaires dans la Première Guerre mondiale
	Démocraties fragilisées et expériences totalitaires dans l'Europe de l'entre-deux-guerres
	La Seconde Guerre mondiale, une guerre d'anéantissement
	La France défaite et occupée. Régime de Vichy, collaboration, Résistance
Le monde depuis 1945	Indépendance et construction de nouveaux États
	Un monde bipolaire au temps de la guerre froide
	Les étapes et les enjeux de la construction européenne
	Enjeux et conflits dans le monde après 1989
Françaises et Français dans une République repensée	1944-1947 : refonder la République, redéfinir la démocratie
	La Ve République, de la république gaullienne à l'alternance et à la cohabitation
	Femmes et hommes dans la société des années 1950 aux années 1980 : nouveaux enjeux sociaux et culturels, réponses politiques

- Chaque thème de cycle 4 est approfondi dans chaque niveau de cycle.

Le programme de Géographie

Thèmes	Sous-thèmes
Dynamiques territoriales de la France contemporaine	Les aires urbaines, une nouvelle géographie d'une France mondialisée
	Les espaces productifs et leurs évolutions
	Les espaces de faible densité (espaces ruraux, montagnes, secteurs touristiques peu urbanisés) et leurs atouts
Pourquoi et comment aménager le territoire ?	Aménager pour répondre aux inégalités croissantes entre territoires français, à toutes les échelles
	Les territoires ultra-marins français : une problématique spécifique
La France et l'Union européenne	L'Union européenne, un nouveau territoire de référence et d'appartenance
	La France et l'Europe dans le monde

Le programme d'Enseignement moral et civique

Thèmes	Sous-thèmes
Respecter autrui	Construire le respect de soi
	Respect d'autrui
	La morale et l'éthique
	Le rôle de la loi dans une société
Acquérir et partager les valeurs de la République	Connaître les principes, valeurs et symboles de la citoyenneté française et de la citoyenneté européenne
	Comprendre les grands principes des sociétés démocratiques
	Reconnaître les grandes caractéristiques d'un État démocratique
Construire une culture civique	Le vote, un droit fondamental en démocratie
	L'élection, la représentation citoyenne dans une démocratie
	La Défense et la sécurité
	L'engagement ou les engagements

Sujets complets

Sujets 1 à 3 — France métropolitaine, juillet 2019

50 pts — 2 heures

Exercice 1 Analyser et comprendre des documents

HISTOIRE

→ corrigé p. 28

L'Europe, un théâtre majeur des guerres totales

45 min — 20 pts

Document 1 Circulaire de la préfecture de police de Paris ordonnant la rafle du « Vel d'Hiv » des 16 et 17 juillet 1942

« À messieurs les commissaires [...].

Paris, le 13 juillet 1942.

Les autorités occupantes ont décidé l'arrestation et le rassemblement d'un certain nombre de Juifs étrangers. [...] [La mesure] concerne tous les Juifs étrangers, quel que soit leur sexe, pourvu qu'ils soient âgés de 16 à 60 ans. Les enfants de moins de 16 ans seront emmenés en même temps que les parents.* [...]

Vous constituerez des équipes d'arrestation. Chaque équipe sera composée d'un gardien en tenue et d'un gardien en civil ou d'un inspecteur des Renseignements Généraux ou de la Police Judiciaire. [...]

Les équipes chargées des arrestations devront procéder avec le plus de rapidité possible, sans paroles inutiles et sans commentaire. [...] Des autobus seront mis à disposition. Lorsque vous aurez un contingent suffisant pour remplir un autobus, vous dirigerez :

a) Sur le Camp de Drancy les individus ou familles n'ayant pas d'enfant de moins de 16 ans.

b) Sur le Vélodrome d'Hiver, les autres.

En ce qui concerne le Camp de Drancy, le contingent prévu doit être de 6 000. [...]

La garde du Vélodrome d'Hiver sera assurée, tant à l'intérieur qu'à l'extérieur, par la gendarmerie de la région parisienne et sous sa responsabilité.

Le directeur de la police municipale, Hennequin. »

Archives de la police, sorties à l'occasion d'une exposition organisée par la mairie du IIIe arrondissement de Paris en 2012.

*En réalité, la rafle s'est portée sur tous les Juifs, français comme étrangers et de tout âge.

Document 2 **Principaux itinéraires des convois de déportation à destination d'Auschwitz durant la Seconde Guerre mondiale**

Mémorial de la Shoah.

Questions

1 À l'aide de l'expression soulignée dans le document 1, présentez la situation de la France en 1942.

2 Identifiez les personnes visées par cette circulaire.

3 Décrivez ce qu'est une rafle à l'aide du document 1.

4 Montrez, grâce au document 1, comment les services de l'État français collaborent avec l'occupant.

5 À l'aide du document 2, expliquez pourquoi la rafle du « Vel d'Hiv » n'est qu'une étape dans la politique nazie mise en place en Europe durant la Seconde Guerre mondiale.

Exercice 2 Maîtriser différents langages pour raisonner et utiliser des repères

GÉOGRAPHIE

→ corrigé p. 32

Dynamiques territoriales de la France contemporaine

30 min **13 pts**

1 En vous appuyant sur un exemple étudié en classe, rédigez un développement construit d'environ vingt lignes montrant l'organisation et les dynamiques d'une aire urbaine en France.

Les territoires ultra-marins français

15 min **7 pts**

2 **a.** Localisez et nommez les trois océans identifiés sur le planisphère ci-après.

b. Reliez, dans le tableau suivant, chaque territoire ultra-marin à l'océan dans lequel ou au bord duquel il se situe.

Martinique •		• Océan Atlantique
Réunion •		
Guadeloupe •		• Océan Indien
Polynésie française •		
Mayotte •		• Océan Pacifique
Guyane •		

c. Localisez et nommez sur le planisphère deux territoires ultra-marins de votre choix.

d. Identifiez l'équateur sur le planisphère par un trait de couleur et complétez la légende.

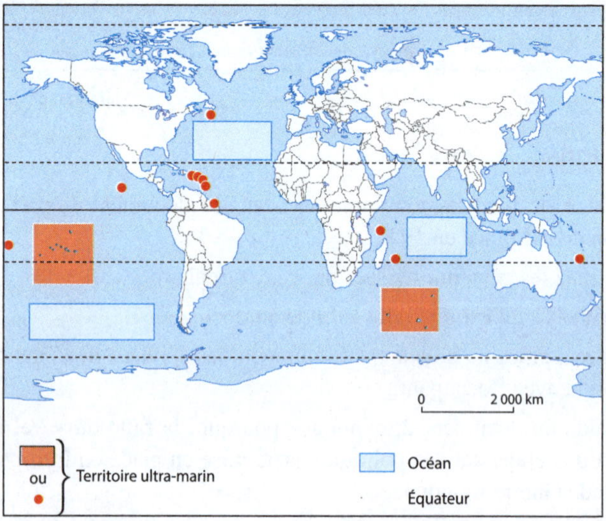

Exercice 3 Mobiliser des compétences relevant de l'Enseignement moral et civique

EMC

→ corrigé p. 35

L'engagement des citoyens dans la vie de leur commune

30 min **10 pts**

Document **Dépliant de présentation des budgets participatifs de la ville de Floirac**

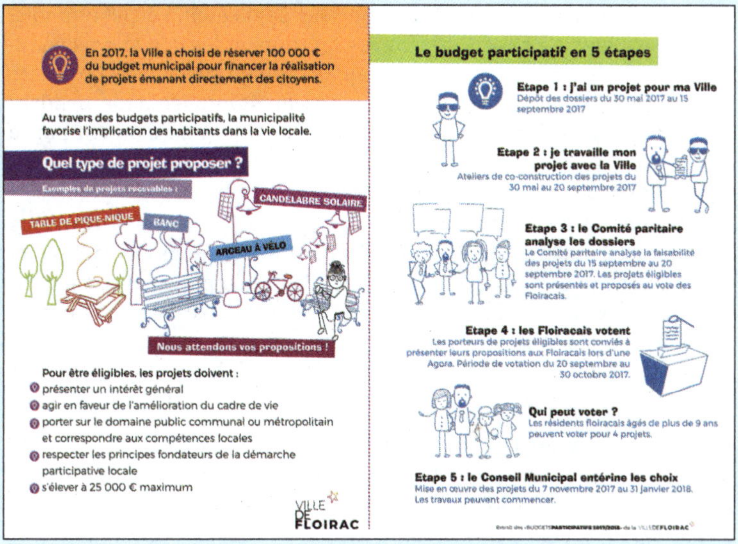

En 2017, la Ville a choisi de réserver 100 000 € du budget municipal pour financer la réalisation de projets émanant directement des citoyens.

Au travers des budgets participatifs, la municipalité favorise l'implication des habitants dans la vie locale.

Quel type de projet proposer ?

Exemples de projets recevables :

TABLE DE PIQUE-NIQUE

BANC

CANDELABRE SOLAIRE

ARCEAU À VÉLO

Nous attendons vos propositions !

Pour être éligibles, les projets doivent :

- présenter un intérêt général
- agir en faveur de l'amélioration du cadre de vie
- porter sur le domaine public communal ou métropolitain et correspondre aux compétences locales
- respecter les principes fondateurs de la démarche participative locale
- s'élever à 25 000 € maximum

VILLE DE FLOIRAC

Le budget participatif en 5 étapes

Etape 1 : j'ai un projet pour ma Ville
Dépôt des dossiers du 30 mai 2017 au 15 septembre 2017

Etape 2 : je travaille mon projet avec la Ville
Ateliers de co-construction des projets du 30 mai au 20 septembre 2017

Etape 3 : le Comité paritaire analyse les dossiers
Le Comité paritaire analyse la faisabilité des projets du 15 septembre au 20 septembre 2017. Les projets éligibles sont présentés et proposés au vote des Floiracais.

Etape 4 : les Floiracais votent
Les porteurs de projets éligibles sont conviés à présenter leurs propositions aux Floiracais lors d'une Agora. Période de votation du 20 septembre au 30 octobre 2017.

Qui peut voter ?
Les résidents floiracais âgés de plus de 9 ans peuvent voter pour 4 projets.

Etape 5 : le Conseil Municipal entérine les choix
Mise en œuvre des projets du 7 novembre 2017 au 31 janvier 2018. Les travaux peuvent commencer.

http://www.ville-floirac33.fr/la-democratie-participative.

Questions

1 Identifiez la source et les destinataires de ce dépliant.

2 Qui peut proposer des projets ? Qui peut voter ?

3 Expliquez quel est l'objectif recherché par la ville de Floirac.

4 Citez deux autres formes d'engagement des citoyens dans la vie démocratique.

5 Vous allez à la rencontre des habitants de votre quartier pour qu'ils s'engagent dans la vie de la commune. Rédigez un texte pour les convaincre.

Votre réponse ne comportera aucune information d'identité ou de signature, ni le nom de votre commune.

Sujets 1 à 3 Corrigés

EXERCICE 1

→ énoncé p. 24

Les clés pour réussir

Bien lire le document

Identifier leur nature

- **Le document 1** est un texte tiré des archives de la police de Paris, sorties à l'occasion d'une exposition organisée par la mairie du IIIe arrondissement de Paris en 2012. Ces archives regroupent les documents administratifs de la police et donnent donc un aperçu précis de la manière dont les ordres ont été donnés sous l'occupation allemande pendant la Seconde Guerre mondiale en France. Ici, cet extrait est écrit par le directeur de la police municipale, donc un policier français qui obéit aux ordres donnés par les Allemands et qui collabore avec eux.
- **Le document 2** est une carte de l'Europe occupée par les Allemands pendant la Seconde Guerre mondiale qui montre les principaux itinéraires des convois de déportation à destination du principal camp d'extermination durant la Seconde Guerre mondiale : Auschwitz-Birkenau. Cette carte a été faite par le Mémorial de la Shoah français, un lieu de mémoire du génocide des Juifs situé à Paris. → Fiche 7

Repérer les éléments importants

- **Dans le document 1**, la personne qui signe la circulaire (lettre interne à la police) : Hennequin, le directeur de la police municipale de Paris.
- La date et le lieu en début de circulaire.
- L'en-tête du texte : « À messieurs les commissaires » qui montre que le directeur de la police s'adresse à tous les commissaires de police parisiens.
- Le début de phrase souligné qui permet de comprendre la situation de la France en 1942.
- Le premier paragraphe qui explique quelle population est concernée par cette mesure.
- Les deux lieux d'internement indiqués en a) et b) de la circulaire.
- La mention du « Vélodrome d'Hiver » qui permet d'expliquer le nom de cette rafle (« Vel d'Hiv »).
- **Dans le document 2,** la première colonne de la légende qui identifie trois types de pays et leurs relations avec l'Allemagne nazie.
- La deuxième colonne qui distingue trois types de camps.
- La troisième colonne qui liste les différents convois de prisonniers juifs vers Drancy et vers Auschwitz.

Bien comprendre les questions

Question 1

- Pour cette première question, vous devez expliquer la situation de la France en 1942. Même si le groupe nominal souligné dans le texte (« Les autorités occupantes ») vous donne une indication, vous avez besoin de connaissances personnelles pour expliquer le contexte de l'occupation en France.
- Ne racontez pas tout ce que vous savez sur la France pendant la guerre, mais expliquez en quoi consiste l'occupation de la France par l'Allemagne.

Question 2

- Vous devez « identifier » les personnes visées par cette circulaire. C'est dans le premier paragraphe que vous pouvez trouver ces personnes.
- N'oubliez pas la note en bas de texte qui élargit la population concernée !

Question 3

Pour cette question, il s'agit de définir ce qu'est une rafle à l'aide du texte. C'est encore une fois la première phrase de la circulaire (après l'indication de lieu et la date) qui permet de trouver les deux mots importants de cette définition. Vous pouvez ensuite préciser votre réponse à l'aide des paragraphes suivants.

Question 4

- Vous devez d'abord identifier les deux services de l'État cités dans le texte.
- Une fois cela fait, montrez que ces différents services ont aidé les Allemands à mener leur politique raciste en France. Pour cela, dites concrètement ce qu'ils ont fait.

Question 5

- La dernière question porte sur la carte du document 2. Il vous faut montrer que la rafle n'est qu'une étape dans la politique nazie mise en place en Europe durant la Seconde Guerre mondiale. Pour cela, vous devez faire appel à vos connaissances sur la politique raciale des nazis, notamment à l'égard des Juifs.
- Lisez attentivement la légende de la carte, surtout la deuxième colonne qui indique les lieux d'internement des prisonniers, et la troisième colonne qui montre les étapes dans la déportation des Juifs habitant en France.

Les mots-clés

- **Rafle** : voir la question 3.
- **Occupation allemande** : après la défaite de la France en 1940 et la signature de l'armistice par le maréchal Pétain, l'armée allemande occupe le territoire français, d'abord en partie (jusqu'en 1942), puis en entier pour contrôler ses frontières, sa population et piller ses ressources.
- **Juifs étrangers** : Juifs réfugiés en France avant et au début de la guerre, souvent venus d'Allemagne et d'Europe de l'Est. Ce sont les premiers à être arrêtés et déportés par les nazis avec l'aide de l'État français.
- **Camp de Drancy** : camps d'internement français, en région parisienne. La majorité des Juifs habitant en France ont transité par Drancy avant d'être déportés dans les camps de la mort en Allemagne et surtout en Pologne.
- **Vélodrome d'Hiver** : stade destiné aux courses de vélo, il était situé dans le XVe arrondissement de Paris. Familièrement appelé le « Vel d'Hiv », il est devenu tristement célèbre après la rafle des 16 et 17 juillet 1942 qui porte son nom. Plus de 13 000 personnes juives y ont été internées à cette occasion (dont un tiers d'enfants) ; moins d'une centaine en reviendront.
- **Pays annexés par l'Allemagne** : pays qui ont été intégrés à l'Allemagne après leur invasion.
- **Pays alliés de l'Allemagne** : pays ayant combattu aux côtés de l'Allemagne nazie pendant la Seconde Guerre mondiale.
- **Camps d'internement** : camps destinés à regrouper les populations juives et tziganes avant leur déportation vers les camps de la mort.
- **Camps de concentration** : camps de travail forcé, situés principalement en Allemagne, où les conditions de vie menèrent la plupart du temps à la mort.
- **Camps ou centres d'extermination** : camps dont le but est d'exterminer le plus grand nombre de prisonniers dans un minimum de temps. Cette extermination industrielle s'est faite au moyen des chambres à gaz ; les corps étaient ensuite brûlés dans d'immenses fours crématoires.
- **Auschwitz** : principal ensemble concentrationnaire nazi. C'est à la fois un camp de concentration et un camp d'extermination. À lui seul, Auschwitz a fait plus d'un million de victimes.
- **Convois de déportés** : trains emmenant des prisonniers juifs vers les camps de la mort. Environ 79 convois sont partis de France vers l'Est, et notamment Auschwitz.

1 En 1942, la France, battue par l'Allemagne en 1940, est occupée par les nazis. Dans la zone nord, l'Allemagne occupe directement le territoire, tandis que la zone sud est administrée par le gouvernement de Vichy, un régime autoritaire dirigé par le maréchal Pétain et qui collabore avec les Allemands.

Gagnez des points !

Ne vous contentez pas d'une présentation générale de la situation de la France, mais essayez d'être le plus précis possible, par exemple en citant le gouvernement de Vichy ou la ligne de démarcation séparant la zone libre et la zone occupée jusqu'en novembre 1942.

2 Cette circulaire vise avant tout les Juifs étrangers réfugiés en France, hommes et femmes âgés de 16 à 60 ans. Pourtant, le texte précise que « les enfants de moins de 16 ans seront emmenés en même temps que les parents ». En réalité, comme l'indique la note en bas de texte, cette rafle « s'est portée sur tous les Juifs, français comme étrangers et de tout âge ».

L'astuce du prof

Attention, les personnes « visées » par cette circulaire sont celles qui seront les victimes des mesures annoncées !

3 Une rafle est l'arrestation massive, agressive et rapide d'une population, et son rassemblement dans un lieu de détention. Lors de la rafle du « Vel d'Hiv », des équipes de policiers ont été constituées avec « un gardien en tenue et [...] un gardien en civil » à qui on demande d'arrêter les familles juives « avec le plus de rapidité possible ». Ensuite, des autobus sont mis à disposition pour emmener les prisonniers dans le camp de Drancy ou au Vélodrome d'Hiver où ils sont gardés par la gendarmerie.

Gagnez des points !

Indiquez chaque étape de la rafle depuis l'arrestation jusqu'à l'internement.

4 Lors de la rafle du Vel d'Hiv, les autorités françaises collaborent avec l'occupant allemand. En effet, selon Hennequin, le directeur de la police municipale, ce sont « les autorités occupantes », donc les Allemands, qui ont décidé de la rafle. Ce sont pourtant les policiers et les gendarmes français qui procèdent aux arrestations et au rassemblement des Juifs à Drancy et au Vélodrome d'Hiver. Les autorités françaises ont obéi aux ordres donnés par les Allemands, allant même plus loin que ce qu'on leur demandait, puisque la mesure ne devait porter que sur les personnes âgées de 16 à 60 ans. L'État français a donc activement participé à l'internement et à la déportation des Juifs habitant en France.

Gagnez des points !

Montrez que l'État français a non seulement obéi aux ordres donnés par l'occupant allemand, mais est même allé plus loin que ce qu'on lui demandait.

5 La rafle du Vel d'Hiv n'est qu'une étape dans la politique nazie mise en place en Europe durant la Seconde Guerre mondiale. En effet, les Juifs internés dans des camps d'internement en France ou dans les autres pays européens occupés sont ensuite déportés dans des camps de concentration en Allemagne ou des centres d'extermination en Pologne. Dans les camps de concentration, les prisonniers juifs, tziganes ou résistants étaient forcés à travailler dans des conditions telles qu'elles conduisaient la plupart du temps à la mort. Dans les camps d'extermination comme Auschwitz ou Sobibor, les déportés étaient dans la plupart des cas mis à mort dès leur arrivée. À Auschwitz, environ un million de personnes ont été tuées pendant la guerre. Au total, entre 1941 et 1945, le génocide des Juifs, la « Shoah », a fait entre 5 et 6 millions de victimes, et celui des Tziganes environ 300 000.

Gagnez des points !

Citez des chiffres appris en cours pour appuyer votre propos. Utilisez également le vocabulaire historique spécifique appris.

EXERCICE 2

→ *énoncé p. 26*

Les clés pour réussir

Bien comprendre les consignes

Consigne 1

- Vous devez rédiger un développement construit, c'est-à-dire un texte structuré avec plusieurs parties. Votre texte doit donc comporter une introduction, deux ou trois parties et une conclusion.
- Rédigez d'abord un brouillon dans lequel vous organisez vos connaissances.
- Dans ce sujet, les deux mots importants sont « organisation » et « dynamiques ». Vous pouvez structurer votre développement en deux parties autour de ces deux mots. L'organisation d'une aire urbaine vous amène à décrire les différents espaces qui la composent. Les dynamiques font référence aux évolutions et aux changements que connaissent les aires urbaines.
- Le sujet vous invite à vous appuyer sur un exemple étudié en classe. Vous avez probablement fait une étude de cas d'une aire urbaine en particulier. Dans chaque partie de votre développement, pensez donc à donner un exemple tiré de cette étude de cas. → Fiche 10

Consigne 2

- La consigne 2 se décompose en quatre étapes (**a.**, **b.**, **c.** et **d.**).
- Pour l'étape **a.**, vous devez indiquer le nom des trois principaux océans dans les cadres prévus à cet effet sur le planisphère.
- Dans l'étape **b.**, il s'agit de compléter le tableau en reliant chaque territoire ultra-marin à l'océan dans lequel ou au bord duquel il se situe. Utilisez votre règle pour tirer les traits.
- Sur le planisphère, les territoires ultra-marins sont représentés de deux manières différentes : soit par un cadre rouge orangé, soit par un point.

Dans l'étape **c.**, vous devez en localiser deux au choix. Ne placez pas tous ceux que vous connaissez, mais respectez la consigne.

• Attention à l'étape **d.** ! Vous devez à la fois repérer l'équateur sur le planisphère en le repassant par un trait de couleur, mais aussi compléter la légende en face du mot « équateur ».

Les mots-clés

Aire urbaine • Ville-centre • Banlieues • Couronne périurbaine • Pôle urbain • Habitat collectif • Zone pavillonnaire • Étalement urbain • Périurbanisation • Migrations pendulaires • Gentrification • Territoires ultra-marins → lexique

1 Aujourd'hui, plus de 80 % des Français sont citadins et vivent dans une aire urbaine. Comment s'organisent les différents espaces d'une aire urbaine et quelles sont leurs dynamiques ?

Les aires urbaines sont composées de trois espaces distincts. La ville-centre est l'espace le plus anciennement et densément urbanisé. C'est là que l'on trouve les principales activités économiques et culturelles, ainsi que les centres de décision, notamment dans les grandes métropoles comme Toulouse. Les habitations, souvent anciennes, y sont assez chères et on y trouve les monuments historiques qui attirent les touristes.

Autour de la ville-centre s'étendent les banlieues, moins densément peuplées mais urbanisées de longue date. Ces espaces se caractérisent par de grands ensembles d'habitat collectif, destinés à accueillir les ouvriers et les employés, mais aussi par des pavillons dans des zones résidentielles. On y trouve également des zones commerciales et industrielles, comme l'usine Airbus à Blagnac, dans la banlieue de Toulouse.

En s'éloignant encore de la ville-centre, à la périphérie des banlieues, commence la couronne périurbaine. Cet espace mélange ville et campagne : les villages agricoles anciens accueillent de nouveaux résidents qui travaillent dans le pôle urbain, c'est-à-dire dans la ville-centre ou les banlieues. Ils s'installent dans des fermes rénovées ou, plus souvent, dans des pavillons récemment construits.

Les aires urbaines connaissent différentes dynamiques. Tout d'abord, la périurbanisation ne cesse de progresser. L'urbanisation s'étend toujours plus loin sur l'espace rural : c'est l'étalement urbain. En effet, les prix élevés des loyers et l'amélioration des moyens de transport poussent les citadins à s'éloigner de la ville-centre et des banlieues. Ils sont aussi parfois à la recherche d'un cadre de vie plus agréable, attirés par le calme, la proximité de la nature et le fait de posséder une maison individuelle avec jardin. À Toulouse par exemple, comme dans la plupart des grandes métropoles, ce sont ainsi les espaces périurbains qui sont de plus en plus peuplés, tandis que la population de la ville-centre stagne et se gentrifie. Les quartiers centraux, autrefois populaires, sont aujourd'hui rénovés et accueillent des populations aux revenus élevés.

Ainsi, l'étalement urbain a pour conséquence un éloignement de plus en plus important entre le domicile et le lieu de travail. Chaque jour, les périurbains se déplacent en voiture individuelle ou en transports en commun pour aller travailler : c'est ce qu'on appelle « les migrations pendulaires ». Dans l'aire urbaine toulousaine, il n'est pas rare de passer plus d'une heure dans les transports.

L'organisation et les dynamiques des aires urbaines confrontent ces dernières à des difficultés croissantes liées à l'allongement des temps de trajet et à la saturation des réseaux de transport.

2 **a.**, **c.** et **d.**

Gagnez des points !

Choisissez trois couleurs différentes pour les consignes **a.**, **c.** et **d.**.

L'astuce du prof

Pour la consigne **c.**, choisissez des territoires facilement repérables sur la carte. Évitez les points trop proches les uns des autres.

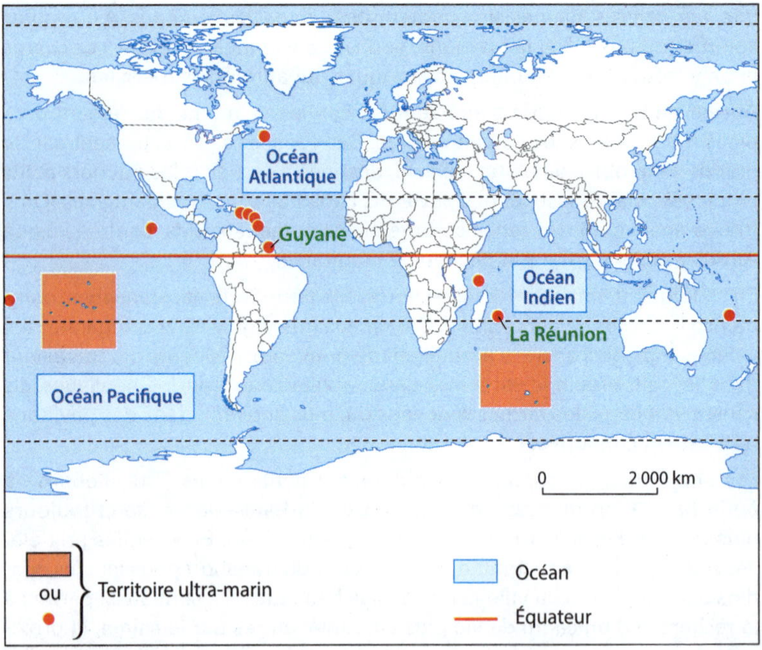

b.

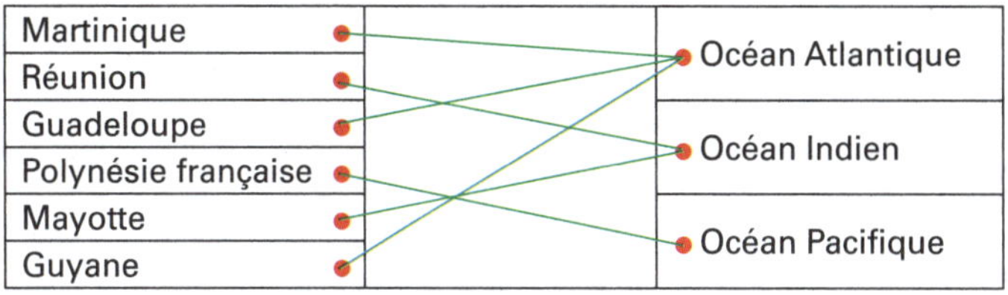

EXERCICE 3

→ *énoncé p. 27*

Les clés pour réussir

Bien comprendre les questions

Question 1

- Identifier la source signifie qu'il vous faut trouver d'où vient le document et quelle est sa nature. En général, la source est citée à la fin d'un document. Ici, il n'y a ni auteur ni date mais la provenance est indiquée dans l'adresse du site.
- N'oubliez pas d'indiquer à qui ce document est destiné ! Vous pouvez le déduire des différentes étapes (colonne de droite) proposées par le site où est reproduit ce dépliant.

Question 2

Pour cette question, ce sont les différentes étapes présentées dans la colonne de droite du document qui permettent de savoir qui peut proposer des projets et qui peut les voter.

Question 3

Vous devez expliquer quel est l'intérêt pour la ville de Floirac de mettre en place un budget participatif. Vous pouvez vous appuyer sur le document, mais aussi expliquer avec vos propres mots.

Question 4

Appuyez-vous sur vos connaissances pour répondre à cette question. Le document ne vous donne en effet aucune information. Quand la question évoque l'« engagement des citoyens dans la vie démocratique », cela peut être un engagement politique, mais cela peut aussi faire référence à toutes les formes d'engagement citoyen.

Question 5

- Votre réponse doit prendre la forme d'un texte destiné aux habitants de votre quartier. Attention, ce n'est donc pas un dialogue ni un discours oral !

• Vous devez trouver tous les arguments pour convaincre les habitants de votre quartier de s'engager d'une manière ou d'une autre. Appuyez-vous sur le document, mais aussi sur les différentes formes d'engagement citoyen abordées en cours.

Les mots-clés

Engagement • Citoyen • Commune • Budget participatif • Intérêt général • Association • Vote • Conseil municipal → Fiche 16

1 Ce dépliant a été rédigé par la ville de Floirac et est présenté sur son site internet officiel (*www.ville-floirac33.fr*). Les destinataires sont donc les habitants de la ville de Floirac, les Floiracais.

L'astuce du prof

Ne vous contentez pas de citer le nom du site internet, mais expliquez qui est à l'origine de cette affiche.

2 Ce sont les habitants de Floirac, les Floiracais, qui peuvent proposer des projets pour leur ville. Ils les présentent aux autres habitants lors d'une *agora*, c'est-à-dire une réunion publique. Tous les résidents floiracais âgés de plus de 9 ans peuvent ensuite voter pour les quatre projets qui leur semblent les plus intéressants.

Gagnez des points !

Montrez que vous avez compris les différentes étapes d'un budget participatif.

3 L'objectif recherché par la ville de Floirac est de favoriser « l'implication des habitants dans la vie locale ». En rendant possible des projets « émanant directement des citoyens », cette municipalité cherche à faire participer les habitants à la vie de la cité. Ainsi, ils n'ont pas l'impression que toutes les décisions sont prises par les élus sans les consulter.

L'astuce du prof

Ne citez pas seulement le document, mais expliquez ce que ce type d'action change pour les citoyens.

4 Pour s'engager dans la vie démocratique, les citoyens peuvent militer dans un parti politique et même se présenter aux élections, notamment aux élections municipales, dès l'âge de 18 ans. Ils peuvent aussi s'engager dans différents types d'associations : associations de quartier, associations sportives ou d'aide à la personne. Tout citoyen peut ainsi participer, avec « Les Restos du cœur », à la distribution de repas aux personnes dans le besoin de son quartier.

Gagnez des points !

Ne vous contentez pas d'exemples d'engagement politique. Vous pouvez vous appuyer sur des exemples précis d'associations que vous connaissez.

5 Chers amis,

Je vous écris aujourd'hui car j'ai remarqué que beaucoup d'entre nous ont des idées très intéressantes pour améliorer la vie de notre quartier, mais ne savent pas comment les mettre en œuvre.

Il existe plusieurs façons de s'engager dans la vie de notre commune. Tout d'abord, je rappellerais l'importance d'aller voter, notamment aux élections municipales. Certains d'entre nous peuvent même se présenter pour être élus au conseil municipal et y porter les idées des habitants de notre quartier.

Ensuite, de nombreuses associations d'habitants agissent pour améliorer la vie quotidienne dans notre commune : des associations sportives, d'aide aux devoirs, aux personnes âgées ou aux personnes isolées. Ils sont toujours en demande de nouveaux adhérents et de bénévoles pour les aider. L'action de ces associations permet à notre communauté de mieux vivre ensemble.

Enfin, notre municipalité a pris l'initiative de mettre en place un budget participatif. Chacun d'entre nous, à tout âge, peut proposer des idées destinées à améliorer notre cadre de vie, que ce soit dans le domaine des aménagements urbains ou dans l'organisation de moments conviviaux. Ces projets doivent bien sûr présenter un intérêt général et ne pas coûter trop cher. Les projets qui auront recueilli le plus de voix seront financés et réalisés par la mairie. L'année dernière par exemple, l'aire de jeu du parc a été entièrement refaite en s'inspirant des idées proposées par les enfants de l'école X.

Alors n'attendez plus, je compte sur vous pour profiter de toutes ces opportunités pour rendre notre commune et notre quartier plus agréables et plus beaux !

Gagnez des points !

Citez au moins un exemple concret et réaliste d'aménagement urbain ou d'action solidaire à l'échelle locale.

Sujets 4 à 6 — Centres étrangers, juin 2019

50 pts — 2 heures

Exercice 1 Analyser et comprendre des documents

GÉOGRAPHIE

→ corrigé p. 42

De nouveaux enjeux pour les espaces de faible densité

45 min **20 pts**

Document 1 De nouveaux enjeux pour le Cantal

Le Cantal, un territoire sans demandeur d'emploi ? Avec un taux de chômage de 6,3 % au troisième trimestre 2016, le département affiche le taux le plus faible de France devant la Lozère […].

Ces bons chiffres devraient ravir les acteurs économiques. Mais la réalité est plus contrastée. Car le département, dont la préfecture est l'une des rares à ne pas être reliée à l'autoroute, est sujet au déclin démographique – il a perdu 9 % de ses habitants entre 1982 et 2010 – et à un vieillissement de sa population.

Si certains secteurs d'activité, comme le transport ou le bâtiment, peinent à recruter, les services publics, eux, sont en décroissance, nuance Éric Debuire, secrétaire général départemental de la CGT, installé dans le Cantal depuis 2000. « Le département a perdu six bureaux de postes, cinq trésoreries principales, une agence EDF doit fermer en juin, le ferroviaire est à l'abandon… », détaille le syndicaliste. « Nous sommes dans une zone rurale peuplée de personnes âgées ayant un revenu très bas, qui a besoin d'une politique de services publics de proximité ».

Pour les élus, l'enjeu principal est d'attirer de nouveaux habitants, en leur proposant une offre complète. « Il leur faut insister sur la qualité de vie dans le territoire et sur la qualité des services liés par exemple à la scolarité des enfants ou aux nouveaux usages numériques », explique Laurent Rieutort, directeur de l'Institut d'Auvergne du développement des territoires. Salons spécialisés, dispositif WorK2Be pour trouver du travail au conjoint d'un nouvel arrivant, accompagnement des porteurs de projets… Les outils se sont multipliés pour transmettre un même message : « Le Cantal embauche ! » Et depuis 2003, ils ont permis à 96 familles de s'installer dans le département.

Surtout, la clé pour le territoire est de parvenir à retenir ses jeunes. Faute d'offre universitaire suffisante dans le département, nombre d'étudiants vont suivre un cursus ailleurs. Et trouvent, ensuite, un emploi sur place. [...].

Solène Lhénoret, « Dans le Cantal, trouver trente salariés, ce n'est pas évident »
Le Monde sur *www.lemonde.fr*, 24 mars 2017.

Document 2 **Opération de communication du département du Cantal en 2017**

Le Cantal accueille les **porteurs de projets** pour les aider à réussir leur installation dans le département.

Améliorez votre qualité de vie
Venez vivre et travailler dans le Cantal.
Conseils, contacts, offres de **reprise** et opportunité d'**installation**.
En amont de toute création ou reprise d'activité, nous vous accompagnons pas à pas.

Du mercredi 18 au vendredi 20 octobre 2017
Participez à la prochaine session d'accueil d'actifs en **pays de Salers** :
– seuls les frais de déplacement pour se rendre à la session sont à la charge des participants ;
– complétez votre candidature en ligne sur : **www.cantalauvergne.com**

Source : D'après *www.cantalauvergne.com*

Questions

1 Relevez quatre éléments qui, d'après cet article, montrent que la situation du Cantal est révélatrice de celle que connaissent les espaces de faible densité.

2 D'après le document 2, quelles catégories de population le Cantal cherche-t-il à retenir et à attirer ? Pourquoi ?

3 Relevez une phrase du document 1 permettant d'expliquer le message du document 2.

4 À l'aide de l'exemple du Cantal et de vos connaissances, montrez qu'un espace de faible densité possède des atouts et peut les valoriser.

Exercice 2 Maîtriser différents langages pour raisonner et utiliser des repères

HISTOIRE

→ corrigé p. 45

La guerre froide : un affrontement entre deux blocs

45 min **20 pts**

1 Sous la forme d'un développement construit d'environ vingt lignes et en vous appuyant sur des connaissances précises, montrez que la guerre froide divise le monde en deux blocs qui s'opposent et s'affrontent.

2 À l'aide de la frise ci-dessous, répondez à l'ensemble des questions posées.

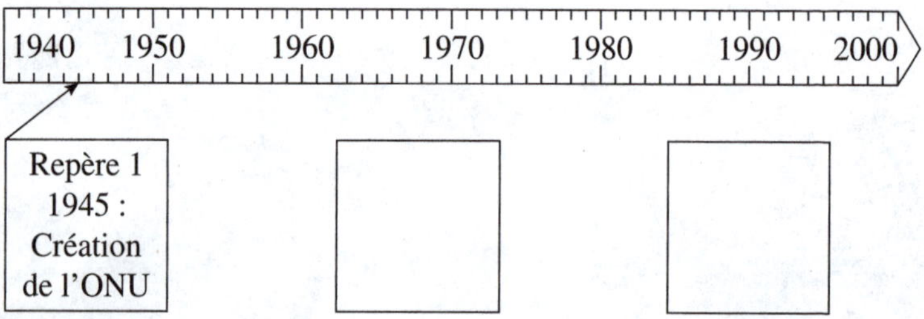

a. Sur le modèle du repère 1, complétez les deux cases vides avec les deux repères proposés ci-dessous et les années qui leur correspondent. Reliez chaque case à la bonne date sur la frise, en indiquant également l'année dans la case.

– Traité de Rome

– Chute du mur de Berlin

b. Placez précisément sur la frise la période de la guerre froide et indiquez ses années de début et de fin.

c. Lequel de ces trois repères (question **a.**) est le plus directement lié à la guerre froide ? Justifiez votre réponse.

Exercice 3 Mobiliser des compétences relevant de l'Enseignement moral et civique

EMC

→ corrigé p. 48

S'engager contre le racisme

30 min **10 pts**

Document 1 **Des violences à caractère raciste**

Quatre supporters anglais ont été jugés coupables de violence à caractère raciste en réunion dans l'espace public et ont été condamnés à de la prison avec sursis mardi en fin d'après-midi. Des peines allant de six à douze mois avec sursis, assorties de dommages et intérêts ont été prononcées. Seuls deux des quatre prévenus étaient présents. En marge du match PSG-Chelsea, ils avaient empêché un homme noir de monter dans la rame du métro dans laquelle ils se trouvaient en 2015, avant d'entonner un chant raciste. [...] Les images avaient fait le tour des chaînes d'information et couler beaucoup d'encre.

Extrait d'un article de R. Goument, *www.liberation.fr*, 3 janvier 2017.

Document 2 **L'égalité contre le racisme**

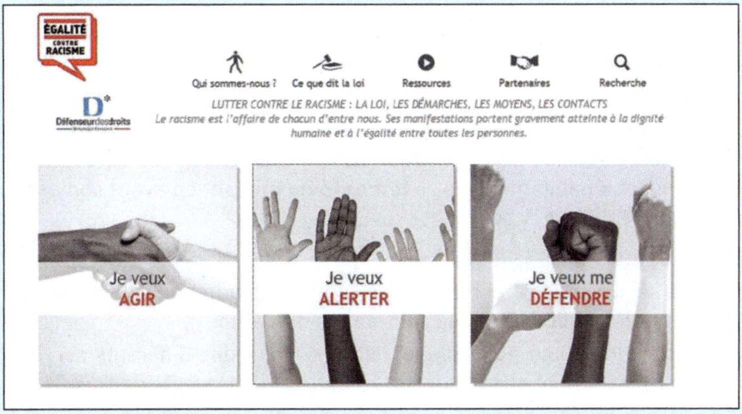

www.egalitecontreleracisme.fr.

* Le Défenseur des droits est une institution de l'État créée en 2011 ayant pour mission de défendre les personnes dont les droits ne sont pas respectés.

Questions

1 Pourquoi quatre supporters anglais ont-ils été condamnés ?

2 Relevez les trois types d'actions proposées par le site *egalitecontre-leracisme.fr*.

3 Expliquez pourquoi ce site propose un lien internet vers celui du Défenseur des droits.

4 Expliquez la phrase « Le racisme est l'affaire de chacun d'entre nous ».

5 La semaine d'éducation et d'action contre le racisme et l'antisémitisme est organisée au mois de mars dans votre collège. À cette occasion, vous êtes chargé(e) de rédiger un texte pour convaincre vos camarades de s'engager dans un projet de lutte contre le racisme dans votre établissement. Quels sont vos arguments ? *Votre réponse ne comportera aucune information d'identité ou de signature.*

Sujets 4 à 6 Corrigés

EXERCICE 1

→ énoncé p. 38

Les clés pour réussir

Bien lire les documents

Identifier leur nature

- **Le document 1** est un article du journal « Le Monde » mis en ligne sur le site Internet du quotidien le 24 mars 2017. Cet article est intitulé « Dans le Cantal, trouver trente salariés, ce n'est pas évident » et a été écrit par une journaliste, Solène Lhénoret. L'article met en avant les contraintes que connaît un territoire de faible densité comme le Cantal, mais aussi ses atouts.
- **Le document 2** est une affiche publicitaire éditée par le département du Cantal. Le but de cette opération de communication est de faire venir de nouveaux habitants dans ce territoire en mettant en avant son cadre de vie agréable. → Fiche 14

Repérer les éléments importants

- **Dans le document 1**, les deux premiers paragraphes du texte qui évoquent les difficultés et les contraintes du Cantal.
- Dans le deuxième paragraphe, l'énumération des différents services publics qui ferment dans le département.
- Le troisième paragraphe qui met l'accent sur ses atouts.
- Le dernier paragraphe qui insiste à nouveau sur une difficulté propre à ce territoire.
- **Dans le document 2**, le slogan en haut de l'affiche.
- La photo dans laquelle le paysage naturel est mis en valeur, ainsi que le jeune père et son enfant souriant.
- Le texte en dessous de l'image, même s'il est écrit en petit, qui met l'accent sur ce que propose le Cantal aux nouveaux habitants.

Bien comprendre les questions

Question 1

- Vous devez « relever » quatre éléments qui montrent la « situation » du Cantal. Il vous faut donc connaître cette situation avant de trouver les éléments. Cette situation est celle que connaissent de nombreux espaces de faible densité. Vous devez donc utiliser vos connaissances personnelles, même si la question ne le précise pas.
- Ce sont les deux premiers paragraphes du texte qui expliquent cette situation et dans lesquels vous pouvez trouver au moins quatre éléments à citer.

- N'oubliez pas les guillemets quand vous citez le texte.

Question 2

- Cette question ne porte que sur le document 2. C'est donc dans la publicité que vous devez trouver les catégories de population que le Cantal cherche à retenir et à attirer.
- Attention, la question vous invite à trouver plusieurs catégories de personnes ! Une catégorie peut être trouvée à l'aide de la photo, et une autre dans le texte en dessous.
- « Retenir » est à mettre en lien avec le slogan de l'affiche et correspond aux touristes ou aux personnes vivant déjà dans ce département ; « attirer » s'adresse plutôt aux personnes étrangères à ce territoire.
- Veillez à expliquer « pourquoi » le département du Cantal cherche à attirer ces populations. Utilisez vos connaissances, ainsi que la situation du Cantal telle qu'elle est montrée par le document.

Question 3

- Il s'agit ici de « relever » une phrase du document 1. Vous devez donc citer une phrase en n'oubliant pas les guillemets.
- Le message du document 2 est essentiellement transmis par la photographie : celle-ci met en avant un cadre de vie idéal pour les familles avec des jeunes enfants. Vous devez trouver dans le document 1 la phrase qui correspond à ce message.

Question 4

- Pour cette dernière question, vous avez vraiment besoin de connaissances personnelles. Vous n'avez probablement pas étudié le Cantal avec votre professeur(e), mais vous avez sûrement vu un espace de faible densité présentant les mêmes difficultés et les mêmes atouts. Servez-vous de cet exemple pour développer votre réponse.
- Vous devez à la fois expliquer quels sont les atouts de ce territoire et comment ils sont valorisés, c'est-à-dire comment le département et ses habitants peuvent les utiliser pour produire des activités et de la richesse.

Les mots-clés

- **Espaces de faible densité** : espaces où vivent moins de 30 habitants par km^2.
- **Atouts** : points forts, avantages qui permettent à un territoire de se développer.
- **Acteurs économiques** : entreprises, État, collectivités territoriales (départements, régions).
- **Préfecture** : chef-lieu, centre administratif d'un département.

- **Déclin démographique** : baisse de la population d'un territoire.
- **Vieillissement de la population** : augmentation de la proportion de personnes âgées dans un territoire.
- **Services publics** : services qui dépendent de l'État comme la Poste, les impôts, l'école, la justice…
- **Décroissance** : baisse, diminution.
- **Zone rurale** : espace qui se situe à la campagne.
- **Cursus universitaire** : parcours d'études à l'université.
- **Porteurs de projets** : personnes ayant un projet de création d'entreprise.

1 Selon cet article, le Cantal connaît des difficultés propres aux espaces de faible densité. C'est un espace isolé : sa préfecture « est l'une des rares à ne pas être reliée à l'autoroute ».

Gagnez des points !
Avant de « relever » les quatre éléments demandés, expliquez rapidement à l'aide de vos connaissances la « situation » du Cantal.

De plus, ce département connaît un « déclin démographique (…) et un « vieillissement de sa population ».

Mais encore, ses « services publics (…) sont en décroissance », « le département a perdu six bureaux de postes, cinq trésoreries principales, une agence EDF doit fermer en juin, le ferroviaire est à l'abandon ».

Enfin, ce territoire est « une zone rurale peuplée de personnes âgées, ayant un revenu très bas ».

2 Le Cantal cherche à retenir les jeunes habitants et à attirer les familles avec enfants, notamment celles qui viennent y passer leurs vacances. Le slogan de la publicité du document 2 propose ainsi : « Et si vous restiez dans le Cantal… ». Les jeunes actifs, « porteurs de projets », peuvent développer l'activité économique de ce territoire en créant des emplois et en faisant vivre les services publics.

L'astuce du prof
Ne vous focalisez pas uniquement sur l'image, mais lisez bien le texte en dessous qui vous aide à expliquer pourquoi le Cantal cherche à attirer une catégorie de population en particulier.

3 La phrase du document 1 permettant d'expliquer le message du document 2 est : « Pour les élus, l'enjeu principal est d'attirer de nouveaux habitants, en leur proposant une offre complète » ou bien « Il leur faut insister sur la qualité de vie dans le territoire et sur la qualité des services […] ».

4 L'exemple du Cantal montre qu'un espace de faible densité possède des atouts qu'il peut valoriser : des familles quittent les métropoles et sont attirées par le cadre de vie qu'il propose – un environnement rural et calme, des paysages naturels et préservés, de grandes habitations individuelles et bon marché. Ces néoruraux peuvent trouver des emplois ou créer leurs propres entreprises grâce au développement du numérique qui leur permet d'être reliés aux métropoles sans y habiter. Le cadre de vie rural permet aussi de développer des activités de tourisme vert, comme des gîtes ruraux qui accueillent des urbains en quête d'activités sportives et de pleine nature.

L'astuce du prof

Trouvez le passage du texte qui illustre le mieux l'atout principal du Cantal mis en avant par la photo.

L'astuce du prof

Utilisez des connaissances tirées des exemples d'espaces de faible densité étudiés en classe quand ils vous semblent correspondre à la situation du Cantal.

EXERCICE 2

→ *énoncé p. 40*

Les clés pour réussir

Bien comprendre les consignes

Consigne 1

- Vous devez montrer, c'est-à-dire expliquer, que la guerre froide divise le monde en deux blocs qui s'opposent et s'affrontent.
- Vous pouvez vous appuyer sur l'intitulé du sujet pour construire votre plan : dans une première partie, vous pouvez montrer que le monde se divise en deux blocs opposés ; puis dans une seconde partie, montrez que ces deux blocs s'affrontent de différentes façons.
- Quand on parle d'affrontements, il ne s'agit pas seulement des conflits armés ou des crises entre les deux blocs. Vous devez insister sur toutes les formes de compétition et de rivalité entre les deux grandes puissances pendant cette période (artistiques, sportives, scientifiques, technologiques…). → Fiche 8

Consigne 2

- Dans la question **a.**, suivez le modèle du repère 1. Pour relier chaque case à la frise, utilisez votre règle.
- Pour la question **b.**, vous devez inscrire « guerre froide » à l'intérieur de la frise, mais aussi indiquer par des traits le début et la fin de la guerre froide. Vous pouvez également colorier toute la période sur la frise.
- Pour la question **c.**, vous devez rédiger votre réponse. Attention à bien expliquer pourquoi l'événement choisi est directement lié à la guerre froide ! Il ne s'agit donc pas uniquement de raconter l'événement.

Les mots-clés

Monde bipolaire • Guerre froide • Communisme • Capitalisme • Plan Marshall • Démocratie • Rideau de fer • OTAN • Pacte de Varsovie • Dissuasion nucléaire • Équilibre de la terreur → lexique

1 Dès la fin de la Seconde Guerre mondiale, des tensions apparaissent entre les États-Unis et l'URSS : la guerre froide commence et dure jusqu'en 1991. Comment, pendant la guerre froide, le monde se divise-t-il en deux blocs qui s'opposent et s'affrontent ?

Gagnez des points !

Présentez le sujet et donnez ses bornes chronologiques (début et fin de la guerre froide).

L'astuce du prof

Ne racontez pas en détail les crises de la guerre froide, ce n'est pas le sujet.

À partir de 1947, le monde est véritablement coupé en deux. On parle alors d'un monde bipolaire. Les idéologies des États-Unis et de l'URSS, les deux grands vainqueurs de la Seconde Guerre mondiale, sont en effet incompatibles : démocratie et capitalisme pour les États-Unis ; communisme pour l'URSS de Staline. Dans les pays d'Europe de l'Est qu'elle a libérés, cette dernière impose des dictatures communistes. Le président américain, Harry Truman, réagit en proposant l'aide économique du Plan Marshall pour mettre dans sa zone d'influence les pays d'Europe de l'Ouest. L'Europe est donc divisée par un « rideau de fer », une frontière infranchissable. Chacun des deux Grands cherche en fait à étendre sa zone d'influence en tentant de limiter celle du camp opposé. Deux blocs d'alliance militaire se mettent en place à l'échelle mondiale : l'OTAN pour le bloc de l'Ouest, et le Pacte de Varsovie pour le bloc de l'Est. En 1949, la victoire des communistes de Mao Zedong semble renforcer encore le bloc communiste.

Malgré ces tensions très fortes, les États-Unis et l'URSS ne s'affrontent jamais directement. C'est une guerre dite « froide ». À partir de 1949, l'URSS se dote à son tour de l'arme atomique. Un « équilibre de la terreur » se met en place grâce à la dissuasion nucléaire : aucun des deux Grands n'ose déclencher un conflit qui risquerait de les détruire en même temps que leur ennemi. Parfois cependant, on est proche de l'affrontement : c'est le cas à Berlin, lors de la construction du mur en 1961 ou lors de la crise de Cuba en 1963. Au moment de cette crise, les navires soviétiques et américains se retrouvent face à face ; pendant quelques heures, le monde entier pense que la Troisième Guerre mondiale va se déclencher, mais le conflit est évité de justesse. En dehors de ces crises, le conflit prend d'autres formes. Les États-Unis et l'URSS rivalisent dans tous les domaines. Ils mènent une guerre idéologique et culturelle à travers tous les arts qui deviennent des outils de propagande. Ils mènent aussi une guerre technologique, notamment avec la conquête spatiale : en 1959, l'URSS envoie le premier homme dans l'espace, mais ce sont les États-Unis qui marchent les premiers sur la Lune dix ans plus tard. Enfin, les deux Grands s'affrontent aussi indirectement lors de conflits locaux comme la guerre de Corée de 1950 à 1953 ou la guerre du Vietnam dans les années 1960.

> **L'astuce du prof**
> Décrivez bien toutes les formes d'affrontement entre les deux grandes puissances.

> **Gagnez des points !**
> Expliquez rapidement comment s'est terminée la guerre froide.

Pendant la guerre froide, le monde bipolaire voit donc s'affronter deux grands blocs d'alliance menés par les États-Unis et l'URSS. Après la chute du mur de Berlin en 1989, le bloc de l'Est se disloque peu à peu jusqu'à l'éclatement de l'URSS en 1991.

> **L'astuce du prof**
> Chaque trait de la frise correspond à une année. N'oubliez pas de relier les cases 2 et 3 au bon trait et d'inscrire l'année dans la case repère correspondante.

2 a. et b

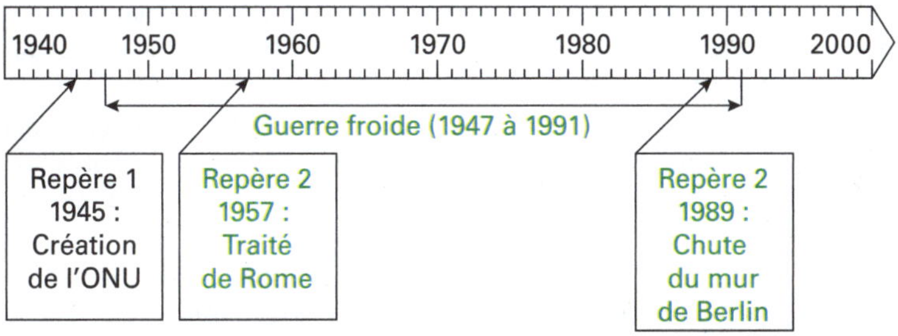

c. Le repère le plus directement lié à la guerre froide est la chute du mur de Berlin en 1989. En effet, cet événement est devenu le symbole de la fin de la guerre froide : alors que les Berlinois de l'Est manifestent et traversent le mur qui séparent Berlin Est (RDA) de Berlin Ouest (RFA), l'URSS ne réagit pas. La chute du mur de Berlin annonce l'effondrement rapide du bloc de l'Est et de l'URSS entre 1989 et 1991.

> **L'astuce du prof**
> 1989 peut aussi être acceptée comme date de fin de la guerre froide.

> **L'astuce du prof**
> Ne racontez pas toute la guerre froide, mais uniquement l'événement proposé.

EXERCICE 3

→ énoncé p. 40

Les clés pour réussir

Bien comprendre les questions

Question 1

La réponse à la question 1 se trouve dans le document 1. Racontez ce qui s'est passé, dans quel contexte et pour quelles raisons.

Question 2

Les trois actions correspondent aux trois images proposées dans le document 2.

Question 3

Vous pouvez trouver la réponse à la question 3 dans le document 2. Cela revient à expliquer quel est le rôle du Défenseur des droits.

Question 4

La phrase se trouve dans le document 2. Demandez-vous pourquoi est-ce que chacun d'entre nous est concerné par le racisme et comment on peut agir pour lutter contre. Ne détaillez pas trop votre réponse, car vous devez garder des arguments pour la réponse à la question 5 qui doit être la plus développée.

Question 5

- C'est la consigne la plus importante de ce sujet. Vous devez trouver des arguments pour convaincre vos camarades de classe de s'engager dans un projet de lutte contre le racisme.
- Vous pouvez partir de votre expérience personnelle : avez-vous déjà entendu parler ou participé à ce type de projet ? Que diriez-vous à vos amis pour les convaincre d'y participer ? Au nom de quelles valeurs est-il nécessaire de s'engager contre le racisme ?
- Votre réponse peut prendre la forme d'un discours, d'un exposé ou d'un texte dans lequel vous vous adressez à vos camarades.

Les mots-clés

Civisme • Racisme • Peine avec sursis • Égalité • Défenseur des droits

→ Fiche 15

Gagnez des points !

Relevez la cause retenue par la justice pour condamner les supporters.

1 Quatre supporters anglais ont été condamnés par la justice en 2017 car ils avaient empêché un homme noir de monter dans le métro, en marge d'un match de football opposant Chelsea au PSG en 2015, avant d'entonner un chant raciste. Ils ont donc été jugés coupables de « violence à caractère raciste en réunion dans l'espace public ».

2 Le site *egalitecontreleracisme.fr* propose trois types d'actions : « agir », « alerter » et « se défendre ».

3 Ce site propose un lien internet vers celui du Défenseur des droits, car c'est l'institution de l'État ayant pour mission de défendre les personnes dont les droits n'ont pas été respectés, notamment les victimes de racisme.

L'astuce du prof

La définition du Défenseur des droits se trouve sous le document 2.

4 La phrase « Le racisme est l'affaire de chacun d'entre nous » signifie à la fois que chacun d'entre nous peut être victime de racisme mais surtout, que chacun d'entre nous peut agir et se mobiliser pour dénoncer les comportements et paroles racistes. En effet, ceux-ci sont nombreux et touchent toutes les minorités ethniques. Il sont considérés comme des délits mais sont rarement punis, du fait de leur fréquence et de la difficulté à pouvoir présenter des preuves. Tout le monde doit donc se mobiliser pour faire reculer le racisme.

5 Bonjour à tous,

Avec certains camarades de la classe, nous en avons assez que des insultes racistes soient souvent utilisées dans la cour, dans les couloirs, en classe et sur les réseaux sociaux. Quand on fait la remarque aux élèves qui utilisent ces insultes racistes, ils répondent toujours que c'est pour rire et qu'ils ne sont pas vraiment racistes. Pourtant, quand on est concerné par ces insultes, on trouve ça beaucoup moins drôle et cela finit souvent en bagarre.

Chacun d'entre nous est concerné par ce problème. Ces insultes peuvent toucher n'importe qui. Le racisme s'attaque à ce que nous sommes et nous empêche de nous sentir à l'aise, avec nos différences, dans le collège comme en dehors. Il porte ainsi atteinte à la dignité humaine. Nous avons la chance de vivre dans un pays multiculturel, qui accepte toutes les religions et toutes les cultures. Nous devons ainsi faire respecter la devise de notre République : « Liberté, Égalité, Fraternité ». L'égalité, cela signifie qu'au collège comme partout, il ne doit pas y avoir de différences entre nous, selon notre couleur de peau, notre pays d'origine ou notre religion. Et la fraternité nous oblige à être solidaires de ceux qui sont victimes de discrimination raciste.

C'est pourquoi nous vous proposons d'organiser un grand concours contre le racisme. Chaque classe doit trouver des slogans. Les meilleurs seront sélectionnés par un jury constitué d'élèves, de professeurs et de personnels du collège pour être affichés dans le hall de l'établissement.

Gagnez des points !

Même si l'énoncé ne l'impose pas, imaginez un projet précis de lutte contre le racisme qui pourrait être mis en place dans votre collège.

Sujets par matière

Sujet 7 Les enfants et la propagande pendant la Première Guerre mondiale

45 min

Antilles-Guyane, juin 2019

Exercice 1 Analyser et comprendre des documents 20 pts

Document 1 Extrait du « Rapport annuel sur la situation de l'enseignement primaire » rendu en 1917

Un instituteur d'une école du département de la Somme répond à une enquête de son inspecteur.

[Question] **Comment avez-vous adapté votre enseignement aux circonstances ?**

L'emploi du temps n'a pas été modifié, et les programmes ont été respectés. Mais chaque matière enseignée a reçu un caractère se rapportant aux événements actuels.

En morale et en instruction civique : la Patrie, l'amour de la patrie, le devoir militaire, les qualités du soldat, obéissance, courage, patience, bonne humeur ; le devoir des civils : travail, économie, versement de l'or, souscriptions aux emprunts, aux Bons de la Défense nationale, ont été illustrés par des faits d'actualité. Le récit des souffrances endurées par les malheureuses populations des pays occupés, les dévastations de l'ennemi ont ému les enfants qui comprennent toute la reconnaissance qu'ils doivent à nos soldats et à nos alliés.

L'étude de l'histoire a permis de montrer le rôle de la France dans le monde ; des comparaisons entre les événements passés et les événements actuels ont montré l'unité de notre tradition nationale[1].

En géographie, les nations alliées ont été étudiées avec intérêt ; de même les régions envahies de France si prospères autrefois, aujourd'hui dévastées par un ennemi sans conscience. L'importance de l'agriculture a été particulièrement mise en relief.

Dans l'enseignement du français, les textes de dictées, les morceaux de récitation, les exercices de rédaction ont été empruntés aux événements de guerre actuels ou de la guerre de 1870[2]. Les enfants ont écrit à leur père mobilisé.

Les autres matières du programme, sciences, dessin, arithmétique, ont été étudiées dans leurs rapports avec la guerre aussi souvent que possible […].

« Rapport annuel sur la situation de l'enseignement primaire », Archives départementales de la Somme, 1917.

1. L'instituteur fait par exemple allusion à la défense des droits de l'homme par la France depuis la Révolution française.
2. Guerre qui a opposé les Français et les Allemands et qui s'est terminée par la défaite de la France.

Document 2 Carte postale de la Première Guerre mondiale

Les cartes postales sont d'un usage très fréquent pendant la Première Guerre mondiale. Elles sont utilisées dans la correspondance entre l'arrière et le front, ou entre civils. La série « Graine de Poilu » met en scène des enfants dans des photographies réalisées en studio, puis colorisées ou retouchées.

Carte postale réalisée par Georges Morinet, conservée aux Archives départementales de l'Ain, Éditions Patriotic, non datée.

Questions

1 Quelle est la situation de la France quand ce rapport (document 1) est publié ?

2 Relevez trois exemples dans le document 1 montrant que, selon l'instituteur, la guerre est très présente dans l'enseignement comme dans les activités proposées aux élèves.

3 Décrivez la carte postale.

4 Montrez que cette image est une image de propagande.

5 En vous appuyant sur vos réponses et sur vos connaissances, montrez que les civils, y compris les enfants, sont impliqués et mobilisés dans le cadre d'une guerre totale.

Sujet 7 Corrigé

Les clés pour réussir

Bien lire les documents

Identifier leur nature

- **Le document 1** est un extrait du « Rapport annuel sur la situation de l'enseignement primaire » rendu en 1917. Il provient des Archives départementales de la Somme, l'un des départements les plus touchés par la guerre et où s'était tenue, en 1916, l'une des batailles les plus sanglantes du conflit.

Comme le précise le document, cet extrait fait partie de la réponse d'un instituteur à une enquête menée par son inspecteur pour savoir quelle place avait la guerre dans son enseignement. C'est notamment cette enquête, menée auprès de nombreux instituteurs, qui a permis aux inspecteurs de l'éducation nationale de faire un état de la situation de l'enseignement primaire dans un rapport national, c'est-à-dire à l'échelle de la France.

- **Le document 2** est une carte postale conservée aux Archives départementales de l'Ain. Elle fait partie d'une série de cartes éditées pendant la guerre sous le titre « Graine de Poilus ». Comme l'indique le texte au-dessus de la reproduction de la carte postale, cette série mettait en scène des enfants dans des scènes patriotiques. Le but était ainsi de soutenir le moral de la population. → Fiche 3

Repérer les éléments importants

- **Dans le document 1** : le texte introductif qui nous explique le dialogue entre un instituteur et son inspecteur à l'occasion d'une enquête.
- La date du document : 1917.
- Au début du texte, la question posée par l'inspecteur à l'instituteur.

- Chaque paragraphe du texte qui correspond à une matière enseignée par l'instituteur.
- Les notes en bas de texte qui expliquent des références faites par le maître.
- **Dans le document 2** : le titre de la série de cartes postales, « Graine de Poilu ».
- Cette carte postale a été utilisée pendant la Grande guerre.
- L'uniforme, les armes et la posture de l'enfant.
- La phrase prononcée par l'enfant habillé en Poilu, « Comme Papa ! », qui fait écho au titre de la série de cartes postales « Graine de Poilu ».
- Le minuscule soldat allemand sous le pied droit de l'enfant.

Bien comprendre les questions

Question 1

- Il faut expliquer la situation de la France au moment où ce rapport a été publié. Ne vous contentez pas de montrer que la France est en guerre. Soyez le plus précis possible en indiquant à quel moment de la guerre on est à cette date et quelle est la situation particulière de certaines régions françaises.
- À l'opposé, ne racontez pas tout le déroulement de la guerre, ni le détail des batailles que vous avez étudiées en cours.

Question 2

- Les exemples montrant que la guerre est très présente dans l'enseignement comme dans les activités sont nombreux. Vous pouvez citer plusieurs extraits du texte, en évitant d'en recopier l'intégralité.
- Veillez aussi à citer au moins une « activité » faite par les élèves, comme mentionné dans la question.

Question 3

Cette question ne porte que sur le document 2. Quand on vous demande de « décrire » une image, il vous faut citer tout ce que vous voyez sur le document, aussi bien les personnages que les mots présents sur la carte.

Question 4

Pour répondre à la question, vous devez connaître la définition de « propagande ». Il vous faut aussi expliquer à qui s'adressait ce type de cartes postales et quel était leur but.

Question 5

- La dernière question est une sorte de question-bilan. Vous devez utiliser vos réponses aux questions précédentes, mais aussi vos connaissances personnelles sur le sujet.

- On vous demande d'expliquer comment les civils étaient « impliqués et mobilisés » dans le conflit, « y compris les enfants ». Les termes « y compris » induisent que vous devez parler du rôle et de la place des enfants, notamment dans la propagande d'État, mais pas seulement des enfants.
- Vous pouvez commencer par montrer que les civils étaient mobilisés dans le conflit en utilisant vos connaissances (et également les quelques allusions faites dans le document 1) ; puis vous pouvez vous arrêter sur la situation particulière des enfants (en vous aidant des réponses aux questions précédentes).

Les mots-clés

- **Guerre totale** : guerre dans laquelle toutes les forces humaines, économiques et scientifiques sont mobilisées par les États.
- **Civils** : personnes qui ne font pas partie de l'armée.
- **Patriotisme** : attachement, dévouement à sa patrie.
- **Propagande** : ensemble des méthodes de communication utilisées pour faire accepter des idées à une population.
- **Bons de la Défense nationale** : emprunts auprès de la population civile organisés par les États pour financer la guerre.
- **Mobilisé** : pendant la Première Guerre mondiale, en France et dans de nombreux pays en guerre, tous les hommes en âge de se battre ont l'obligation de prendre l'uniforme et d'aller se battre ; c'est la mobilisation générale.
- **Poilus** : surnom donné aux soldats français de la Première Guerre mondiale, sans doute en partie à cause des conditions de vie des soldats dans les tranchées qui ne leur permettaient pas de se raser souvent.
- **Archives** : institutions où sont conservées les documents historiques.

1 Au moment où ce rapport est publié, en 1917, la France est engagée depuis trois ans dans la Première Guerre mondiale qui l'oppose aux Allemands et à leurs alliés. Envahis dès le début de la guerre, l'Est et le Nord de la France sont particulièrement touchés : certaines régions sont occupées par les Allemands et c'est là que se situe la ligne de front où ont lieu les combats. En effet, la guerre est devenue une guerre de position : depuis trois ans, le front est au même endroit, malgré des batailles sanglantes comme celle de Verdun…

Gagnez des points !

Expliquez précisément quelles régions françaises sont les plus touchées par la guerre.

2 On peut trouver de nombreux exemples qui montrent que la guerre est très présente dans l'enseignement de cet instituteur.

L'astuce du prof

N'oubliez de mettre des guillemets lorsque vous citez le texte.

– Tout d'abord en « morale et instruction civique », les écoliers étudient « la Patrie, l'amour de la patrie, le devoir militaire (...), le devoir des civils » afin de mobiliser les enfants dans la guerre.

– Ensuite, certaines activités sont adaptées au contexte de guerre : « dans l'enseignement du français, les textes de dictées, les morceaux de récitation, les exercices de rédaction ont été empruntés aux événements de guerre actuels ».

– Enfin, « les autres matières du programme, sciences, dessin, arithmétique, ont été étudiées dans leurs rapports avec la guerre aussi souvent que possible... ».

La guerre est donc omniprésente dans le quotidien des écoliers français.

3 Sur la carte postale, on voit un jeune enfant portant l'uniforme du « Poilu », c'est-à-dire du soldat français de la Première Guerre mondiale : il a un képi sur la tête, un sabre à la ceinture et un fusil à baïonnette à l'épaule. Il sourit et fait le salut militaire. Sous son pied droit, on reconnaît un minuscule soldat allemand avec le casque à pointe prussien, en train d'être écrasé. Cette carte postale fait partie d'une série intitulée « Graine de Poilu » dont on peut voir le titre en haut à gauche, à côté de la phrase : « Comme Papa ! ».

> **Gagnez des points !**
> Décrivez bien chaque élément de la carte postale : les personnages, leurs costumes, leurs postures, mais aussi ce qui est écrit.

4 Cette image est une image de propagande, car elle cherche à mobiliser la population, notamment les enfants, dans la guerre. Tout est mis en scène pour que le lecteur comprenne que toute la population est derrière les soldats : la guerre est totale. Ce genre d'image tente aussi de maintenir le moral de la population, civils comme militaires, après trois longues années de guerre. Le texte introductif met l'accent sur la mise en scène de ces cartes postales, « réalisées en studio, puis colorisées ou retouchées ».

> **Gagnez des points !**
> Essayez d'expliquer quel est le but de ce genre d'image.

5 La Première Guerre mondiale est une guerre totale : toute la population et toute la société sont mobilisées dans la guerre. Les civils sont impliqués de différentes manières : ceux qui sont restés à l'arrière, notamment les femmes, doivent travailler pour remplacer les hommes partis au front. On demande aussi aux civils de souscrire à des emprunts destinés à financer la guerre. Les enfants sont également mobilisés : à l'école, leurs instituteurs leur parlent constamment du conflit et chaque matière est étudiée dans son rapport à la guerre. Ainsi, on forme les futurs soldats-citoyens et on préserve le moral des populations civile et militaire.

> **Gagnez des points !**
> Utilisez l'expression « guerre totale » apprise en cours.

Sujet 8 Civils et militaires pendant la Première Guerre mondiale

45 min

France métropolitaine, septembre 2017

Exercice 2 Maîtriser différents langages

20 pts

1 Rédigez un développement construit d'environ vingt lignes décrivant les violences subies par les combattants et les civils au cours de la Première Guerre mondiale. Vous prendrez appui sur des exemples étudiés en classe.

2 Les conflits du UUe siècle

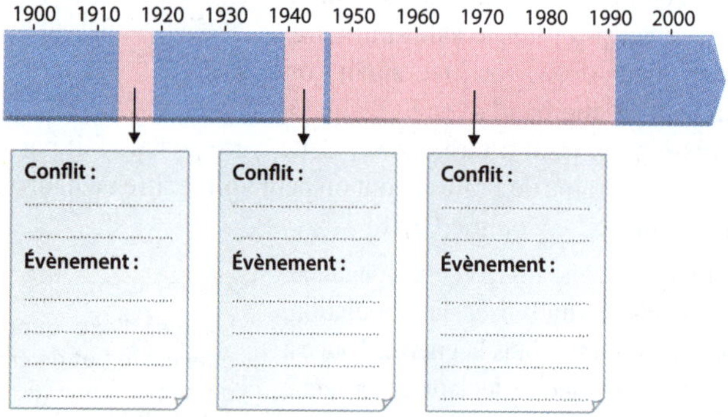

a. Sur cette frise chronologique, placez convenablement ces trois périodes de conflit : la guerre froide, la Première Guerre mondiale, la Seconde Guerre mondiale.

b. Choisissez un évènement pour chaque période de conflit. Nommez-le et datez-le.

c. Associez le personnage suivant à un conflit et justifiez votre choix en quelques mots :

Philippe Pétain

Sujet 8 Corrigé

Les clés pour réussir

Bien comprendre les questions

Question 1

- La question vous demande de décrire les violences subies par les combattants et les civils dans un développement construit d'une vingtaine de lignes. Il vous faut être méthodique et réussir à **organiser vos connaissances pour les présenter de manière structurée et cohérente.** Faites un brouillon avant de vous mettre à rédiger votre copie.
- Le sujet vous invite à commencer votre description par **les violences subies par les combattants**, puis à détailler **celles subies par les civils**. Il faut donc organiser votre paragraphe en deux parties distinctes.
- N'oubliez pas de toujours **dater et localiser votre description** et de vous appuyer sur le **vocabulaire historique** propre au chapitre. → Fiche 3

Question 2

- Lisez bien l'énoncé qui vous demande de répondre à la question en trois étapes.
- **Première étape** : les dates des trois conflits sont indiquées par des flèches sur la frise chronologique. Leur nom est indiqué dans la consigne. Vous devez simplement placer ces trois noms dans les cases prévues à cet effet, là où est indiqué « Conflit : ».
- **Deuxième étape** : on vous demande de choisir un évènement à l'intérieur de chacun de ces conflits et de le dater. Un évènement signifie un fait historique marquant, une bataille, un armistice, une entrée en guerre... Selon l'évènement que vous choisissez, la date peut être plus ou moins précise. Par exemple, pour un armistice, on attend de vous la date exacte, tandis que pour une bataille on peut se contenter d'une année. Conformez-vous aux dates que vous avez apprises en cours. Ne multipliez pas les évènements : on en attend de vous un seul par conflit.
- **Troisième étape** : Philippe Pétain peut être relié à la Première comme à la Seconde Guerre mondiale. C'est à vous de bien justifier votre choix.

Les mots-clés

Armement industriel • Obus • Gaz toxiques • Mobilisation • Tranchées • Guerre d'usure • Mutilés • Poilus • Bombardements • Pénuries • Génocide • Guerre totale • Veuves et orphelins → lexique

HISTOIRE

1 La Première Guerre mondiale, qui se déroule de 1914 à 1918, voit se dérouler des violences inconnues jusqu'alors. Comment les combattants et les civils les ont-ils subies ?

Ce sont d'abord les combattants qui subissent des violences extrêmes sur les champs de bataille. L'industrialisation des sociétés européennes en 1914 permet la mise au point de nouvelles armes meurtrières : les gaz toxiques, les mitrailleuses et les obus. Pour s'en protéger, les combattants, tous les citoyens mobilisés dans les pays en guerre, creusent des abris et des tranchées. C'est une guerre d'usure où il s'agit d'empêcher l'ennemi d'avancer. Dans ces tranchées, les violences subies sont extrêmes, car les soldats sont sommés de lancer quotidiennement des assauts lors desquels ils reçoivent des pluies d'obus qui les tuent ou les mutilent en masse. C'est le cas lors des grandes batailles comme celle de Verdun en 1916, qui fait environ un million de victimes françaises et allemandes. De plus, les conditions de vie des soldats dans les tranchées sont très difficiles. Ils souffrent de la faim, du froid, de la fatigue et d'un grand manque d'hygiène. C'est pourquoi, en France, la population surnomme ses combattants les « Poilus ». Les soldats survivants reviennent traumatisés physiquement et moralement de la « Grande guerre ».

> **Gagnez des points !**
> Organisez votre paragraphe en deux parties. Essayez de faire une ou deux phrases d'introduction qui situent rapidement le contexte et qui posent le sujet sous forme de question.

Les civils sont aussi la cible de violences extrêmes. Quand ils sont proches de la ligne de front, ils subissent, comme les soldats, des bombardements massifs qui n'épargnent rien : villes, hôpitaux et villages sont touchés, parfois complètement rasés, surtout dans le nord-est de la France. Dans les zones occupées, les violences touchent aussi les populations civiles, victimes de confiscations, de viols et de déplacements forcés. Sur tous les territoires en guerre, les pénuries alimentaires rendent la vie des civils très pénible. Dans l'Empire ottoman, dans un contexte de guerre totale, une forme de violence extrême touche la population arménienne à partir de 1915. Le gouvernement ottoman subit de lourdes défaites contre l'Empire russe. Il accuse alors les Arméniens de trahison, ce qui lui fournit un prétexte pour éliminer cette population et commettre un génocide : les soldats sont fusillés et les autres sont déportés dans le désert où la plupart meurent de soif et de fatigue. Plus d'un million d'Arméniens sont victimes de ce génocide.

> **Gagnez des points !**
> Les conditions de vie des soldats témoignent aussi de la violence de la guerre. N'oubliez pas de les décrire.

Les violences extrêmes de la Première Guerre mondiale ont provoqué la mort

> **Gagnez des points !**
> N'oubliez pas le génocide arménien qui est l'acte de violence le plus extrême subi par des civils pendant cette guerre.

d'environ dix millions de personnes, combattants et civils. Des millions de soldats sont mutilés et traumatisés. La guerre laisse des millions de veuves et d'orphelins dans une Europe meurtrie.

2 **a.** et **b.**

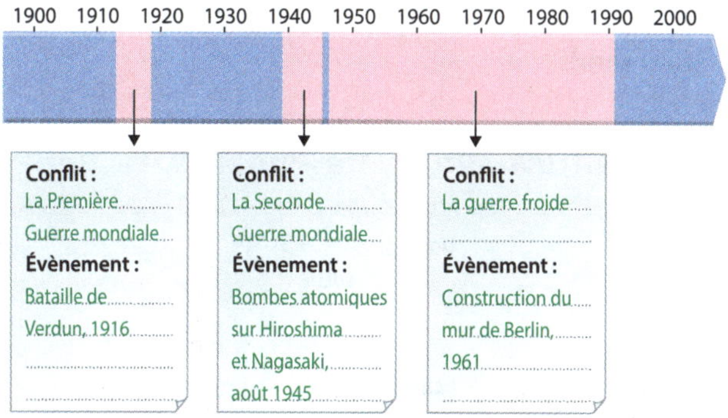

c. Le maréchal Pétain est associé à la Seconde Guerre mondiale car, chef de l'État français, il signe l'armistice avec l'Allemagne nazie et engage la France dans une politique de collaboration, jusqu'à la Libération en 1944.

Gagnez des points !

Pour la dernière étape de la consigne, rédigez bien votre réponse, sans développer trop précisément le rôle de Philippe Pétain dans le conflit que vous avez choisi.

45 min

Sujet 9 L'État totalitaire nazi

Sujet inédit

Exercice 2 Maîtriser différents langages

20 pts

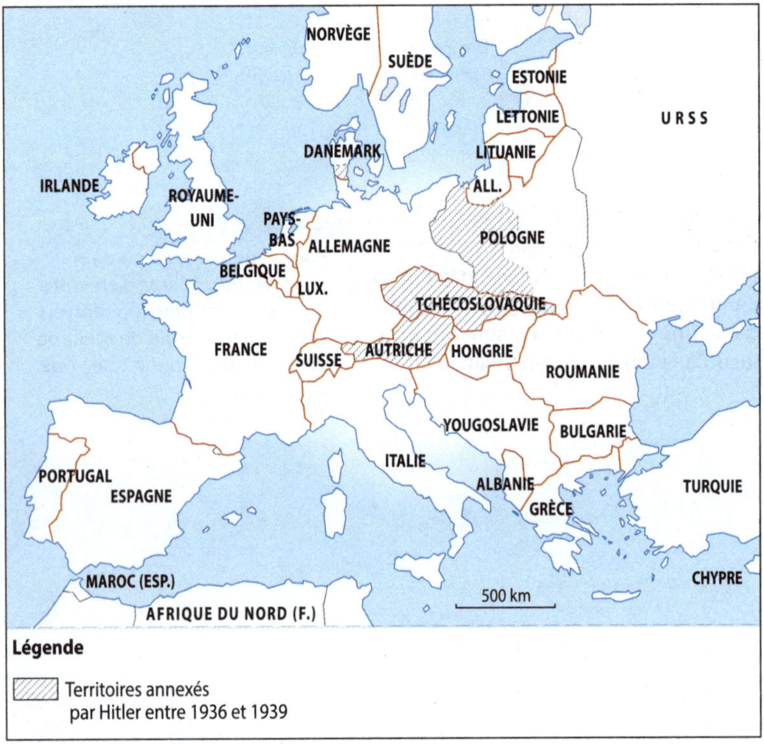

1 Sous la forme d'un développement construit d'une vingtaine de lignes, décrivez l'État totalitaire nazi mis en place par Adolf Hitler en Allemagne dans les années 1930.

2 Sur le fond de carte ci-après :

a. Choisissez une couleur pour localiser deux pays qui sont des démocraties en Europe, dans les années 1930.

b. Choisissez une couleur pour placer deux pays qui sont des États totalitaires ou autoritaires en Europe, dans les années 1930.

c. Montrez par des flèches sur la carte que l'Allemagne nazie procède à différentes annexions entre 1936 et 1939 en Europe.
d. Choisissez un figuré ponctuel pour placer l'Allemagne nazie et ses alliés en Europe avant le déclenchement de la Seconde Guerre mondiale.
e. Construisez une légende.

Sujet 9 Corrigé

Les clés pour réussir

Bien comprendre les consignes

Consigne 1

- La consigne vous demande de connaître les caractéristiques d'une description en histoire pour rédiger un développement d'une vingtaine de lignes. Il faut donc être méthodique et réussir à organiser vos connaissances pour les présenter de manière structurée et cohérente.
- La description de l'État totalitaire nazi doit commencer par sa mise en place avec les repères historiques puis se poursuivre avec l'explication des différents moyens par lesquels Hitler entend contrôler totalement l'Allemagne et sa population. → Fiche 4

Consigne 2

- Plusieurs tâches cartographiques simples vous sont demandées pour compléter la carte comme poser des aplats de couleurs, des figurés linéaires ou ponctuels, pour représenter des connaissances historiques.
- Portez une attention particulière à la construction de la légende qui doit être une synthèse de toutes les informations placées sur la carte.

Les mots-clés

Hitler • Parti nazi • Parti unique • Dictature • Pleins pouvoirs • Régime totalitaire • Reichstag • Führer • Culte du chef • Propagande • Embrigadement • Jeunesses hitlériennes • Terreur • Gestapo • Camp de concentration → lexique

1 En 1933 en Allemagne, le parti nazi remporte les élections législatives et Hitler devient chancelier. En 1934, à la mort du président de la république Hindenburg, Hitler a les pleins pouvoirs. Il peut supprimer la démocratie. Il fait incendier le Reichstag et accuse les communistes. Cela lui permet d'interdire ce parti puis tous les autres : le parti nazi est le seul autorisé. Toutes les libertés individuelles sont supprimées et l'Allemagne devient une dictature dirigée par un seul chef : un « Führer ».

L'astuce du prof

Organisez par thème votre développement pour décrire l'État nazi : dictature, propagande, terreur… Pensez à faire un brouillon.

HISTOIRE

Toute la société est encadrée et doit participer au nouveau régime totalitaire. La propagande met en avant le culte du chef et on salue en disant « Heil Hitler ». Les jeunes sont embrigadés dans les Jeunesses hitlériennes et le régime organise sans cesse de grands rassemblements destinés à mobiliser la nation allemande. La propagande est aussi incessante dans la presse, à la radio et au cinéma.

Le régime s'appuie aussi sur la terreur : la police politique, la Gestapo et la SS surveillent la population et traquent les ennemis. Dès 1933, les opposants sont enfermés dans des camps de concentration comme Dachau.

Gagnez des points !

Votre description doit s'appuyer sur le vocabulaire appris en cours.

2 **Gagnez des points !**

Présentez une légende organisée :
1. Une Europe entre démocraties et expériences totalitaires (pays démocratiques et États totalitaires).
2. L'Europe sous la menace de l'Allemagne nazie (territoires annexés, annexions et alliés).

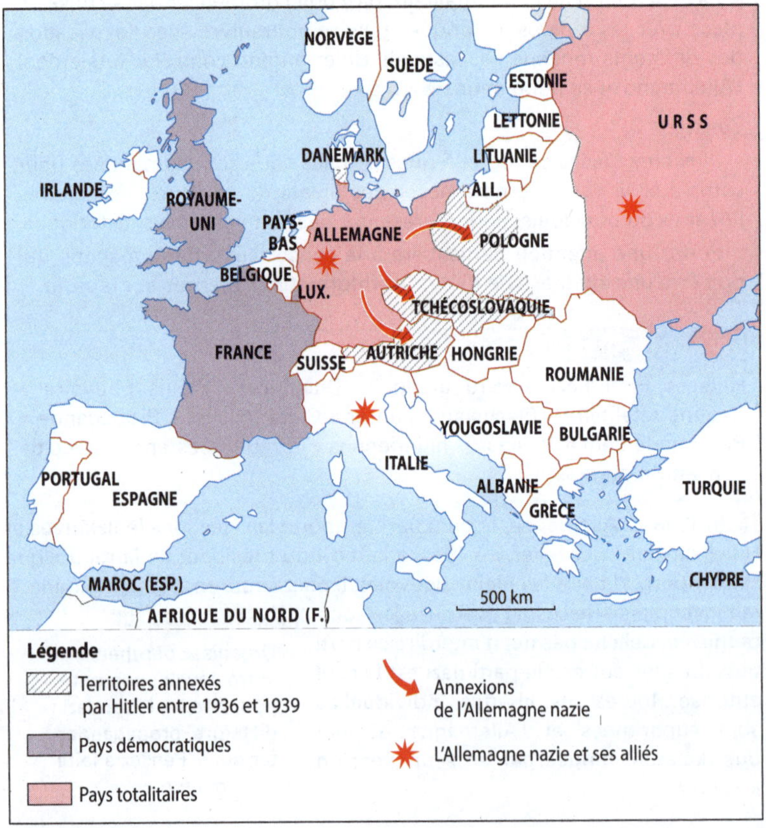

Sujet 10 Un État totalitaire : l'URSS de Staline

45 min

Asie-Pacifique, juin 2018

Exercice 2 Maîtriser différents langages — 20 pts

1 En vous appuyant sur un exemple étudié en classe, rédigez un développement construit d'une vingtaine de lignes décrivant un État totalitaire dans l'Europe de l'entre-deux-guerres.

2 Sur la frise chronologique ci-dessous, vous placerez aux dates qui conviennent les quatre repères historiques proposés, en représentant différemment les périodes et les évènements :
- la Première Guerre mondiale ;
- la Deuxième Guerre mondiale ;
- la Révolution russe ;
- l'arrivée au pouvoir d'Hitler.

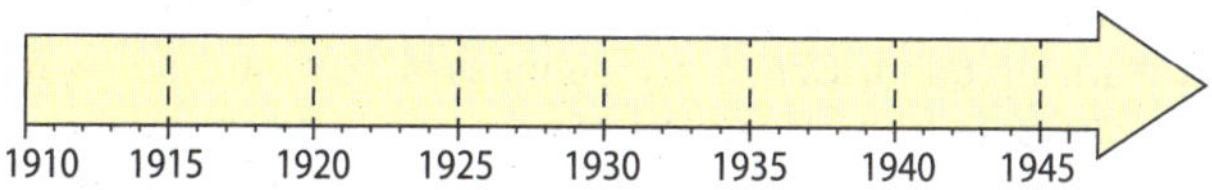

Sujet 10 Corrigé

Les clés pour réussir

Bien comprendre les consignes

Consigne 1

- Vous devez rédiger un texte structuré. Votre paragraphe doit donc comporter une introduction qui reprend les termes du sujet, plusieurs parties et une conclusion. Au brouillon, organisez vos connaissances et vos exemples, sans nécessairement rédiger.
- Vous avez le choix entre les deux régimes totalitaires de l'entre-deux-guerres étudiés en classe : **l'URSS de Staline** (ce que nous avons choisi) et **l'Allemagne nazie**. Dans les deux cas, il s'agit de montrer que ces États sont des régimes totalitaires. Attention de ne pas traiter les deux États totalitaires dans le même sujet : on attend de vous que vous fassiez un **choix**.

- Ce sujet est classique, mais très large. Il ne faut donc pas partir dans des détails trop précis sur l'URSS de Staline. Le but est de prouver que le régime mis en place est totalitaire, ce qui revient à trouver des arguments allant dans ce sens.
- Montrez d'abord que l'URSS de Staline est une dictature, mais ne vous limitez pas à cela. Il faut aussi montrer comment le régime impose l'adhésion de toute la société par différents moyens. → Fiche 4

Consigne 2

- Il s'agit, dans cette consigne, de placer des repères historiques sur une frise.
- Deux de ces repères durent plusieurs années : il faut donc représenter un intervalle sur la frise. Pour les deux autres, il suffit d'indiquer une année.
- Dans tous les cas, ce ne sont pas des dates précises qui sont attendues mais des années, à indiquer sur la frise par des petits traits verticaux. En reliant l'un de ces traits au nom d'un évènement que vous écrirez en dessous, vous indiquerez ainsi son année.
- Tracez des traits le plus proprement possible en essayant de ne pas se faire chevaucher les noms des différents repères.

Les mots-clés

Staline • Parti communiste • Dictature • Régime totalitaire • Propagande • Parti unique • Censure • Jeunesses communistes • NKVD • Terreur • Idéologie • Embrigadement • Goulag → lexique

1 Dans l'entre-deux-guerres, plusieurs régimes totalitaires apparaissent en Europe. En quoi l'URSS de Staline, qui succède à Lénine en 1924, est-il un État totalitaire ?

Staline établit une dictature personnelle en éliminant très vite ses rivaux au sein du Parti communiste qui devient un parti unique, c'est-à-dire le seul parti politique autorisé. Toutes les libertés individuelles sont supprimées. Par exemple, les Soviétiques n'ont plus le droit de circuler librement en dehors du pays. Enfin, l'information est contrôlée et censurée.

Gagnez des points !

Organisez votre paragraphe selon les différents aspects et les principales caractéristiques de l'État totalitaire : dictature, idéologie obligatoire, propagande, encadrement, terreur…

Staline, concentrant tous les pouvoirs entre ses mains, peut encadrer toute sa population. Il impose ainsi une propagande incessante autour de sa personne : le culte de la personnalité. Il se présente comme le « petit père des peuples ». Des défilés sont organisés en son honneur, son portrait est placardé partout et tous les artistes doivent le célébrer. La propagande est également mise au service de l'idéologie communiste qui doit donner naissance à « un homme nouveau » et une société nouvelle, sans classes sociales et sans inégalités. Pour ce faire, les populations sont encadrées par des organisations destinées à les mobiliser en faveur du régime. Ainsi, l'école et les Jeunesses communistes éduquent et encadrent les enfants tout en les embrigadant.

Gagnez des points !
Utilisez le vocabulaire spécifique de la leçon pour décrire un État totalitaire. Servez-vous d'exemples précis.

L'encadrement de la société s'accompagne enfin d'une surveillance de tous les instants organisée par une police politique, le NKVD, et d'une répression féroce destinée à éliminer toute opposition dans la population. Des millions d'opposants, ou personnes supposées l'être, sont arrêtés, mis à mort ou déportés dans des camps de travail forcé : le Goulag. La terreur touche même, entre 1936 et 1938, le Parti communiste, l'armée rouge et les proches du régime accusés, lors de faux procès mis en scène à Moscou, de « saboter » les réformes mises en œuvre par Staline.

Dictature absolue, organisation de la société mise au service de l'idéologie communiste, encadrement de la population par la propagande, l'embrigadement et la terreur, l'URSS de Staline est donc bien un État totalitaire.

Gagnez des points !
Dans votre conclusion, résumez tous les éléments qui font de l'URSS de Staline un État totalitaire.

2

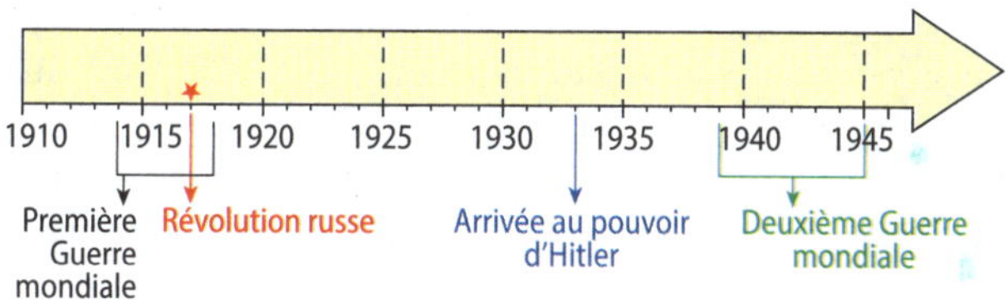

Gagnez des points !
Distinguez chaque repère historique par différentes couleurs.

HISTOIRE

Sujet 11 Les génocides des Juifs et des Tziganes pendant la Seconde Guerre mondiale

45 min

Pondichéry, mai 2018

Exercice 1 Analyser et comprendre des documents 20 pts

Document Témoignage d'une déportée

Simone Veil (1927-2017) est arrêtée par la Gestapo à Nice en mars 1944, avec sa mère et sa sœur. Elles sont conduites au camp de transit de Drancy en région parisienne et déportées ensemble en avril 1944.

Le 13 avril 1944, nous[1] avons été embarquées à cinq heures du matin, pour une nouvelle étape dans cette descente aux enfers qui semblait sans fin. Des autobus nous ont conduits à la gare de Bobigny[2], où l'on nous a fait monter dans des wagons à bestiaux formant un convoi aussitôt parti vers l'Est. [...] Nous étions effroyablement serrés, une soixantaine d'hommes, de femmes, d'enfants, de personnes âgées, mais pas de malades. Tout le monde se poussait pour gagner sa place. [...] Le voyage a duré deux jours et demi ; du 13 avril à l'aube au 15 au soir à Auschwitz-Birkenau[3]. C'est une des dates que je n'oublierai jamais, avec celle du 18 janvier 1945, jour où nous avons quitté Auschwitz et celle du retour en France, le 23 mai 1945. Ces dates demeurent attachées à mon être le plus profond, comme le tatouage du numéro 78651 sur la peau de mon bras gauche. [...]

Plus tard le soir de l'arrivée au camp, dans un baraquement surveillé par des kapos[4].

Celles qui avaient été séparées des leurs commençaient à s'inquiéter, se demandant où étaient passés leurs parents ou leurs enfants. [...] Les kapos montraient par la fenêtre la cheminée des crématoires et la fumée qui s'en échappait. Nous ne comprenions pas, nous ne pouvions pas comprendre. [...] Une kapo qui se tenait dans un coin de la pièce se mettait à crier ou menaçait certaines d'entre nous de son fouet. [...] Puis les kapos nous ont fait lever et mettre en rang par ordre alphabétique et nous sommes passées l'une après l'autre devant des déportés qui nous ont tatouées. [...] Ensuite nous sommes passées au sauna. Les Allemands étaient obsédés par les microbes [...] la folie de la pureté les hantait. [...] Peu leur importait que

par la suite, celles d'entre nous qui ne mourraient pas à la tâche survivent dans la vermine et les conditions d'hygiène épouvantables. [...]
Au printemps de 1944, les autorités du camp avaient décidé de prolonger la rampe de débarquement des convois pour la rapprocher des chambres à gaz. [...] Nous nous faisions à l'effroyable ambiance qui régnait dans le camp, la pestilence des corps brûlés, la fumée qui obscurcissait le ciel, la boue partout, l'humidité pénétrante des marais. [...]
À partir de début mai, les trains chargés de déportés hongrois se sont succédé de jour comme de nuit, remplis d'hommes, de femmes, d'enfants et de vieillards. [...] Une épouvantable tristesse m'étreignait en voyant, éparpillés au sol, les vêtements des personnes qui venaient d'être gazées.

S. Veil, *Une Vie*, © Éditions Stock, 2007.

1. « Nous » désigne Simone Veil, sa mère Yvonne et sa sœur Madeleine.
2. Nom d'une ville proche de Drancy d'où partaient les convois de déportés.
3. Plus grand centre de mise à mort du Reich, situé en Pologne.
4. Déportés choisis pour faire régner l'ordre dans le camp.

HISTOIRE

Questions

1 Relevez cinq étapes de la déportation de Simone Veil à Auschwitz-Birkenau.

2 Relevez deux éléments du texte montrant que les déportés sont « déshumanisés », c'est-à-dire qu'ils ne sont plus considérés comme des êtres humains.

3 Dans ce témoignage, relevez au moins trois éléments montrant que les déportés sont arrivés dans un centre de mise à mort.

4 Quels éléments de l'idéologie nazie expliquent les génocides des Juifs et des Tziganes ?

5 Expliquez la phrase soulignée dans le texte.

Sujet 11 Corrigé

Les clés pour réussir

Bien lire les documents

Identifier les documents

- Ce document est composé d'extraits de textes tirés d'*Une Jeunesse au temps de la Shoah*, ouvrage écrit par Simone Veil en 2017. L'auteure est une femme importante de l'histoire de France au XXe siècle. Issue d'une famille juive, elle est déportée dans le camp d'Auschwitz à l'âge de 16 ans. Elle survit à son séjour dans ce camp de concentration, ainsi que sa sœur, mais elle perd ses deux parents et son frère.

- Simone Veil est également une femme politique importante de la Vᵉ République. Ministre de la Santé de Valéry Giscard d'Estaing, elle défend courageusement à l'Assemblée nationale le projet de légalisation de l'avortement en 1974. Elle devient également la première présidente du Parlement européen en 1979.
- En 2007, elle publie son autobiographie sous le titre *Une Vie*, dont sont issus les extraits présentés ici. ➜ Fiche 6

Repérer les éléments importants

- Le petit texte de présentation en italique explique rapidement qui est Simone Veil et comment elle a été arrêtée et déportée.
- Les points de suspension entre crochets ([...]) montrent que le texte a été coupé.
- Le premier paragraphe raconte la déportation de Simone Veil.
- Le second raconte son arrivée à Auschwitz, ainsi que sa stupéfaction face à la dureté du camp qu'elle découvre et subit.
- Les derniers paragraphes décrivent les horreurs dont elle est témoin.

Bien comprendre les questions

Question 1

Pour cette question, vous devez vous appuyer sur le texte d'introduction (2 étapes), ainsi que sur le premier paragraphe du témoignage de Simone Veil (3 étapes). Essayez de bien rédiger vos réponses sans vous contenter d'uniquement citer l'extrait, car même s'il vous est demandé de « relever » ces étapes dans le texte, il convient de les expliquer.

Question 2

Dans cette question, on attend de vous que vous trouviez deux éléments qui montrent que les prisonniers sont « déshumanisés », c'est-à-dire traités presque comme des animaux. Vous pouvez trouver trois éléments dans le second paragraphe (l'un est déjà cité dans le premier paragraphe).

Question 3

Par « centre de mise à mort », on entend camp d'extermination. Vous devez donc trouver dans le texte les éléments qui montrent que, dans ce camp, on extermine la plupart des prisonniers dès leur arrivée. Vous pouvez trouver un élément de réponse dans le paragraphe 2, un autre dans le paragraphe 3 et le dernier dans le paragraphe 4.

Question 4

Pour cette question, vous devez utiliser vos connaissances personnelles sur le régime nazi et son idéologie. Attention de ne pas vous lancer dans une longue description de ce régime. On attend de vous que vous expliquiez rapidement les éléments de son idéologie qui ont conduit à la mise en place de la Shoah et de l'extermination des Tziganes.

Question 5

Pour expliquer la phrase soulignée dans le texte, il faut vous demander pourquoi l'auteure la prononce. Montrez que Simone Veil voit quelque chose, mais qu'elle ne sait pas ce que c'est. Elle pense être dans un camp de travail et aucun déporté ne peut imaginer ce que les Nazis ont mis en place pour organiser le génocide des populations juives et tziganes d'Europe.

Les mots-clés

- **Baraquement** : ensemble des baraques, constructions peu solides et très inconfortables, où les déportés étaient logés.
- **Camp de transit** : camp destiné à regrouper les prisonniers, notamment les Juifs, avant de les déporter vers les camps de la mort, dans l'est de l'Europe.
- **Chambre à gaz** : pièce fermée dans laquelle les nazis entassaient les déportés et envoyaient du gaz toxique afin de tous les assassiner.
- **Déportation** : déplacement forcé d'une population, loin de chez elle, dans un camp de concentration ou d'extermination.
- **Fours crématoires** : fours permettant de brûler le corps des prisonniers après les avoir tués.
- **Gestapo** : police politique du régime nazi chargée de surveiller la population.
- **Pestilence** : très mauvaise odeur, puanteur.
- **Rampe de débarquement** : plan incliné sur lequel les prisonniers débarquaient dans les camps de concentration à la sortie des trains.
- **Sauna** : cabine dans laquelle on prend un bain de chaleur sèche. Il sert ici à tuer les microbes et la vermine.
- **Vermine** : insectes parasites de l'homme (poux, puces...).
- **Wagons à bestiaux** : wagons originellement prévus pour le transport des animaux.

1 Simone Veil décrit ici différentes étapes de sa déportation dans le camp d'extermination d'Auschwitz-Birkenau :
- elle est d'abord arrêtée par la Gestapo, à Nice, avec sa mère et sa sœur ;
- puis elle est conduite au camp de transit de Drancy en région parisienne ;
- elle est ensuite emmenée en autobus à la gare de Bobigny ;

L'astuce du prof

Les étapes de la déportation sont les différents moments du voyage qui conduit Simone Veil et sa famille depuis Nice, où elles sont arrêtées, jusqu'au camp d'Auschwitz. Ne décrivez pas encore ce qui lui arrive dans le camp.

– de Bobigny, elle est déportée vers l'Est dans des wagons à bestiaux ;
– après deux jours et demi de voyage, elle arrive finalement au camp d'Auschwitz.

2 Dans les camps, les prisonniers sont déshumanisés : on les tatoue sur la peau du bras et on les menace d'un fouet s'ils n'obéissent pas ; on leur impose un travail forcé qui les fait mourir « à la tâche ».

Gagnez des points !
Vous pouvez citer des phrases du texte, mais également rédiger avec vos propres mots à partir des éléments trouvés dans le document.

3 Auschwitz est un centre de mise à mort : la plupart des prisonniers sont envoyés, dès leur arrivée, dans des « chambres à gaz ». Simone Veil fait aussi référence aux « vêtements des personnes qui venaient d'être gazées ». Enfin les prisonniers voient « la cheminée des crématoires et la fumée qui en échappait ».

L'astuce du prof
N'oubliez pas les guillemets si vous citez le texte.

4 L'idéologie nazie est une idéologie raciste et antisémite. Les Juifs et les Tziganes sont considérés comme une « race inférieure » dont il faut se débarrasser pour ne pas nuire à la « race aryenne », la « race pure » des Allemands.

Gagnez des points !
Ne vous contentez pas de citer les termes « raciste » et « antisémite ». Expliquez rapidement ce que vous connaissez de cette idéologie.

5 Par cette phrase, Simone Veil explique qu'en voyant la fumée sortir des cheminées des crématoires, elle « ne compren[ait] pas » que cette fumée était celle émise par les corps brûlés des prisonniers. En effet, les déportés pensent être dans un camp de travail mais Auschwitz est un double camp. Ils ne comprennent pas qu'en fait tous ceux qui ne peuvent pas travailler ont été assassinés dans des chambres à gaz, installées dans une autre partie du camp. Par ailleurs, elle ajoute que les déportés « ne pouvaient pas comprendre » car l'horreur de cette mort industrielle est alors inimaginable, trop horrible pour qu'ils puissent y croire.

Gagnez des points !
Utilisez ici vos connaissances personnelles sur le fonctionnement d'Auschwitz.

Sujet 12 Le témoignage d'un résistant

45 min

France métropolitaine, juin 2018

Exercice 1 Analyser et comprendre des documents

45 min 20 pts

Document Témoignage de Jean-Jacques Auduc, né le 9 juillet 1931, près du Mans

Mon travail était de récupérer les messages. Je venais à bicyclette, de chez ma grand-mère. Je récupérais les messages ; j'en récupérais d'autres que me donnait André Dubois. Et je rentrais à Foulletourte[1]… 25 kilomètres à l'aller, 25 kilomètres au retour. J'avais 12 ans. Je franchissais les barrages allemands sans être inquiété. Je cachais les messages dans la pompe de mon vélo.

Outre mes activités d'agent de liaison, on m'envoyait aussi dans les endroits où les adultes ne pouvaient pas aller. Par exemple, les Allemands avaient positionné sur le terrain d'aviation du Mans trois escadrilles de bombardiers « Junker ». Les Anglais les avaient repérées et ça les inquiétait. [...] On m'a envoyé avec un cerf-volant et je me suis approché le plus près possible. Les gardes – c'étaient de vieux soldats allemands – se sont même mis à jouer avec moi. À un moment, en me baissant, je me suis aperçu que les avions en question étaient en bois… C'était des leurres ! J'ai signalé ça. Les Anglais ont été rassurés. [...] Il n'y avait qu'un enfant qui pouvait s'approcher sans éveiller la méfiance des soldats. C'était le 21 septembre 1943 ; pour cette action, je recevrai, le 13 juin 1945, la Croix de guerre avec étoile de vermeil. [...] En novembre 1943, mes parents ont donc été arrêtés sur dénonciation. Moi, j'étais parti chez ma grand-mère pour apporter des plis. Les voisins m'attendaient au bout de la rue : « Surtout tu rentres pas chez toi parce que la Gestapo t'attend. » Les Allemands voulaient absolument me prendre pour me faire parler.

On avait prévu, en cas d'arrestation, que j'aille à Chartres, chez un commandant d'aviation. Je suis parti, sans argent, sans ticket d'alimentation, sans papiers ! Traqué par la Gestapo. Ne sachant pas ce que mes parents étaient devenus. [...]

Entre-temps, mes parents avaient été déportés. La Gestapo ne s'intéressait plus à moi. J'ai pu rentrer chez ma grand-mère. J'ai repris l'école avec l'idée de m'engager dans les FFI[2] pour aller libérer les camps et mes parents. C'est ce que j'ai fait à l'automne 1944. J'ai rejoint les FFI de Foulletourte. On traquait les Allemands en déroute. Mais je ne suis pas allé plus loin. J'étais trop jeune pour m'engager chez le général Leclerc[3]. Les Anglais m'ont récupéré, encore une fois. Ils m'ont emmené en Angleterre. J'ai vécu dans une famille d'officiers jusqu'au retour de mes parents.

D'après Philippe Chapleau, *Des Enfants dans la Résistance (1939-1945)*, Éditions Ouest France, 2008.

1. *Foulletourte :* commune située dans l'ouest de la France.
2. *Forces Françaises de l'Intérieur :* regroupement des principaux réseaux de résistants combattant en France.
3. *Général Leclerc :* officier général des Forces Françaises Libres devenues l'Armée française de la Libération à partir d'août 1943.

Questions

1 Présentez l'auteur de ce témoignage.

2 Décrivez la situation de la France au moment des faits racontés.

3 Indiquez les différentes missions confiées à Jean-Jacques Auduc et la raison pour laquelle la Résistance fait appel à lui.

4 Relevez les principaux acteurs de la lutte contre les Allemands avec lesquels il a été en contact.

5 Expliquez pourquoi les actions de la Résistance pouvaient être dangereuses.

Sujet 12 Corrigé

Les clés pour réussir

Bien lire le document

Identifier sa nature

Ce document est un témoignage tiré d'un ouvrage intitulé *Des Enfants dans la Résistance (1939-1945)* édité en 2008 et écrit par Philippe Chapleau. À l'intérieur de ce livre, on trouve différents témoignages dont celui de Jean-Jacques Auduc. Ce dernier revient, 65 ans après les faits, sur son enfance pendant la guerre et notamment sur ses actions en tant que résistant. ➜ Fiche 7

Repérer les éléments importants

- Le titre du document qui donne le nom et la date de naissance du témoin.
- Le texte exprimé à la première personne qui montre que c'est un témoignage.
- « J'avais 12 ans » qui permet de comprendre, dès le début du texte, que l'on est en 1943.
- Les « [...] » qui montrent que des coupes ont été faites dans ce témoignage.
- Les différents paragraphes qui correspondent à différents moments dans les actions de ce jeune résistant.

Bien comprendre les questions

Question 1

On vous demande de présenter l'auteur de ce témoignage. Ne vous contentez bien sûr pas de donner son nom, mais servez-vous de toutes les informations fournies par le texte : sa date de naissance, son âge pendant la guerre, son âge au moment où il témoigne, pourquoi il témoigne...

Question 2

On vous demande ici de décrire la situation de la France pendant la Seconde Guerre mondiale. Cette situation n'est qu'évoquée dans le texte. Vous avez donc besoin de connaissances personnelles.

Question 3

Vous pouvez trouver trois types de missions dans le document. Citez directement le texte (sans oublier les guillemets) ou bien expliquez par vous-mêmes en quoi consistent ces missions. Les deux premières missions sont décrites dans les deux premiers paragraphes, la dernière à la fin du texte.

Question 4

On vous demande ici de « relever » les principaux acteurs de la lutte contre les Allemands avec lesquels il a été en contact. Il s'agit donc de trouver les différentes personnes ou groupes de personnes qui luttaient contre les Allemands, avec lesquels il a résisté ou qu'il a pu rencontrer.

Question 5

Pour cette question, vous avez besoin de connaissances personnelles, mais il faut aussi vous appuyer sur les exemples donnés par Jean-Jacques Auduc. Ne vous contentez pas de dire que les résistants risquaient leur vie, mais expliquez précisément ce qui pouvait leur arriver s'ils étaient arrêtés.

Les mots-clés

- **Agent de liaison** : personne chargée de transmettre des messages à la Résistance.
- **Déportation** : déplacement forcé dans un camp de concentration ou d'extermination.
- **Déroute** : fuite désordonnée d'une armée vaincue.
- **Gestapo** : police politique du régime nazi, chargée notamment de surveiller la population.
- **Leurres** : ici, ce sont de faux avions destinés à faire croire à l'ennemi que le lieu est protégé.
- **Résistance** : ensemble des mouvements et réseaux menant des actions clandestines contre l'Allemagne nazie et contre le Régime de Vichy.
- **Ticket d'alimentation** : ticket de rationnement distribué pendant la guerre en raison des pénuries et qui limite les rations données à chaque famille.

1 L'auteur de ce témoignage est Jean-Jacques Auduc qui est né le 9 juillet 1931 près du Mans. La publication de son témoignage date de 2008 et il raconte son activité de résistant pendant la Seconde Guerre mondiale, à partir de 1943, alors qu'il n'avait que 12 ans.

Gagnez des points !

Indiquez à quelle date Jean-Jacques Auduc a livré ce témoignage. Cela permet de comprendre qu'il a 77 ans lorsqu'il parle de son enfance.

2 Au moment des faits racontés, la France est occupée par l'Allemagne nazie. Elle a perdu la bataille de France en 1940 et a donc été envahie. Le Gouvernement de Vichy, dirigé par le maréchal Pétain, a signé l'armistice et collabore avec l'Allemagne, par exemple en leur livrant les juifs présents en France afin qu'ils les déportent ou en luttant contre les résistants. En effet, des Français choisissent de résister à l'Allemagne nazie et au Gouvernement de Vichy. Certains rejoignent le général de Gaulle et les Forces Françaises Libres à Londres ; d'autres, à l'intérieur du territoire national, résistent en entrant dans des réseaux ou des mouvements qui agissent localement.

L'astuce du prof

Soyez le plus précis possible dans le vocabulaire utilisé. Utilisez vos connaissances pour décrire la situation complexe de la France à cette époque.

3 Jean-Jacques Auduc a participé à différentes missions de résistance. Tout d'abord, en 1943, il est devenu agent de liaison, c'est-à-dire qu'il transportait pour la Résistance des messages, cachés dans sa pompe à vélo. En effet, en raison de son jeune âge, les Allemands ne le fouillaient pas aux différents barrages. De même, il remplissait des tâches d'espionnage et de renseignement, comme lorsqu'il a indiqué aux Anglais que des avions allemands stationnés près de chez lui étaient en fait en bois. Là encore, les

Allemands ne se méfiaient pas d'un enfant de 12 ans. Enfin, après l'arrestation de ses parents, à la fin de la guerre, il s'est engagé dans les FFI, notamment pour « traquer les Allemands en déroute ».

L'astuce du prof

Séparez bien les deux missions qui lui ont été confiées avant l'arrestation de ses parents de celle qu'il a menée ensuite.

4 Les principaux acteurs de la lutte contre les Allemands avec lesquels Jean-Jacques a été en contact sont des membres de réseaux ou de mouvements de résistance à qui il transmet des messages, des Anglais qui continuent à mener la guerre contre l'Allemagne puis, à la fin de la guerre, des FFI, Forces Françaises de l'Intérieur, qui regroupent les principaux réseaux de résistants combattant en France. En revanche, il est trop jeune pour s'engager dans les FFL, l'Armée de la Libération menée par le général Leclerc.

Gagnez des points !

Vous pouvez mentionner les FFL, mais uniquement pour montrer qu'il n'en a pas fait partie, même s'il a peut-être été en contact avec eux.

5 Les actions de la Résistance pouvaient être très dangereuses. On voit ici que les parents de Jean-Jacques ont été arrêtés après avoir été dénoncés. Cette arrestation a conduit à leur déportation dans un camp de concentration, d'où on ne revenait que rarement. D'autres résistants étaient même fusillés sans être déportés. De plus, lorsque Jean-Jacques risque d'être arrêté, il dit que « les Allemands voulaient absolument (le) prendre pour (le) faire parler ». S'il avait été arrêté, il aurait probablement été torturé par la Gestapo, la police politique nazie, afin qu'il dénonce d'autres résistants avec qui il avait été en contact. Beaucoup de résistants ont ainsi été torturés pendant de longs jours dans les locaux de la Gestapo.

Gagnez des points !

Ne vous contentez pas de citer le texte, mais utilisez vos connaissances pour expliquer ce que risquaient les résistants français.

Sujet 13 La Résistance en France

45 min

Antilles-Guyane, juin 2017

Exercice 1 Analyser et comprendre les documents — 20 pts

Document 1 Tract du mouvement de Résistance Combat de novembre 1942

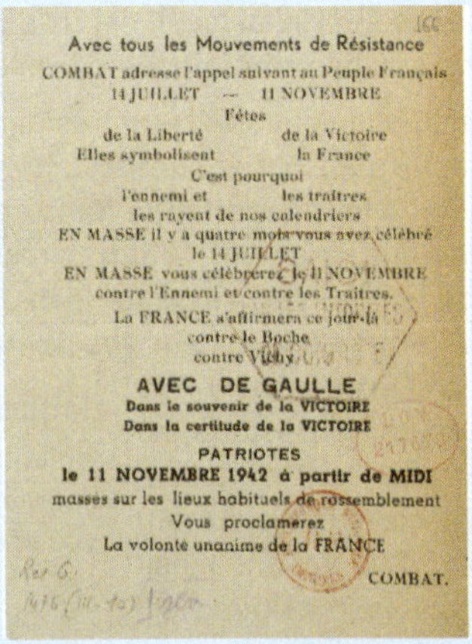
Avec tous les Mouvements de Résistance
COMBAT adresse l'appel suivant au Peuple Français
14 JUILLET — 11 NOVEMBRE
Fêtes
de la Liberté — de la Victoire
Elles symbolisent — la France
C'est pourquoi
l'ennemi et — les traîtres
les rayent de nos calendriers
EN MASSE il y a quatre mois vous avez célébré
le 14 JUILLET
EN MASSE vous célébrerez le 11 NOVEMBRE
contre l'Ennemi et contre les Traîtres.
La FRANCE s'affirmera ce jour-là
contre le Boche
contre Vichy.
AVEC DE GAULLE
Dans le souvenir de la VICTOIRE
Dans la certitude de la VICTOIRE
PATRIOTES
le 11 NOVEMBRE 1942 à partir de MIDI
massés sur les lieux habituels de rassemblement
Vous proclamerez
La volonté unanime de la FRANCE
COMBAT.

Source : *www.memoiredeshommes.sga.defense.gouv.fr/*

Document 2 Le défilé du 11 novembre 1943 des maquisards de l'Ain à Oyonnax

Source : *www.maquisdelain.org/*

Questions

1 Identifiez la nature et l'auteur du document 1.

2 Identifiez et expliquez qui est « l'Ennemi » et qui sont « les Traîtres » évoqués dans le document 1.

3 Relevez dans les documents trois acteurs engagés dans la Résistance.

4 Pourquoi les dates du 14 juillet et du 11 novembre ont-elles été choisies par les mouvements de résistance pour appeler le peuple à défiler ?

5 Présentez en quelques lignes deux exemples d'actions menées par la Résistance en France.

Sujet 13 Corrigé

Les clés pour réussir

Bien lire le document

Identifier sa nature

- Le dossier vous propose deux documents. **Le document 1** est un tract, c'est-à-dire un papier que l'on distribue pour informer ou mobiliser la population. Ici, ce tract est **clandestin** : il est donc distribué à la population française en cachette des autorités. Ses auteurs risquent d'être arrêtés par la police française ou la Gestapo, la police politique de l'Allemagne nazie.
- **Le document 2** est une photographie prise lors du défilé du 11 novembre 1943 à Oyonnax dans l'Ain. → fiche 7

Repérer les éléments importants

- Les deux dates célébrées par les deux documents.
- Le nom du mouvement de résistance « Combat ».
- Le début du tract qui explique pourquoi ces dates sont importantes.
- Les ennemis et les traîtres : le Boche (Allemand) et Vichy (le gouvernement collaborateur).
- Le nom de de Gaulle en gras au centre, avec le mot « victoire » répété deux fois.
- La jeunesse des maquisards sur la photo, ainsi que leurs fusils qui montrent qu'ils sont des combattants.

Bien comprendre les questions

Question 1

- Lorsqu'on vous demande de trouver la nature d'un document, il s'agit en fait d'expliquer **de quel type de document il s'agit** : une carte, un extrait de texte... Ici, l'auteur n'est pas une personne en particulier, mais un **mouvement de Résistance**, dont vous devez trouver le nom.

- Les deux documents sont des **documents historiques** pour lesquels la source est citée, mais on ne vous demande pas de la mentionner dans votre réponse.

Question 2

Attention de **bien distinguer « l'Ennemi »**, celui qui a envahi le territoire français et que l'on combat lors de cette guerre, **du « Traître »** qui collabore avec cet ennemi. Les deux sont mentionnés dans le tract, mais vous avez besoin de connaissances pour expliquer qui ils sont précisément.

Question 3

Vous pouvez trouver deux acteurs engagés dans la Résistance à l'intérieur du document 1 et un autre dans le document 2. Ces acteurs peuvent être **des personnes, des groupes de personnes** ou **des mouvements politiques.**

Question 4

Pour répondre à cette question, quelques indications sont données dans le document 1, mais vous devez aussi mobiliser **vos connaissances personnelles** sur ces deux dates. Pensez surtout **aux valeurs qu'elles symbolisent.**

Question 5

- C'est la consigne qui rapporte le plus de points, car c'est celle qui demande le développement le plus important. Vous pouvez partir de la réponse à la consigne 3 (celle sur les acteurs de la Résistance), et vous interroger sur ce que ces acteurs ont mené comme actions pendant la guerre.
- Choisissez deux types d'action réellement différents pour montrer au correcteur que vous avez compris **les différentes formes, civiles et militaires, que pouvait prendre la Résistance.**

Les mots-clés

- **Boche** : surnom péjoratif donné aux Allemands pendant la guerre.
- **Gouvernement de Vichy** : Gouvernement français pendant la Seconde Guerre mondiale. Dirigé par le maréchal Pétain, il collabore avec les Allemands.
- **Maquisards** : résistants cachés dans les maquis, des endroits reculés difficiles d'accès, d'où ils mènent des actions armées.
- **Résistance** : actions clandestines menées contre l'Allemagne nazie. En France, la Résistance lutte aussi contre le régime de Vichy. Cette Résistance française s'organise en réseaux, mouvements et maquis.

1 Le document 1 est un tract clandestin du mouvement résistant « Combat » diffusé en novembre 1942.

> **Gagnez des points !**
> Indiquez également la date de diffusion de ce tract qui permet de mieux comprendre le contexte dans lequel il a été écrit.

2 Pour les résistants du mouvement « Combat », « l'Ennemi » désigne les Allemands qui occupent la France depuis 1940. Les « Traîtres » sont les collaborateurs du régime de Vichy dirigé par le maréchal Pétain.

> **Gagnez des points !**
> Citez le nom du régime qui gouverne la France de 1940 à 1944 et de son dirigeant.

3 Dans les deux documents, on peut repérer plusieurs acteurs engagés dans la Résistance : le mouvement de résistance « Combat », l'un des plus importants mouvements de la Résistance en France ; le Général de Gaulle, chef de la France libre à Londres ; et enfin de jeunes maquisards de l'Ain, c'est-à-dire de jeunes combattants se cachant dans la montagne.

> **Gagnez des points !**
> Donnez quelques précisions sur chacun de ces acteurs pour montrer que vous les connaissez.

4 Les mouvements de la Résistance ont appelé à défiler aux dates du 14 juillet et du 11 novembre car ce sont les « fêtes de la Liberté et de la Victoire » et qu'« elles symbolisent la France ». Le 14 juillet célèbre la prise de la Bastille en 1789 lors de la Révolution française : cette date est donc synonyme de liberté. Le 11 novembre est la date de la signature de l'armistice de la Première Guerre mondiale en 1918 : elle rappelle donc la victoire de la France sur l'Allemagne.

> **L'astuce du prof**
> Utilisez vos connaissances d'EMC et du chapitre d'histoire sur la Première Guerre mondiale pour bien expliquer la portée des dates citées dans le texte.

5 En France, pendant la Seconde Guerre mondiale, la Résistance mène diverses actions pour lutter contre l'occupation allemande et le Gouvernement collaborateur de Vichy. Ainsi les maquisards, cachés dans les montagnes ou des endroits reculés, sont souvent de jeunes Français qui refusent de partir travailler en Allemagne dans le cadre du STO. Ils prennent donc les armes contre l'occupant et Vichy : ils attaquent des convois, assassinent des responsables, défient leur autorité en défilant le jour du 14 juillet ou du 11 novembre. Par ailleurs, d'autres résistants se regroupent en mouvements pour mener une lutte politique grâce à des journaux clandestins et des tracts, afin de préparer le retour de la République et d'aider les Alliés à libérer la France.

> **L'astuce du prof**
> Soyez précis sur les actions que vous décrivez. Vous pouvez vous appuyer sur les exemples cités par les documents, mais aussi sur vos connaissances personnelles sur le sujet.

Sujet 14 L'accession à l'indépendance des colonies

45 min

France métropolitaine, juin 2017

Exercice 2 Maîtriser différents langages 20 pts

1 Rédigez un développement construit d'environ vingt lignes expliquant comment une colonie est devenue indépendante. Vous vous appuierez sur l'exemple étudié en classe.

2 Situez les événements sur la frise chronologique ci-après, en reportant le numéro correspondant dans la case.

1. La chute du mur de Berlin

2. La libération de la France

3. La naissance de la Ve République

4. La Première Guerre mondiale

5. L'arrivée d'Hitler au pouvoir

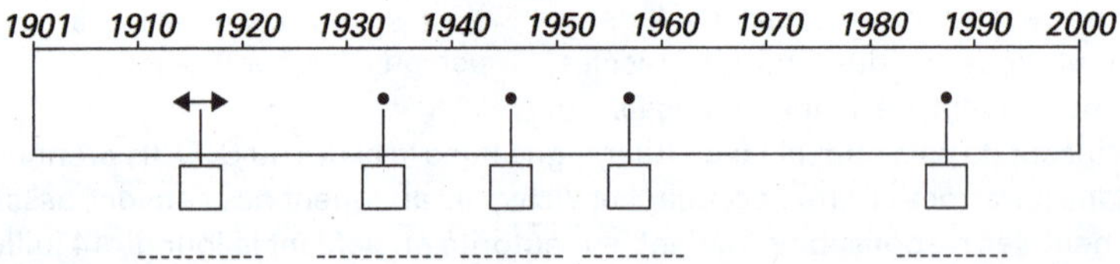

3 Sur les pointillés, vous indiquerez la date de deux événements de votre choix.

4 À partir de la frise chronologique, trouvez l'événement en lien avec la guerre froide et justifiez votre choix en quelques mots.

Sujet 14 Corrigé

Les clés pour réussir

Bien comprendre les consignes

Consigne 1

- Cette consigne vous demande de rédiger un **développement construit** expliquant comment **une colonie est devenue indépendante.** Vous avez le choix de vous appuyer sur n'importe quel exemple étudié en cours. Les États les plus classiques sont l'**Inde**, l'**Indochine** et l'**Algérie,** mais vous pouvez choisir d'autres États. L'essentiel est que vous ayez suffisamment de connaissances sur ce pays pour pouvoir expliquer pourquoi il réclame son indépendance et comment il parvient à ses fins.
- **Attention de ne pas rédiger un texte sur la décolonisation en général**. Le sujet vous invite bien à vous appuyer sur un pays en particulier et pas sur tous les exemples que vous connaissez. Vous pouvez simplement évoquer la décolonisation en général dans l'introduction pour montrer que vous situez bien dans le temps sa principale phase.
- Sur le pays que vous avez choisi, vous devez évoquer les **causes** de cette indépendance, ses **acteurs** (personnages, partis, mouvements...), les **dates** importantes, notamment celle de l'indépendance et la **manière** dont s'est mise en place cette décolonisation, par la violence ou par des négociations. → Fiche 8

Consigne 2

- Pour la **première partie** de la consigne, lisez bien l'énoncé et ne reportez que les numéros dans les cases.
- Pour la **deuxième partie** de la consigne, limitez-vous à deux événements même si vous les connaissez tous. Par date, on entend ici des années.
- Dans la **troisième partie** de la consigne, on vous demande de justifier votre choix. Il s'agit en fait de montrer que cet événement a un rapport avec la guerre froide.

Les mots-clés

Indépendance • Colonie • Décolonisation • Inégalités • Revendications • FLN • Accords d'Évian → lexique

HISTOIRE

1 De 1947 à 1962, la plupart des pays colonisés deviennent indépendants dans le monde. Comment l'Algérie, colonie française peuplée par environ un million d'Européens et des millions de « musulmans », est-elle devenue indépendante ?

Gagnez des points !
Précisez les dates de la principale phase de décolonisation dans le monde qui commence par l'indépendance de l'Inde et se termine par celle de l'Algérie.

À la fin de la Seconde Guerre mondiale, les revendications indépendantistes se font de plus en plus importantes en Algérie. De nombreux soldats algériens ont combattu aux côtés des Alliés pour libérer la France. Ils réclament à leur tour le droit à la liberté et à l'égalité, valeurs pour lesquelles ils se sont battus pendant la guerre. Le 8 mai 1945 à Sétif, à l'occasion de la célébration de la victoire des Alliés, une manifestation tourne à l'émeute. Des Européens sont tués et la répression française est sanglante. Ces événements montrent la rupture entre les Algériens et les Européens. Ce d'autant plus que les inégalités sont très fortes entre les deux peuples. Par exemple, dans les années 1950, alors que 100 % des enfants européens sont scolarisés, ce n'est le cas que pour moins de 20 % des Algériens. Les colons habitent surtout dans les grandes villes tandis que ceux qu'on appelle les « musulmans » ou les « indigènes » sont surtout des ruraux.

L'astuce du prof
Commencez par expliquer pourquoi l'Algérie réclame son indépendance.

Pour obtenir son indépendance, l'Algérie doit mener une guerre de décolonisation. En 1954, le Front de libération nationale (FLN) proclame l'indépendance de l'Algérie, en même temps qu'éclate une vague d'attentats touchant la communauté européenne en Algérie. Face à ces violences, le gouvernement français envoie l'armée et les appelés du contingent. Les violences sont nombreuses de chaque côté. Les militaires français traquent les partisans du FLN cachés dans les maquis et n'hésitent pas à pratiquer la torture. De leur côté, les indépendantistes assassinent des fonctionnaires français et des Algériens suspectés d'aider les colons. La politique de la France en Algérie est vivement critiquée à l'ONU, mais aussi par les deux grandes puissances, les États-Unis et l'URSS. Ce n'est qu'après huit ans d'une guerre sanglante que le général de Gaulle, président de la Vᵉ République depuis 1958, clôt les négociations avec le FLN par les accords d'Évian en 1962, qui accordent son indépendance à l'Algérie.

L'astuce du prof
Caractérisez bien les deux camps qui s'opposent.

L'Algérie a donc dû mener une violente guerre de décolonisation pour obtenir son indépendance. Des dizaines de milliers d'Européens, les « Pieds-Noirs » doivent quitter le pays dans la précipitation. L'Algérie décolonisée doit faire face au défi de la construction d'un nouvel État.

Gagnez des points !
Dans la conclusion, essayez d'élargir un peu le sujet en expliquant une ou deux conséquences de cette guerre.

2 a. et **b.**

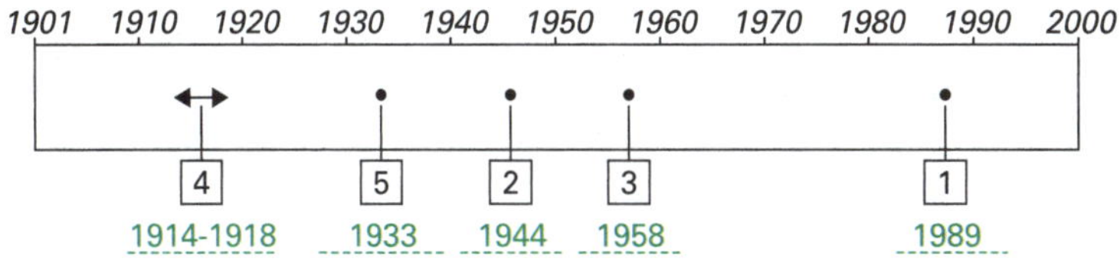

c. L'événement en lien avec la guerre froide est la chute du mur de Berlin en 1989 car cet événement est symbolique de l'effondrement du bloc de l'Est et donc de la fin de la guerre froide.

Gagnez des points !

Pour la troisième partie de la consigne, rédigez bien votre réponse, sans raconter toute l'histoire du mur de Berlin.

Sujet 15 Un monde bipolaire

45 min

Asie-Pacifique, juin 2017

Exercice 2 Maîtriser différents langages

20 pts

1 Rédigez un texte structuré d'une vingtaine de lignes présentant le monde bipolaire au temps de la guerre froide (dates, définitions, acteurs, manifestations).

2 Sur la frise chronologique ci-dessous, placez les dates de début et de fin de la guerre froide et donnez-en un événement majeur que vous placerez également sur la frise.

Le monde bipolaire de la guerre froide

Sujet 15 Corrigé

Les clés pour réussir

Bien comprendre les consignes

Consigne 1

- L'analyse du sujet n'est pas très facile, surtout à cause des mots entre parenthèses (« dates, définitions, acteurs, manifestations »). Ce n'est bien sûr pas un plan à suivre. Vous devez **insérer ces informations dans votre développement construit**.
- Les dates sont les **dates repères du programme** (bornes chronologiques de la guerre froide et date d'une crise importante de ce conflit). Les définitions sont **les termes particuliers**, appris en cours, qui se rapportent à la guerre froide. Les acteurs sont les **deux grandes puissances**, ainsi que leurs principaux dirigeants. Par manifestations, le sujet entend les **formes d'affrontement** entre les deux blocs, que ce soient des crises, des conflits ou des rivalités.

- Le sujet vous invite à « présenter » le monde bipolaire au temps de la guerre froide. Cela signifie que vous devez décrire comment le monde se divise en **deux blocs opposés**, puis comment ces deux blocs s'affrontent. D'autres structures sont possibles, l'essentiel étant que vous organisiez vos connaissances. ➜ Fiche 8

Consigne 2

Attention de bien placer les dates en précisant l'événement qui correspond. Pour la fin de la guerre froide, deux dates peuvent être acceptées : soit celle de la chute du mur de Berlin, soit celle de l'éclatement de l'URSS.

Les mots-clés

Monde bipolaire • Guerre froide • Communisme • Capitalisme • Démocratie • Rideau de fer • OTAN • Pacte de Varsovie • Dissuasion nucléaire ➜ lexique

1 Dès la fin de la Seconde Guerre mondiale, des tensions apparaissent entre les États-Unis et l'URSS : la guerre froide commence et dure jusqu'en 1989. Comment se présente le monde bipolaire au temps de la guerre froide ?

Gagnez des points !
Présentez le sujet et donnez les bornes chronologiques du sujet (début et fin de la guerre froide).

À partir de 1947, le monde est véritablement coupé en deux. On parle alors d'un monde bipolaire. L'idéologie des États-Unis et celle de l'URSS, les deux grands vainqueurs de la Seconde Guerre mondiale, sont en effet incompatibles : démocratie et capitalisme pour les États-Unis ; communisme pour l'URSS de Staline. Dans les pays d'Europe de l'Est qu'elle a libérés, cette dernière impose des dictatures communistes. Le président américain, Harry Truman, réagit en proposant l'aide économique du Plan Marshall pour insérer dans sa zone d'influence les pays d'Europe de l'Ouest. L'Europe est donc divisée par un « rideau de fer », une frontière infranchissable. Chacun des deux Grands cherche en fait à étendre sa zone d'influence en tentant de limiter celle du camp opposé. Deux blocs d'alliance militaire opposés se mettent en place à l'échelle mondiale : l'OTAN pour le bloc de l'Ouest et le Pacte de Varsovie pour le bloc de l'Est. En 1949, la victoire des communistes de Mao Zedong semble renforcer encore le bloc communiste.

L'astuce du prof
Comme vous le demande le sujet, utilisez bien les définitions précises apprises en classe.

Malgré ces tensions très fortes, les États-Unis et l'URSS ne s'affrontent jamais directement. C'est une guerre « froide ». À partir de 1949, l'URSS se dote à son tour de l'arme atomique. Un « équilibre de la terreur » se met en place grâce à la dissuasion nucléaire : aucun des deux Grands n'ose déclencher un conflit qui risquerait de les détruire en même temps que leur ennemi. Parfois cependant, on est proche de l'affrontement : c'est le cas à Berlin lors de la construction du mur en 1961 ou lors de la crise de Cuba en 1963. En dehors de ces crises, le conflit prend d'autres formes. Les États-Unis et l'URSS rivalisent dans tous les domaines. Ils mènent une guerre idéologique et culturelle à travers tous les arts qui deviennent des outils de propagande. Ils mènent aussi une guerre technologique, notamment avec la conquête spatiale : en 1959, l'URSS envoie le premier homme dans l'espace, mais ce sont les États-Unis qui marchent les premiers sur la Lune dix ans plus tard. Enfin les deux Grands s'affrontent également indirectement lors de conflits locaux comme lors de la guerre de Corée de 1950 à 1953 ou de la guerre du Vietnam dans les années 1960.

L'astuce du prof

Ne racontez pas en détail les crises de la guerre froide, car ce n'est pas le sujet.

Pendant la guerre froide, le monde bipolaire voit donc s'affronter deux grands blocs d'alliance menés par les États-Unis et l'URSS. Après la chute du mur de Berlin en 1989, le bloc de l'Est se disloque peu à peu jusqu'à l'éclatement de l'URSS en 1991.

Gagnez des points !

Expliquez rapidement comment s'est terminée la guerre froide.

2

Le monde bipolaire de la guerre froide

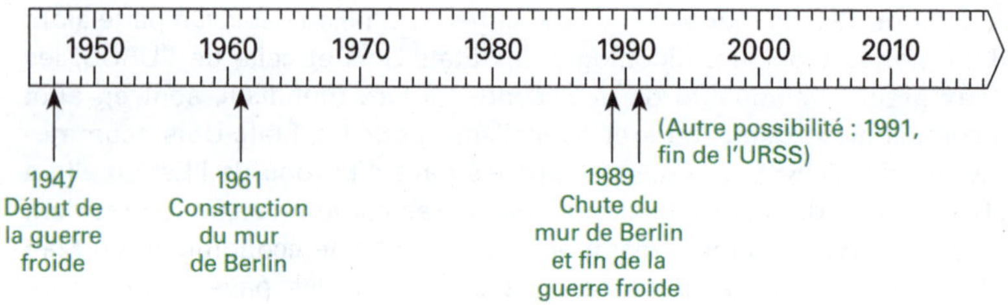

Sujet 16 L'Allemagne au temps de la guerre froide

45 min

Amérique du Nord, juin 2018

Exercice 1 Analyser et comprendre des documents 20 pts

HISTOIRE

Document 1 Berlin, Checkpoint Charlie (1961)

Checkpoint Charlie est un point de passage entre Berlin-Ouest et Berlin-Est. Le 25 octobre 1961, les gardes-frontières de Berlin-Est refusent le passage d'un ambassadeur américain. Des chars américains et soviétiques se retrouvent face à face. Après plusieurs heures, ils se retirent sans qu'aucun coup de feu n'ait été tiré.

© R.Hesse, Bundesarchiv, 1961.

Document 2 **L'Allemagne au temps de la guerre froide**

Au cours de la guerre froide, la famille Berdau (composée de quatre sœurs – Käthe, mariée à Heinz, Traute, Rose-Marie et Anneliese – ainsi que leurs parents) est séparée par les évènements.

En 1959, en RDA, Heinz et Käthe Krause sont arrêtés, accusés d'avoir voulu fuir à l'Ouest. Le jeune géologue est condamné à douze mois de prison, elle [Käthe, sa femme] est détenue vingt-quatre heures et perd son travail.
[...] Heinz et Käthe sont décidés. Ils vivent « avec une valise sous le lit ». Le jeune couple demande l'autorisation de partir en vacances sur la presqu'île de Hela, en Pologne. En réalité ils vont à Berlin. En 1960, le mur n'a pas encore été construit et un train régional circule entre deux destinations de l'Est, avec quelques arrêts très surveillés dans Berlin-Ouest. « Mon mari était très courageux, il a pris l'initiative », raconte Käthe, les yeux brillants. Au premier arrêt dans le district ouest, il dit à sa femme : « On sort ! ». Ils descendent sans rien dire, attendant qu'on les arrête, mais on ne les remarque pas. [...]
Quand le Mur est construit en 1961, Traute vit à Hambourg (RFA), Rose-Marie en Autriche, Käthe à Waiblingen (RFA), seule Anneliese est restée à Greifswald (RDA) avec leur mère. « On était séparés, peut-être pour toujours ». Anneliese et Käthe restent très proches. « On échangeait des photos, mais les lettres étaient contrôlées. On ne pouvait pas parler de nos vies. Les paquets étaient fouillés. En trente ans, les visites se comptent sur les doigts d'une main. [...] En 1989, on n'avait pas idée que le Mur pouvait tomber. On ne se rendait pas compte que c'était proche. »

N. Lacube, « En Allemagne, les sœurs Berdau ont vécu au rythme de l'histoire », *La Croix*, 15 janvier 2011.

Questions

1 D'après le document 1, quelles sont les deux principales puissances rivales au cours de la guerre froide ?
2 D'après le document 2, qu'ont décidé Heinz et Käthe ? En quoi cela permet-il d'expliquer la construction du mur de Berlin ?
3 Montrez que la guerre froide a rendu difficile la vie quotidienne des Allemands (au moins deux éléments attendus).
4 Relevez dans le document 2, en indiquant sa date, l'événement qui correspond à la fin de la guerre froide.
5 Montrez, à l'aide des deux documents, que la situation à Berlin et en Allemagne illustre les tensions entre l'Est et l'Ouest pendant la guerre froide.

Sujet 16 Corrigé

Les clés pour réussir

Bien lire les documents

Identifier les documents

- Le document 1 est une photographie de Checkpoint Charlie à Berlin, accompagnée d'un petit texte qui explique la situation particulière de la journée du 25 octobre 1961.
- Le document 2 est un témoignage recueilli par une journaliste du journal *La Croix* en 2011 sur la vie de quatre sœurs en Allemagne pendant la guerre froide. → Fiche 8

Repérer les éléments importants

- La **présentation de la photographie**, qui permet ensuite de comprendre la scène et notamment le face-à-face des chars américains et russes en plein cœur de Berlin.
- La **présentation du document 2**, qui permet d'identifier les personnages mentionnés dans le texte.
- Le **premier paragraphe du texte**, qui contient l'information essentielle pour comprendre le document 2.
- Le **deuxième paragraphe**, qui explique comment on pouvait passer de Berlin-Est à Berlin-Ouest avant la construction du Mur.
- Le **dernier paragraphe**, qui rappelle les difficultés rencontrées par cette famille pour rester unie et en contact, malgré la guerre froide et ses conséquences pour l'Allemagne.

Bien comprendre les questions

Question 1

Ces deux grandes puissances sont mentionnées dans la présentation du document 1, car elles s'affrontent et se menacent au moyen de leurs chars d'assaut. Vos connaissances doivent par ailleurs vous permettre de répondre à cette question très facile.

Question 2

La décision de Heinz et Käthe est expliquée dans le premier paragraphe. Vous devez ici montrer votre capacité à faire le lien entre vos connaissances et l'exemple du document, en mettant en relation les raisons de la construction du Mur et le témoignage de Heinz et Käthe.

Question 3

Vous devez ici vous appuyer essentiellement sur le document 2 pour répondre à cette question. Attention toutefois de ne pas paraphraser le document en vous contentant d'en recopier des extraits : vous devez rédiger vous-même la réponse ou citer le texte en utilisant des guillemets.

Question 4

Vous devez ici relever la date qui vous est donnée dans le texte, et faire le lien avec un événement que vous devez trouver dans vos connaissances personnelles.

Question 5

Il s'agit ici de rédiger une réponse assez développée, car elle est notée sur 8 points. Vous devez exposer vos connaissances de manière détaillée en respectant le sujet donné. En effet, la consigne vous demande de montrer que Berlin et l'Allemagne ont été des lieux de tensions pendant la guerre froide entre les deux grandes puissances rivales de ce conflit. Il ne faut donc pas raconter la guerre froide, ce qui serait hors sujet, mais centrer votre développement sur Berlin et l'Allemagne. Exposez d'abord leur situation, héritée de la Seconde Guerre mondiale, puis décrivez les principales tensions ou crises qui s'y sont déroulées.

Les mots-clés

- **Checkpoint** : point de passage militarisé entre Berlin-Est et Berlin-Ouest avant la construction du Mur. Checkpoint Charlie était le plus important et le plus célèbre d'entre eux.
- **Monde bipolaire** : désigne la situation géopolitique du monde pendant la guerre froide, divisé en deux blocs par la rivalité entre deux grandes puissances : les États-Unis et l'URSS.
- **Ouest** : désigne l'Allemagne de l'Ouest et, plus généralement, les pays qui appartiennent au bloc allié derrière les États-Unis.
- **RDA** : République démocratique d'Allemagne (Allemagne de l'Est), république communiste sous contrôle de l'URSS.
- **RFA** : République fédérale d'Allemagne (Allemagne de l'Ouest), république libérale sous l'influence des États-Unis.

1 Les deux puissances rivales au temps de la guerre froide sont l'URSS et les États-Unis.

2 Heinz et Käthe ont décidé de quitter la RDA pour passer à l'Ouest, c'est-à-dire en RFA. Pour cela, ils décident de passer par Berlin. Ils prennent un train à Berlin-Est et descendent, malgré la surveillance, au premier arrêt dans Berlin-Ouest. Ce témoignage permet d'expliquer la construction du mur de Berlin en 1961. En effet, il nous montre que comme la frontière, « le rideau de fer », entre la RDA et la RFA était infranchissable, environ 3 millions d'Allemands de l'Est, comme Heinz et Käthe, avaient choisi Berlin pour passer à l'Ouest entre 1949 et 1961.

Gagnez des points !
Utilisez vos connaissances pour développer votre réponse et montrer la portée historique de ce témoignage.

3 La guerre froide a rendu la vie quotidienne des Allemands difficile pour plusieurs raisons. Tout d'abord, les Allemands n'étaient pas libres de se déplacer et de circuler comme ils le voulaient. En RDA, ils étaient surveillés et pouvaient, comme Käthe et Heinz, être emprisonnés ou perdre leur travail s'ils voulaient se rendre à l'Ouest. Ensuite, les liens de famille étaient rendus compliqués en raison de la situation politique de la région. Les familles ne pouvaient plus se voir, ou difficilement, quand elles étaient dispersées entre l'Est et l'Ouest, comme c'est expliqué dans le témoignage. Enfin, les familles ne pouvaient pas même correspondre ou communiquer comme elles le voulaient, car elles savaient que leurs courriers seraient lus et fouillés, notamment en RDA.

L'astuce du prof
Montrez votre bonne compréhension des documents en donnant plus de deux exemples de difficultés quotidiennes rencontrées par les Allemands.

HISTOIRE

4 L'événement qui correspond à la fin de la guerre froide dans le texte est la chute du mur de Berlin en novembre 1989.

Gagnez des points !
Préciser le mois de la chute du mur de Berlin pour valoriser vos connaissances personnelles.

5 La situation à Berlin et en Allemagne illustre les tensions entre l'Est et l'Ouest pendant la guerre froide. En effet, en 1945, l'Allemagne et la ville de Berlin sont coupées en deux : les deux grands vainqueurs de la Seconde Guerre mondiale, l'URSS et les États-Unis, se les partagent. En 1949, la partie occupée par l'URSS devient la RDA et adopte le communisme sur le modèle soviétique, tandis que la partie occupée par les États-Unis devient la RFA et adopte la démocratie libérale sur le modèle américain, reflétant la rivalité idéologique entre les deux grandes puissances de la guerre froide.

Gagnez des points !
Utilisez vos connaissances pour rédiger une réponse développée sur la situation de Berlin et les différentes crises qu'elle a connues, sans oublier de faire référence aux documents proposés.

Dès lors, la ville de Berlin, qui se trouve au milieu du territoire de la RDA, devient une source régulière de tensions entre les deux puissances rivales qui s'y font face. En 1948, l'URSS tente un blocus de Berlin-Ouest ; les États-Unis démontrent leur force et leur détermination en organisant un pont aérien pour le contourner. En 1961, l'URSS construit un mur en quelques jours, pour isoler Berlin-Est et stopper une émigration massive. Kennedy, président des États-Unis, en fait le « mur de la honte », transformant le coup de force de l'URSS en victoire idéologique pour les États-Unis.

Enfin, c'est la chute du mur de Berlin en novembre 1989 qui marque la fin de la guerre froide. Celui-ci tombe sans aucune réaction de l'URSS, au grand étonnement des Allemands, comme nous le montre le document 2. Il symbolise l'écroulement du bloc de l'Est et la victoire incontestée des États-Unis dans ce long conflit larvé.

Sujet 17 Le monde au XXe siècle

45 min

France métropolitaine, septembre 2018

HISTOIRE

Exercice 2 Maîtriser différents langages pour raisonner et utiliser des repères historiques **20 pts**

1 Rédigez un développement construit d'environ vingt lignes racontant les étapes et présentant les enjeux de la construction européenne.

2 a. En suivant l'exemple proposé (Joseph Staline/Communisme soviétique), associez chaque expression suivante à un personnage.

- Front populaire
- Régime de Vichy
- Allemagne nazie
- Ve République
- Loi sur l'IVG (interruption volontaire de grossesse)

Léon Blum

① ....

Joseph Staline

② Communisme soviétique

Charles de Gaulle

③ ....

Philippe Pétain

④ ....

Simone Veil

⑤ ....

Adolphe Hitler

⑥ ....

b. Reportez son numéro à sa place sur la frise chronologique.

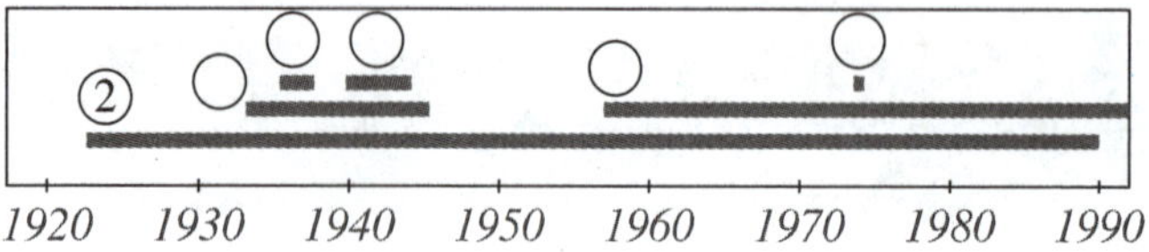

c. Nommez et datez un événement auquel participe un de ces personnages.

Sujet 17 Corrigé

Les clés pour réussir

Bien comprendre les consignes

Consigne 1

- Le sujet porte sur les « étapes » et les « enjeux » de la construction européenne. Le mot « étape » fait référence aux différents grands traités qui ont permis la construction européenne, tandis que le mot « enjeu » implique de retrouver les objectifs recherchés à chacune de ces étapes.
- Vous devez réfléchir à ces deux mots importants en les associant. En effet, il ne s'agit pas de rédiger votre paragraphe en parlant d'abord des étapes et ensuite des enjeux, mais de **réfléchir aux enjeux présents à chaque grande étape de la construction européenne**.
- La difficulté du sujet est qu'il ne vous donne aucune date. C'est à vous de déterminer quelles sont les grandes étapes qui vont marquer **le début**, **le milieu** et **la fin de votre développement** construit. Un brouillon est donc nécessaire pour rassembler d'abord toutes les dates que vous connaissez sur la construction européenne, puis pour réfléchir à celles que vous allez choisir comme étapes majeures. → Fiche 8

Consigne 2

- Vous devez associer les expressions proposées à chacun des portraits d'hommes et de femme politiques présentés. Vous devez les réécrire en bas de chaque photo.
- Vous devez ensuite compléter la frise chronologique en reportant le numéro de chaque portrait dans la bulle correspondante. Attention à bien lire la frise, car plusieurs dates sont proches et plusieurs périodes se superposent ! Il y a un petit piège : réfléchissez bien avant de placer le portrait du général de Gaulle !
- Enfin, n'oubliez pas de rédiger votre dernière réponse à la consigne **c**, qui vérifie que vous n'avez pas répondu par hasard aux précédentes consignes **a** et **b**, mais bien grâce à des repères historiques solides.

Les mots-clés

CECA • CEE • Traité de Rome • Traité de Maastricht • UE • Citoyenneté européenne • PESC • Euro • Élargissement • Brexit → lexique

1 Au lendemain de la Seconde Guerre mondiale, construire une Europe unie apparaît comme une nécessité pour éviter un nouveau conflit meurtrier. Quels sont les étapes et les enjeux de la construction européenne ?

La construction européenne débute en 1951 avec le traité instituant la CECA, la communauté européenne du charbon et de l'acier. Ce traité porté par les Français Jean Monnet et Robert Schuman doit accélérer la reconstruction de l'Europe en facilitant l'accès aux matières premières. Il est signé par six pays : la France, la RFA, les Pays-Bas, la Belgique, le Luxembourg et l'Italie.

Gagnez des points !

Précisez au maximum le nom des traités, leurs dates et le nombre de pays signataires à chaque fois.

En 1957, ces six pays signent le traité de Rome, qui donne naissance à la CEE, la communauté économique européenne. Ce traité prévoit la libre circulation des marchandises, des capitaux et des hommes, ainsi qu'une politique agricole commune. Il s'agit d'aider l'Europe à retrouver sa prospérité économique. Au fil des années, la CEE attire de nouveaux pays et en 1992, elle compte douze pays membres.

Le traité de Maastricht, élaboré et signé en 1992 par les douze pays de la CEE, est l'étape majeure de la construction européenne : celle qui donne naissance à l'Union européenne. En effet, ce traité crée une citoyenneté européenne qui repose sur un passeport européen et des élections européennes qui permettent d'élire un parlement européen. Il a aussi pour objectif de créer une monnaie unique, l'euro, et de supprimer les frontières entre États membres pour renforcer la libre circulation des biens et des hommes. Enfin, pour affirmer son identité sur la scène internationale, l'UE doit désormais construire une politique étrangère et de sécurité commune (PESC).

Gagnez des points !

Utilisez vos connaissances en EMC et en géographie sur l'UE pour développer le paragraphe sur le traité de Maastricht, qui est l'étape la plus importante de la construction européenne.

Depuis 1992, l'UE n'a cessé de s'élargir, notamment avec l'adhésion de nombreux États de l'Europe de l'Est, libérés des dictatures communistes. Elle compte à l'heure actuelle vingt-huit États membres. Néanmoins, la construction européenne reste difficile : le Royaume-Uni a refusé l'euro et la suppression de ses frontières, et depuis le référendum sur le « Brexit » en juin 2016, il négocie pour quitter l'UE. De nombreux pays membres ont élu des gouvernements qui critiquent fortement les décisions et le fonctionnement de l'UE.

L'astuce du prof

Utilisez l'actualité pour rédiger le dernier paragraphe sur les difficultés actuelles de l'UE.

Malgré les difficultés qu'elle traverse, la construction européenne est un succès : elle a fondé un territoire attractif et prospère, qui reste une exception mondiale.

2 a.

Léon Blum

① Front populaire

Joseph Staline

② Communisme soviétique

Charles de Gaulle

③ Vᵉ République

Philippe Pétain

④ Régime de Vichy

Simone Veil

⑤ Loi sur l'IVG

Adolphe Hitler

⑥ Allemagne nazie

b.

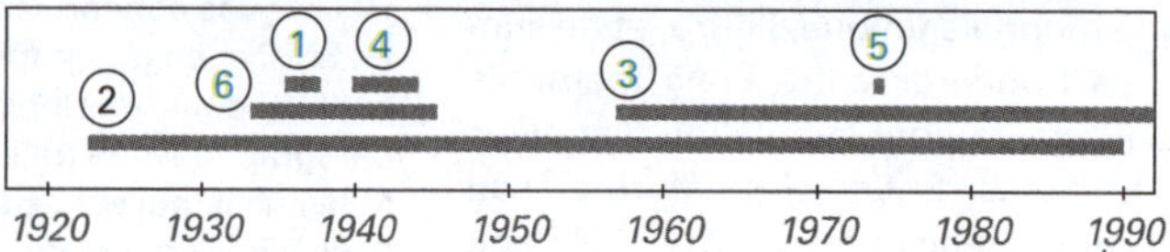

c. Pendant la Seconde Guerre mondiale, le 18 juin 1940, Charles de Gaulle lance un appel aux Français pour qu'ils continuent à lutter contre l'Allemagne nazie.

L'astuce du prof

Attention, pour la réponse à la question **2b.**, les photographies ne sont pas numérotées dans l'ordre chronologique !

L'astuce du prof

Tous ces personnages ont participé à la Seconde Guerre mondiale. Vous pouvez citer les dates de cette guerre comme événements, si vous n'en connaissez pas d'autres, tout en précisant bien le rôle du personnage politique que vous avez choisi.

Sujet 18 La puissance américaine

45 min

Amérique du Nord, juin 2019

Exercice 1 Analyser et comprendre des documents 20 pts

Document 1 Les conséquences des attentats du 11 septembre 2001

En montrant la vulnérabilité de l'hyperpuissance américaine et la nécessité de faire front face à la menace terroriste internationale, les attentats du 11 septembre ont changé pour un temps l'attitude américaine.
Rompant avec l'unilatéralisme[1], les États-Unis ont cherché […] à former une coalition[2] avec, pour objectif, la lutte contre le terrorisme érigé en pilier[3] de la politique étrangère. Cette alliance incluait des ennemis d'hier dont la Chine et la Russie, désormais considérées comme des alliés, quitte à passer sous silence les violations des droits de l'Homme en Chine ou la guerre en Tchétchénie[4]. Les États-Unis ont également été amenés à s'impliquer davantage dans le conflit israélo-palestinien, et à s'engager militairement dans de nouvelles zones, principalement en Asie centrale et en Asie du Sud et de l'Est, mais aussi dans le Caucase. […]
La coalition qui est intervenue en Afghanistan contre le régime des talibans et Oussama Ben Laden était fort réduite. L'effort de guerre a été supporté exclusivement par les Américains. Britanniques et Français ne sont entrés en scène que tardivement dans ce conflit, avec des moyens militaires limités.

Le Monde, 20 mars 2005.

1. Unilatéralisme : attitude qui consiste, pour une puissance, à décider seule d'une politique étrangère, sans tenir compte de l'avis d'autres pays.
2. Coalition : union momentanée d'États en vue d'une intervention politique ou militaire.
3. Érigée en pilier : devenue centrale.
4. Tchétchénie : région russe située dans le Caucase.

HISTOIRE

Document 2 La puissance américaine

Des bases sur tous les continents
Pays du monde où les États-Unis ont une présence militaire

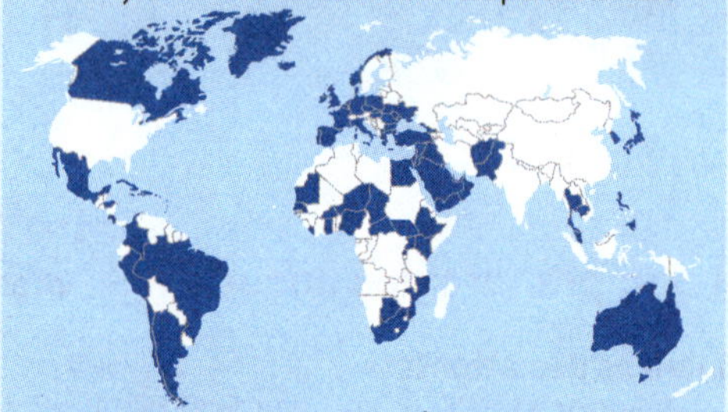

Malgré le retrait en cours d'Afghanistan, les États-Unis sont présents dans quelque 70 pays, où ils disposent de près de 800 bases. La seule guerre d'Afghanistan a coûté, depuis 2001, **782 milliards de dollars.**

Le premier budget au monde, mais en diminution
Dépenses militaires, en milliards de dollars constants de 2014

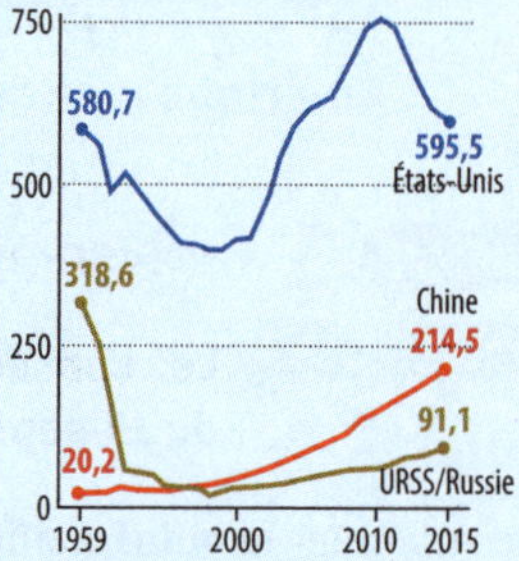

La Chine monte en grade (Nombre de soldats, de navires et d'avions en 2014)

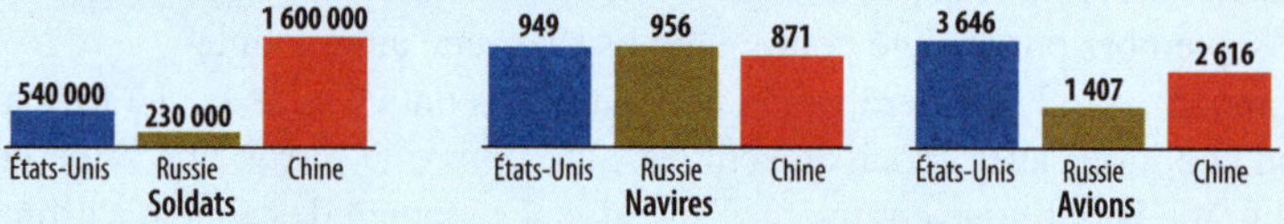

D'après *Le Point*, 10 novembre 2016.

Questions

1 Expliquez pourquoi l'auteur du texte évoque la Russie parmi « les ennemis d'hier » des États-Unis.

2 Montrez, grâce au document 1, comment les attentats du 11 septembre 2001 ont bouleversé les relations des États-Unis avec les autres États.

3 Relevez 3 éléments du document 2 illustrant la puissance militaire des États-Unis au début des années 2000.

4 Pourquoi peut-on toujours, au début du XXIe siècle, qualifier les États-Unis d'hyperpuissance ?

5 Relevez deux éléments montrant les limites de l'hyperpuissance américaine.

Sujet 18 Corrigé

Les clés pour réussir

Bien lire les documents

Identifier leur nature

- **Le document 1** est un extrait d'un article du journal *Le Monde* daté du 20 mars 2005. L'auteur n'est pas mentionné. Il revient sur les attentats du 11 septembre 2001 pour montrer comment ceux-ci ont bouleversé la politique étrangère américaine.
- **Le document 2** est composé d'une carte et de deux graphiques qui nous montrent les différents éléments de la puissance militaire américaine comparés à ceux de la Russie et de la Chine. Ce document a été publié par l'hebdomadaire *Le Point* en novembre 2016. → Fiche 8

Repérer les éléments importants

- Le début de l'article résume l'idée principale de l'article : **les États-Unis ont dû changer d'attitude** après les attentats du 11 septembre 2001.
- Le deuxième paragraphe développe **plusieurs exemples de changement dans la politique étrangère** américaine depuis le 11 septembre.
- La fin du texte aborde **la guerre en Afghanistan** menée essentiellement par les États-Unis, malgré la mise en place d'une coalition internationale.
- Le dernier graphique du document 2 montre **l'évolution comparée des budgets militaires** des États-Unis, de la Russie et de la Chine. Il faut repérer les changements très importants entre 1989 et 2015 de ces différents budgets.

Bien comprendre les questions

Question 1

- Pour expliquer pourquoi la Russie fait partie des « ennemis d'hier », vous devez utiliser vos connaissances personnelles. Aucune explication n'est donnée par le document. Le document a été écrit en 2005 et fait référence à un conflit entre les États-Unis et la Russie ayant eu lieu avant les années 2000.

Question 2

- « Montrez » signifie « Expliquez à l'aide du document ». Vous pouvez utiliser ici plusieurs exemples qui montrent que les relations des États-Unis avec les autres États ont changé depuis le 11 septembre. Vous devez relever la notion importante qui qualifie ce changement d'attitude et l'expliquer. En effet, depuis cette date « **l'unilatéralisme** » des États-Unis est remis en question.

HISTOIRE

Question 3

- Il s'agit ici de relever des informations précises en vous appuyant sur des chiffres pour montrer que vous savez lire la carte et les graphiques du document 2. Attention, la consigne exige d'indiquer uniquement des éléments qui datent du début des années 2000 !

Question 4

- Il faut croiser les informations des deux documents pour répondre à la question. Les informations du document 2 sont faciles à relever mais elles sont plus difficiles à trouver dans le document 1. En effet, il faut trouver des éléments qui montrent que la puissance américaine est toujours réelle alors que le texte porte plutôt sur l'affaiblissement de cette puissance depuis le 11 septembre.

Question 5

- Dans cette consigne, le terme « Relevez » signifie qu'il faut prélever des informations dans les deux documents pour montrer les limites de l'hyperpuissance américaine. En effet dans les deux documents, des éléments nous indiquent que la Chine se positionne désormais en tant que puissance et tient tête aux États-Unis. Elle se mesure à eux militairement et les oblige par ailleurs à modifier leur politique étrangère.

Les mots-clés

- **Hyperpuissance** : État ayant la plus grande influence à l'échelle mondiale dans tous les domaines (politique, économique, militaire, culturel...).
- **Terroriste** : organisation ou individu qui utilise la violence contre les civils pour imposer ses idées politiques, notamment en commettant des attentats.
- **Unilatéralisme** : attitude qui consiste, pour une puissance, à décider seule, sans tenir compte de l'avis des autres pays ou des institutions internationales comme l'ONU. S'oppose à la notion de « multilatéralisme ».
- **Conflit israélo-palestinien** : conflit qui oppose Israël et la Palestine depuis 1948. Il porte sur les tracés des frontières et le choix de la capitale de ces deux pays.
- **Régime des talibans** : régime islamiste en Afghanistan qui avait choisi d'accueillir et de protéger Oussama Ben Laden.
- **Oussama Ben Laden** : terroriste islamiste d'origine saoudienne qui, après avoir travaillé pour les États-Unis pendant la guerre froide, se retourne contre eux. Il met en place à partir de 1993 une organisation terroriste internationale, « Al-Qaida », chargée d'attaquer les intérêts américains partout dans le monde, puis d'attaquer les « États-Unis eux-mêmes.

1 L'auteur évoque la Russie parmi « les ennemis d'hier » des États-Unis car durant la seconde moitié du XXe siècle, un long conflit, la guerre froide, a opposé les États-Unis et la Russie appelée alors « l'URSS ». Entre 1947 et 1991, ces deux grandes puissances s'opposent idéologiquement pour dominer le monde sans que le conflit ne dégénère jamais en véritable confrontation armée. L'URSS veut imposer son modèle communiste, tandis que les États-Unis veulent défendre leur modèle de démocratie libérale. À partir de 1989 et de la chute du mur de Berlin, la puissance de l'URSS s'effondre et ce sont les États-Unis qui sortent grands gagnants de la guerre froide en 1991.

Gagnez des points !
Développez vos connaissances sur la guerre froide en essayant de réemployer les notions importantes, le vocabulaire et les dates que vous connaissez sur le sujet.

2 Les attentats du 11 septembre 2001, organisés par Oussama Ben Laden à la tête de l'organisation terroriste internationale Al-Qaida, ont fait près de 3 000 morts à New York.

Ces attentats ont bouleversé les relations des États-Unis avec les autres États. Ils ont en effet montré la « vulnérabilité » des États-Unis et « ont changé pour un temps l'attitude américaine ». Les États-Unis ont ainsi dû trouver des alliés dans leur lutte contre le terrorisme international et renoncer à « l'unilatéralisme ». Ils ont même dû se tourner vers les « ennemis d'hier », la Russie et la Chine, et changer leur position sur de nombreux sujets. Par exemple, il leur a fallu accepter de « passer sous silence les violations des droits de l'homme en Chine ».

Gagnez des points !
Montrez que vous savez ce qui s'est passé le 11 septembre 2001 en l'expliquant.

3 La puissance militaire des États-Unis au début des années 2000 repose sur plusieurs éléments. D'abord, les États-Unis ont 800 bases militaires réparties sur tous les continents, ils sont ainsi présents dans plus de 70 pays dans le monde.

Ensuite, leur armée est celle qui possède le plus d'avions militaires : 3 646 contre 2 616 pour la Chine. Enfin, leur budget militaire est le premier budget au monde : il atteignait 750 milliards de dollars en 2010 contre moins de 200 milliards pour la Chine.

L'astuce du prof
Choisissez une information dans chaque graphique et dans la carte du document 2. Soyez précis !

4 On peut toujours qualifier les États-Unis d'hyperpuissance au début du XXIe siècle. En effet, ils ont supporté quasiment à eux seuls l'effort de guerre en Afghanistan qui leur a coûté 782 milliards de dollars depuis 2001. Tout en menant cette guerre, ils ont dû, à la demande de leurs alliés, s'engager militairement dans « de nouvelles zones, principalement en Asie centrale et en Asie du Sud et de l'Est, mais aussi dans le Caucase ». Ils le peuvent car, comme le montre le document 2, ils restent la première puissance militaire

HISTOIRE

mondiale devant la Chine et la Russie, avec un budget de près de 600 milliards de dollars par an.

5 Deux éléments montrent les limites de l'hyperpuissance américaine. D'abord, les attentats du 11 septembre 2001 ont montré la « vulnérabilité » des États-Unis, qui ont dû se tourner vers les « ennemis d'hier », la Russie et la Chine. Cela les a forcés à changer leur position sur de nombreux sujets, comme le fait d'accepter de « passer sous silence les violations des droits de l'Homme en Chine ».

D'autre part, on peut voir que depuis 2010, le budget militaire des États-Unis ne cesse de baisser, tandis que celui de la Chine progresse régulièrement et que cette dernière compte en 2014 trois fois plus de soldats dans son armée. La Chine apparaît donc comme une puissance émergente, qui conteste celle des États-Unis, notamment dans le domaine militaire.

Gagnez des points !

Utilisez vos connaissances personnelles pour repérer les éléments à citer dans le document 1. Vous pouvez aborder ici la notion de monde « multipolaire » ou de « BRICS » pour valoriser votre réponse.

Sujet 19

45 min

La IVe République : de nouveaux droits économiques et sociaux

Sujet inédit

HISTOIRE

Exercice 1 Analyser et comprendre un document 20 pts

Document 1 Extraits du préambule[1] de la constitution de la IVe République en 1946

Au lendemain de la victoire remportée par les peuples libres sur les régimes qui ont tenté d'asservir[2] et de dégrader la personne humaine, le peuple français proclame à nouveau que tout être humain, sans distinction de race, de religion ni de croyance, possède des droits inaliénables et sacrés. Il réaffirme solennellement les droits et les libertés de l'homme et du citoyen consacrés par la Déclaration des droits de 1789 et les principes fondamentaux reconnus par les lois de la République. Il proclame, en outre, comme particulièrement nécessaires à notre temps, les principes politiques, économiques et sociaux ci-après :

– La loi garantit à la femme, dans tous les domaines, des droits égaux à ceux des hommes. […]

– Chacun a le devoir de travailler et le droit d'obtenir un emploi. Nul ne peut être lésé[3], dans son travail ou son emploi, en raison de ses origines, de ses opinions ou de ses croyances.

– Tout homme peut défendre ses droits et ses intérêts par l'action syndicale et adhérer au syndicat de son choix. […]

– La Nation assure à l'individu et à la famille les conditions nécessaires à leur développement. Elle garantit à tous, notamment à l'enfant, à la mère et aux vieux travailleurs, la protection de la santé, la sécurité matérielle[4], le repos et les loisirs. Tout être humain qui, en raison de son âge, de son état physique ou mental, de la situation économique, se trouve dans l'incapacité de travailler a le droit d'obtenir de la collectivité des moyens convenables d'existence. […]

Extrait du préambule de la constitution de la IVe République en 1946.

1. Préambule : introduction.
2. Asservir : rendre esclave.
3. Lésé : sanctionné.
4. Sécurité matérielle : avoir des moyens convenables pour vivre.

Document 2 Affiche célébrant la création de la Sécurité sociale le 4 octobre 1945

Questions

1 Présentez le document 1. Décrivez le contexte historique international dans lequel il est écrit en expliquant la phrase soulignée et en donnant des exemples de régimes qui ont « tenté d'asservir et de dégrader la personne humaine ».

2 À quel autre texte fait référence le préambule ? À quelle période importante de l'histoire française ce texte a-t-il été écrit ?

3 Quel droit a déjà été voté en 1944 pour garantir à la femme « des droits égaux à ceux des hommes » ?

4 Complétez le tableau ci-dessous en relevant tous les nouveaux droits économiques et sociaux et en précisant à chaque fois qui en bénéficie.

De nouveaux droits	Pour qui ?

5 Comment appelle-t-on, d'après le document 2, l'ensemble de ces nouveaux droits économiques et sociaux ? Quel programme avait déjà établi ces nouveaux droits pendant la Seconde Guerre mondiale en France ?

6 Décrivez le document 2 et dites quel est le but de la Sécurité sociale. D'après vos connaissances, pourquoi est-ce un enjeu important en France après la Seconde Guerre mondiale ?

HISTOIRE

Sujet 19 Corrigé

Les clés pour réussir

Bien lire le document

Identifier sa nature

Le document 1 est un texte de loi, c'est le préambule c'est-à-dire l'introduction de la constitution de la IVe République fondée en 1946. Dans cette introduction sont rappelés les grands principes qui vont guider les institutions de la IVe République. Le document 2 est une affiche du gouvernement pour célébrer la création de la Sécurité sociale qui précède de peu la proclamation de la IVe République.

Repérer les éléments importants du document 1

- Le rappel du contexte historique et de la fin des régimes qui ont voulu la guerre.
- Le rappel des principes fondamentaux de 1789.
- L'énoncé de nouveaux droits sociaux et économiques.

Bien comprendre les questions

Question 1

- La compétence attendue est d'identifier le document et surtout d'utiliser vos connaissances pour expliquer le contexte historique de 1946, auquel fait allusion la phrase soulignée.
- Vous devez expliciter de quelle victoire il s'agit, dans quel conflit, puis identifier un ou deux régimes dont il est question dans le texte.

Question 2

Le préambule fait clairement référence à un texte très important étudié en histoire mais aussi en EMC ; la date donnée doit vous permettre de retrouver tout de suite quel grand moment de l'histoire française est attendu dans la réponse.

Question 3

Cette question fait appel à vos connaissances en histoire mais aussi en EMC, c'est un moment important dans la refondation républicaine après le régime de Vichy.

Question 4

Prélevez les informations pour les classer ensuite dans le tableau. Il ne faut placer que les droits économiques et sociaux c'est-à-dire ceux qui concernent le travail, les revenus ou la santé, pas les droits en général. Ces nouveaux droits s'adressent pour la première fois à des catégories de la population qui sont les plus vulnérables. Prenez soin de préciser qui elles sont à chaque fois, dans la colonne « pour qui ? ».

Question 5

L'information demandée est facile à prélever dans le document 2. Grâce à vos cours, vous savez comment s'appelle le programme élaboré par la Résistance pendant la guerre qui avait prévu ce système de protection sociale.

Question 6

Prenez soin de décrire précisément l'affiche, surtout le paysage derrière les volets ; cela vous aidera à comprendre une des difficultés majeures que traverse la France suite à la Seconde Guerre mondiale.

Les mots-clés

- **Constitution** : loi fondamentale qui définit l'organisation d'un État, ses principes et ses valeurs.
- **CNR** : Conseil National de la Résistance fondé par Jean Moulin en 1943 pour unifier les différents mouvements de résistance et préparer le retour à la démocratie.
- **Droits économiques et sociaux** : droits dont peut bénéficier tout individu et qui nécessitent la protection et l'action de l'État. On peut citer le droit à la santé, à la retraite ou à l'éducation.
- **GPRF** : Gouvernement provisoire de la République Française, nom porté par le gouvernement du général de Gaulle de 1944 à 1946.
- **Régime de Vichy** : désigne le gouvernement autoritaire et antisémite du maréchal Pétain qui instaure une politique de collaboration avec l'Allemagne nazie de 1940 à 1944.
- **Résistance** : nom donné à l'ensemble des actions clandestines menées contre l'Allemagne nazie et le régime de Vichy.
- **Sécurité sociale** : système de protection sociale organisé par l'État depuis 1945 dans les domaines de la santé, du chômage, de la famille et de la retraite.
- **Syndicat** : association de travailleurs dont le but est de défendre les intérêts professionnels des salariés.

1 Le document 1 est composé d'extraits du préambule de la constitution de la IVe République. Elle a été rédigée en 1946, un an après la fin de la Seconde Guerre mondiale. Cette guerre a été gagnée par les Alliés désignés comme « les peuples libres » dans le texte. Ils ont remporté une victoire sur des régimes totalitaires comme l'Allemagne nazie en Europe et le Japon en Asie. Ces deux États, par leur idéologie raciste, ont tenté « d'asservir et de dégrader la personne humaine ». L'Allemagne nazie a commis deux terribles génocides et c'est pourquoi le texte rappelle que « tout être humain, sans distinction de race, de religion ni de croyance, possède des droits inaliénables et sacrés. » Le texte peut aussi viser le régime de Vichy qui s'est rendu complice du génocide des Juifs en Europe, en arrêtant et en déportant plus de 75 000 personnes vers les camps de la mort du IIIe Reich.

Gagnez des points !

Développez votre réponse grâce à vos connaissances sur la Seconde Guerre mondiale sans toutefois exposer des connaissances sans lien avec le texte.

2 Le préambule fait référence à la Déclaration des droits de l'homme et du citoyen rédigée en 1789 lors de la Révolution française et qui est le texte fondateur de la démocratie et de la république en France. Comme ces principes avaient été complètement reniés par le régime de Vichy au pouvoir de 1940 à 1944, le texte les rappelle avec force.

Gagnez des points !

Rappelez le régime antirépublicain de Vichy pour montrer que vous comprenez pourquoi le préambule rappelle la victoire des Alliés et l'héritage de 1789.

3 Le droit qui a été obtenu par les femmes en 1944 est le droit de vote qui leur permet de voter pour la première fois en 1945 pour élire l'Assemblée chargée de rédiger cette constitution et ce préambule.

4

De nouveaux droits	Pour qui ?
Obtenir un emploi	Pour tout le monde sans distinction d'origine, de croyance ou d'opinion
Défendre ses droits par l'action syndicale et adhérer à un syndicat	Pour tous les travailleurs
Protection de la santé	Pour tous mais notamment pour l'enfant, la mère et les vieux travailleurs
Repos, loisirs	Pour tous mais notamment pour l'enfant, la mère et les vieux travailleurs
Sécurité matérielle, moyens convenables d'existence	Pour tous mais notamment pour l'enfant, la mère et les vieux travailleurs et celui « qui en raison de son âge, de son état physique ou mental, de la situation économique, se trouve dans l'incapacité de travailler »

L'astuce du prof

Sélectionnez les informations pour compléter le tableau ; vous pouvez citer des passages du texte, si vous craignez de mal exprimer ce qu'il veut dire.

5 Ces nouveaux droits font partie du nouveau système de Sécurité sociale mis en place dès 1945 comme nous le montre l'affiche du document 2. C'est le CNR, le Conseil National de la Résistance qui dès 1944, dans son programme, a eu l'idée de ces différents droits.

Gagnez des points !

Exposez ce que vous savez sur le CNR et son programme qui est à l'origine de la république sociale.

6 Sur l'affiche, on voit deux mains qui ferment des portes sur une petite maison en très mauvais état où tout est cassé. Derrière cette maison, on voit des ruines qui évoquent la guerre. Le but de la Sécurité sociale est de lutter contre la misère car le slogan de l'affiche dit « Fermons la porte à la misère ». La France, après la Seconde Guerre mondiale, est en partie détruite, notamment ses villes et ses usines ; la population fait face à de nombreux problèmes de ravitaillement, de chômage et surtout de logement.

Sujet 20 Le programme du CNR

45 min

Sujet zéro*

Exercice 1 Analyser et comprendre des documents 20 pts

Document Le programme du Conseil National de la Résistance, 15 mars 1944

Le texte a été diffusé au printemps 1944 dans la clandestinité, par les journaux des mouvements de résistance.

Née de la volonté ardente des Français de refuser la défaite, la Résistance n'a pas d'autre raison d'être que la lutte quotidienne sans cesse intensifiée. Cette mission de combat ne doit pas prendre fin à la Libération. […] Aussi les représentants des organisations de Résistance, des centrales syndicales et des partis ou tendances politiques groupés au sein du CNR délibérant en assemblée plénière le 15 mars 1944, ont-ils décidé de s'unir sur le programme suivant, qui comporte à la fois un plan d'action immédiate contre l'oppresseur et les mesures destinées à instaurer, dès la libération du territoire, un ordre social plus juste.

I. Plan d'action immédiate

Les représentants des organisations de Résistance, des centrales syndicales et des partis ou tendances politiques groupés au sein du CNR […] proclament leur volonté de délivrer la patrie en collaborant étroitement aux opérations militaires que l'armée française et les armées alliées entreprendront sur le continent, mais aussi de hâter cette libération, d'abréger les souffrances de notre peuple, de sauver l'avenir de la France en intensifiant sans cesse et par tous les moyens la lutte contre l'envahisseur et ses agents, commencée dès 1940. […]

II. Mesures à appliquer dès la libération du territoire

[…]

4°) Afin d'assurer :

• L'établissement de la démocratie la plus large en rendant la parole au peuple français par le rétablissement du suffrage universel ;

* Le sujet zéro est le modèle de sujet proposé par le Ministère dans le cadre du nouveau Brevet. Il a été publié au *Bulletin Officiel* du 08/04/2016. Les corrigés de ce sujet zéro ont été rédigés par nos auteurs, enseignants au collège.

• La pleine liberté de pensée, de conscience et d'expression ;
• La liberté de la presse, son honneur et son indépendance à l'égard de l'État, des puissances d'argent et des influences étrangères ;
• La liberté d'association, de réunion et de manifestation [...]
• L'égalité absolue de tous les citoyens devant la loi ;

5°) Afin de promouvoir les réformes indispensables :

[...]

Sur le plan social :

• Le droit au travail et le droit au repos, notamment par le rétablissement et l'amélioration du régime contractuel du travail ;

[...]

• Un plan complet de sécurité sociale, visant à assurer à tous les citoyens des moyens d'existence, dans tous les cas où ils sont incapables de se les procurer par le travail [...] ;
• Une retraite permettant aux vieux travailleurs de finir dignement leurs jours ;

[...]

En avant donc, dans l'union de tous les Français rassemblés autour du CFLN[1] et de son président, le général de Gaulle ! En avant pour le combat, en avant pour la victoire, afin que vive la France !

1. Comité Français de Libération Nationale, remplacé le 3 juin 1944 par le Gouvernement provisoire de la République française.

Questions

1 Identifiez les auteurs du texte.

2 Pourquoi le programme d'action du Comité National de la Résistance daté du 15 mars 1944 a-t-il été adopté dans la clandestinité ? Expliquez la phrase soulignée en quelques lignes en faisant appel à vos connaissances.

3 Comment expliquer que le général de Gaulle soit mentionné dans le dernier paragraphe ?

4 Relevez et classez les réformes prévues par le CNR dans le tableau suivant :

Les projets de réformes du CNR après la libération du territoire	
Sur le plan des droits et des libertés	Sur le plan social

5 À partir de deux exemples précis, relevés dans le texte, montrez que le programme du CNR a été appliqué à partir de 1944.

Sujet 20 Corrigé

Les clés pour réussir

Bien lire le document

Identifier sa nature

Ce document est composé d'extraits du programme du Conseil national de la Résistance rédigé le 15 mars 1944 et diffusé dans les journaux clandestins des mouvements de résistance au printemps 1944. C'est ce programme qui **va servir de base à la reconstruction de la France après la Seconde Guerre mondiale.**

Repérer les éléments importants

- **L'introduction**, qui permet d'identifier les auteurs et les buts de ce programme.
- **La première partie** du programme, qui explique les actions à mener.
- **La deuxième partie**, qui détaille certaines des mesures à appliquer pour rétablir la République et reconstruire la France.
- Le dernier paragraphe qui fait référence au futur gouvernement de la France et à son chef.

Bien comprendre les questions

Question 1

Pour répondre à cette question, vous pouvez citer le document ou vous aider du document, mais vous pouvez aussi utiliser vos connaissances personnelles sur le CNR.

Question 2

Vous devez mobiliser vos connaissances pour comprendre et expliquer à **quelle action militaire importante des Alliés** fait référence le document.

Question 3

Le document explique pourquoi le général de Gaulle est important mais vous devez aussi utiliser vos connaissances pour expliquer le lien entre le CNR et le général de Gaulle. Ne faites pas de confusion sur le terme de « président » qui, à cette date, ne désigne en rien le président élu de la France.

Question 4

Le tableau proposé reprend le classement des différentes mesures exposées dans le programme, il est donc facile et logique à compléter.

Question 5

Cette question vous demande de mesurer la portée de ce document : vous devez répondre en donnant des exemples de mesures prises à partir de 1944, mais vous pouvez également souligner l'importance de ces mesures aujourd'hui grâce à vos leçons d'EMC.

Les mots-clés

- **CNR** : Conseil national de la Résistance créé par Jean Moulin en 1943 pour unifier les différents mouvements de la Résistance et préparer le retour à la démocratie.
- **Résistance** : ensemble des mouvements qui combattent l'Allemagne nazie et le régime de Vichy.
- **Libération** : libérer la France de l'occupation de l'armée allemande.
- **Journaux clandestins** : journaux écrits, imprimés et diffusés en secret par les différents mouvements de la Résistance.
- **Démocratie** : système politique dans lequel les citoyens ont le pouvoir et disposent de droits et de libertés (expression, penser, information, réunion, association...).
- **Suffrage universel** : élection à laquelle tous les citoyens et citoyennes peuvent participer.
- **Sécurité sociale** : protection sociale organisée par l'État dans les domaines de la santé, du chômage, de la famille ou encore de la retraite.
- **GPRF** : Gouvernement provisoire de la République Française, nom porté par le gouvernement du général de Gaulle de 1944 à 1946. Il succède au CFLN.
- **Général de Gaulle** : général de l'armée française qui refuse la défaite et lance le 18 juin 1940 un appel à la résistance depuis Londres. Unifie ensuite tous les mouvements de la Résistance sous son autorité et met en place le CNR pour coordonner leurs actions. Prend le pouvoir en France de 1944 à 1946.

1 Les auteurs du texte sont les membres du CNR, c'est-à-dire du Conseil national de la Résistance. Ce conseil est composé « des représentants des différentes organisations de la Résistance, des centrales syndicales et des partis ou tendances politiques ». C'est le résistant Jean Moulin qui est le fondateur du CNR mais il a été tué par les nazis en 1943.

Gagnez des points !

Mobilisez vos connaissances sur le CNR pour mentionner Jean Moulin et le rôle important qu'il a joué dans la création de ce conseil.

2 Le programme d'action du CNR est adopté dans la clandestinité car le 15 mars 1944, toute la France est encore occupée par l'Allemagne nazie. La phrase soulignée nous montre que le CNR attend les « opérations militaires

HISTOIRE

que l'armée française et les armées alliées entreprendront sur le continent ». En effet, le 6 juin 1944, peu de temps après la parution de ce texte, a lieu le débarquement des Alliés en Normandie ; la libération de la France commence alors et la Résistance y participe activement.

Gagnez des points !

Mobilisez vos connaissances pour expliquer que de Gaulle est le chef de la Résistance puis du nouveau gouvernement qui dirige la France à partir de juin 1944. Ne vous contentez pas de recopier le document.

3 Le général de Gaulle est mentionné dans le dernier paragraphe car c'est le chef de la Résistance, c'est lui qui l'a unifiée sous son autorité et qui a eu l'idée du CNR. Cela explique pourquoi il devient ensuite le président du CFLN puis du GPRF, le Gouvernement provisoire de la République Française. Autrement dit, à partir de juin 1944, il est le dirigeant de la France.

4

Les projets de réformes du CNR après la libération du territoire	
Sur le plan des droits et des libertés	**Sur le plan social**
Établissement de la démocratie par le rétablissement du suffrage universel	Droit au travail et droit au repos
Pleine liberté de pensée, de conscience, d'expression	Un plan complet de sécurité sociale visant à assurer à tous les citoyens des moyens d'existence
Liberté de la presse	Une retraite permettant aux vieux travailleurs de finir dignement leurs jours
Liberté d'association, de réunion et d'information	

5 Le programme du CNR a été appliqué car dès 1944, le GPRF donne le droit de vote aux femmes et établit pour la première fois en France le suffrage universel lors des élections de 1945. Cette même année, le GPRF met en place la Sécurité sociale, une protection sociale pour tous, notamment les plus fragiles : les malades, les vieux travailleurs, les familles...

L'astuce du prof

Attention, le droit du travail et le droit au repos, malgré leur intitulé, sont bien à classer dans les mesures sociales du CNR.

L'astuce du prof

Appuyez-vous sur les repères historiques de la leçon pour retrouver les deux exemples précis d'application du programme du CNR.

Sujet 21 La Vᵉ République à l'épreuve de l'alternance

45 min

Sujet inédit

Exercice 2 Maîtriser différents langages

20 pts

1 Sous la forme d'un développement construit d'une vingtaine de lignes, en vous appuyant sur des exemples précis, décrivez les principales caractéristiques de la Vᵉ République puis la politique menée par son fondateur, le général de Gaulle.

2 Complétez la frise ci-dessous :

a. Placez les années de la présidence du général de Gaulle.

b. Placez ces présidents de la Vᵉ République en inscrivant leurs noms au bon endroit dans la frise : François Mitterrand, Jacques Chirac et François Hollande.

c. Coloriez en rouge une présidence qui illustre l'alternance pendant la Vᵉ République.

d. Placez une période de cohabitation dans la frise en indiquant les années de début et de fin et le nom du Premier ministre.

Document La Vᵉ République à l'épreuve de l'alternance

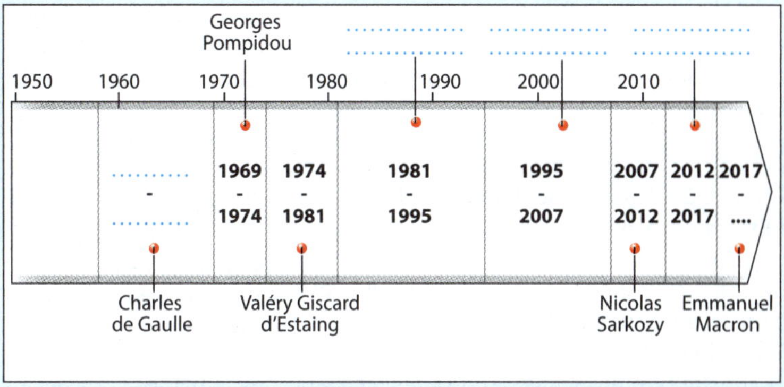

HISTOIRE

Sujet 21 Corrigé

Les clés pour réussir

Bien comprendre les consignes

Consigne 1

- La consigne vous demande de connaître les caractéristiques d'une description en histoire pour rédiger un développement d'une vingtaine de lignes. Il faut donc être méthodique et réussir à organiser vos connaissances pour les présenter de manière structurée et cohérente.
- La description de la Ve République doit commencer par sa mise en place par le général de Gaulle.
- Vous devez décrire la politique de grandeur de ce dernier permise par les institutions de la Ve République. → Fiche 9

Consigne 2

- Il faut compléter la frise chronologique avec les différentes présidences que vous devez savoir replacer dans le bon ordre, quelques présidents devant être pour vous des repères historiques à connaître précisément.
- Vous devez maîtriser les notions de la leçon, alternance et cohabitation pour pouvoir les placer sur la frise. Il y a eu trois cohabitations sous la Ve République ; placez celle dont vous connaissez le mieux les dates.

Les mots-clés

Régime présidentiel • Régime parlementaire • Référendum • Accords d'Évian • Coup d'État • Constitution • Suffrage universel • Politique de grandeur • Force de dissuasion nucléaire • OTAN • Construction européenne • Influence américaine • Conservateur • Crise de mai 1968
→ lexique

L'astuce du prof

Utilisez vos connaissances d'EMC pour compléter votre description de la Ve République.

1 En 1958, après une tentative de coup d'État menée par les généraux en Algérie, de Gaulle apparaît comme le seul homme capable de redresser la situation. Il est rappelé au pouvoir et fonde une nouvelle République : la Ve République.

La constitution proposée par de Gaulle est approuvée par les Français lors d'un référendum. Elle donne l'essentiel des pouvoirs au président de la république. La Ve République est donc un régime présidentiel. Le rôle du président est encore renforcé à partir de 1962 quand de Gaulle met en place l'élection du président au suffrage universel direct.

Le rôle du président selon de Gaulle est de redonner sa grandeur et sa puissance à la France. Critiquée et affaiblie par la guerre d'Algérie, celle-ci doit mettre fin rapidement à ce conflit. De Gaulle signe donc les Accords d'Évian avec le FLN. Il entame aussi une politique d'indépendance vis-à-vis des États-Unis en se retirant du commandement militaire de l'OTAN et en se dotant d'une force de dissuasion nucléaire propre. Il se rapproche au contraire des autres pays européens notamment de l'Allemagne dans le cadre de la construction européenne.

Gagnez des points !
Placez ici des connaissances sur le contexte de la guerre d'Algérie ou de la guerre froide sans toutefois tomber dans le hors-sujet.

Réélu en 1965, de Gaulle doit affronter trois ans plus tard la révolte des étudiants qui le jugent trop conservateur et surtout trop autoritaire. Lorsque les ouvriers rejoignent les étudiants en mai 1968, de Gaulle doit faire face pour la première fois à une grave crise sociale qui remet en cause son gouvernement. Affaibli, il décide de quitter le pouvoir en 1969.

2

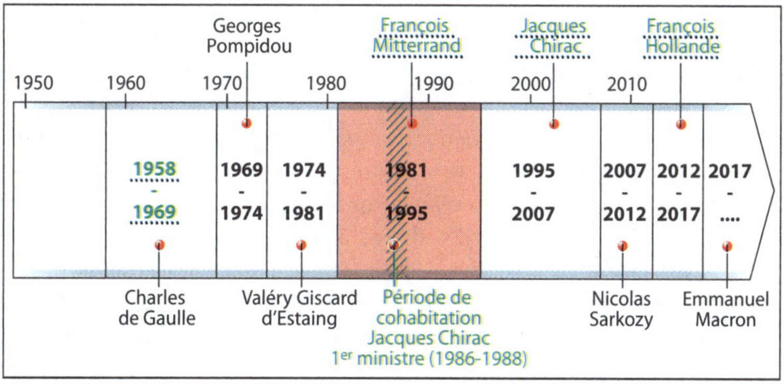

Sujet 22 Mouvement démocratique féminin

45 min

Amérique du Nord, juin 2017

Exercice 1 Analyser et comprendre des documents 20 pts

Document **Tract du Mouvement démocratique féminin, diffusé à Paris en juin 1968**

Depuis le début du mois de mai 1968, les étudiants manifestent contre le gouvernement du président de Gaulle.

Étudiante,
Tu as été sur les barricades, la police t'a chargée et matraquée comme les étudiants, tes camarades.
Tu participes aux discussions, aux travaux des commissions, aux grandes manifestations populaires. Des lycées de filles, des instituts féminins ont parfois entraîné les autres établissements et, parmi les dix millions de grévistes, les travailleuses tiennent aussi leur place.
Or, au cours de ces journées décisives, soit dans les grands rassemblements, soit à la radio ou à la télévision, aucune femme n'est apparue comme porte-parole. Dans les pourparlers entre syndicats, patronat et gouvernement, nul n'a réclamé formellement l'égalité de rémunération entre travailleuses et travailleurs, nul n'a envisagé la création de services collectifs et de crèches pour soulager les femmes de leur double journée de travail.
Dans l'immense débat qui s'est instauré à travers tout le pays, dans la grande remise en cause des structures et des valeurs, aucune voix ne s'élève pour déclarer que le changement des rapports entre les hommes implique aussi le changement des rapports entre les hommes et les femmes. Les étudiants et les jeunes veulent une morale identique pour les filles et les garçons. C'est un aspect du changement. Ce n'est qu'un aspect. […] Il faut que la société qui va se construire soit l'œuvre des femmes aussi bien que des hommes, qu'elle donne à toutes les femmes des chances égales à celles des hommes.
Si tu es d'accord là-dessus qu'es-tu disposée à faire ? Viens en discuter avec nous.

Christine Fauré, *Mai 68 jour et nuit*, « Mouvement démocratique féminin, Sand dans la cour de la Sorbonne, 2 rue Leneveux, Paris XIVe (fin juin) », 2008.

Questions

1 Quelle est la nature de ce document ? À qui est-il destiné ?

2 Relevez au moins deux inégalités hommes-femmes mentionnées dans le document.

3 Quels éléments du texte montrent l'engagement politique et syndical des femmes au moment des événements de Mai 1968 ?

4 Quel droit politique a été acquis par les femmes avant 1968 et n'est pas mentionné dans le texte ?

5 En vous appuyant sur vos connaissances, proposez trois exemples d'évolutions qui ont changé la situation des femmes depuis 1968.

Sujet 22 Corrigé

Les clés pour réussir

Bien lire le document

Identifier sa nature

Un tract est un papier que l'on distribue pour **informer** ou **mobiliser** la population. Ici, il s'agit d'un tract du mouvement démocratique féminin, c'est-à-dire un tract **féministe**. Le féminisme est un mouvement social qui se développe à la fin des années 1960 et qui réclame une **égalité entre les femmes et les hommes** dans tous les domaines. → Fiche 9

Repérer les éléments importants

- La **présentation** du tract qui situe le **contexte historique** dans lequel il a été écrit.
- Le **début** du tract qui montre **à qui il s'adresse**, ainsi que le **tutoiement**, qui expliquent pourquoi tout est accordé au féminin.
- Les **trois parties** qui correspondent à **l'engagement des femmes** pendant Mai 68, leurs critiques et leurs revendications.

Bien comprendre les questions

Question 1

Quand on demande la nature d'un document, il faut dire de quel **type** de document il s'agit (une carte, un tableau, une image, un texte...), en étant le plus précis possible (quel type de carte ? quel type de texte ?). Pour savoir à qui il est destiné, il faut repérer à qui il s'adresse.

Question 2

On vous demande ici de « relever » deux inégalités hommes-femmes. Vous devez donc prélever dans le texte des **extraits** qui montrent des inégalités. N'oubliez pas de mettre des guillemets en les citant. Les informations répondant à cette question se trouvent principalement dans le paragraphe commençant par « Or ».

Question 3

Là encore il s'agit de prélever des informations dans le texte qui montrent **l'engagement** des femmes pendant les événements de Mai 68. Cette fois-ci, c'est le début du texte qui contient les éléments pour répondre à cette question.

Question 4

Pour cette question, il vous faut faire le **lien** avec le chapitre du programme intitulé : **« 1944-1947 : refonder la République, redéfinir la démocratie »**. Le document ne vous permet pas de répondre à cette question. Il vous faut donc utiliser vos connaissances.

Question 5

La dernière question vous demande de vous appuyer sur des **connaissances personnelles** issues du dernier chapitre d'histoire du programme : **« Femmes et hommes dans la société des années 1950 aux années 1980 : nouveaux enjeux sociaux et culturels, réponses politiques. »**

Il s'agit de décrire trois évolutions, c'est-à-dire **trois changements dans la situation des femmes** depuis 1968. Ces changements peuvent être des lois, mais pas nécessairement. La consigne est très large. Vous pouvez aussi vous appuyer sur vos connaissances d'EMC pour décrire une réduction des inégalités entre les femmes et les hommes en France dans les domaines professionnel, familial, social, scolaire...

Les mots-clés

- **Barricades** : entassement de matériaux (pavés, poutres...) destinés à bloquer les rues et à se protéger lors d'insurrections ou de révoltes populaires.
- **Féminisme** : mouvement cherchant à défendre les droits et la cause des femmes dans la société.
- **Syndicat** : association de personnes qui défend les droits des travailleurs.
- **Pourparlers** : négociations, discussions.
- **Rémunération** : salaire.
- **Double journée de travail** : expression qui met l'accent sur le fait que ce sont les femmes qui prennent en charge l'immense majorité des tâches ménagères en plus de leur journée de travail.

1 Ce document est un tract du Mouvement démocratique féminin diffusé à Paris en juin 1968. Il est destiné aux étudiantes qui participent aux manifestations contre le gouvernement du général de Gaulle depuis le début du mois de mai 1968.

> **Gagnez des points !**
> Citez la date et le lieu de diffusion de ce tract, ce qui permet de mieux situer le contexte.

2 Plusieurs inégalités hommes-femmes apparaissent dans ce document :
– « Au cours de ces journées décisives [...], aucune femme n'est apparue comme porte-parole. »
– « Nul n'a réclamé formellement l'égalité de rémunération entre travailleuses et travailleurs. »
– « Nul n'a envisagé la création de services collectifs et de crèches pour soulager les femmes de leur double journée de travail. »

3 Pendant les événements de Mai 68, les femmes se sont engagées politiquement et syndicalement. Le texte cite plusieurs exemples de cet engagement :
– « Tu as été sur les barricades. »
– « Tu participes aux discussions, aux travaux des commissions, aux grandes manifestations populaires. »
– « Des lycées de filles, des instituts féminins ont parfois entraîné les autres établissements. »
– « Parmi les dix millions de grévistes, les femmes tiennent aussi leur place. »

> **L'astuce du prof**
> Comme pour la question 2, il s'agit en fait de relever des éléments du texte.

4 Le droit politique acquis par les femmes avant 1968 est le droit de vote, obtenu en 1944 lors de la refondation républicaine qui suit la Libération de la France.

> **Gagnez des points !**
> Précisez dans quel contexte les femmes ont obtenu le droit de vote pour exposer vos connaissances sur ce sujet.

5 Depuis 1968, la situation des femmes a beaucoup changé dans la société française :
– La mixité, qui se généralise dans les établissements scolaires au cours des années 1970, permet aux jeunes femmes de bénéficier du même enseignement que les jeunes garçons et donc d'avoir « des chances égales à celles des hommes ».
– La légalisation de la contraception, puis de l'avortement en 1975 permet enfin aux femmes de disposer librement de leurs corps et donc d'obtenir « une morale identique pour les filles et les garçons ».
– La loi Roudy en 1983 tente d'établir une parité et une égalité entre les femmes et les hommes dans le domaine professionnel, afin de réduire les écarts de salaires et de changer les « rapports entre les hommes et les femmes ».

> **L'astuce du prof**
> Essayez de lier les exemples que vous donnez à des citations du texte.

HISTOIRE

Sujet 23 Espaces et dynamiques des villes françaises

45 min

Sujet zéro

Exercice 2 Maîtrisez différents langages

20 pts

1 Sous la forme d'un développement construit d'une vingtaine de lignes et en vous appuyant sur un ou des exemples d'aires urbaines étudiés en classe, décrivez les espaces et les dynamiques des villes françaises.
2 Localisez et nommez sur le fond de carte ci-dessous Paris et quatre aires urbaines de votre choix.

Document Les principales aires urbaines de la France métropolitaine

Questions

1 Citez trois valeurs et deux symboles de la République française présents dans les documents.

2 Expliquez les phrases soulignées dans le document 2 pour montrer que la laïcité garantit les libertés à l'école.

3 Vous êtes chargé de présenter la laïcité à l'école à un correspondant étranger en visite dans votre établissement en vous aidant des documents et de vos connaissances. En quelques lignes, comment lui expliquez-vous que la laïcité favorise le « vivre ensemble » à l'école ?

Sujet 23 Corrigé

Les clés pour réussir

Bien comprendre les consignes

Consigne 1

On vous demande ici de rédiger un développement qui montre que vous maîtrisez les caractéristiques d'une description en géographie. Vous devez vous appuyer sur les **différents espaces de l'aire urbaine** pour décrire à chaque fois leurs **différentes dynamiques**, c'est-à-dire leurs différentes évolutions. Enrichissez votre description d'exemples pris dans des aires urbaines étudiées en classe. **L'organisation de votre développement est très importante** : pensez à faire un brouillon avant de rédiger. → Fiche 10

Consigne 2

C'est une **production cartographique très simple** qui vous est demandée ici. Il s'agit de **localiser Paris et quatre aires urbaines au choix** sur les onze proposées. Montrez que vous maîtrisez le langage cartographique en adoptant la bonne graphie et une couleur adaptée pour réaliser cet exercice.

Les mots-clés

Aire urbaine • Dynamiques • Ville-centre • Banlieue • Couronne périurbaine • Espace rural • Rénovation • Périurbanisation • Étalement urbain • Mobilités • Migrations pendulaires • Développement durable → lexique

Gagnez des points !

Les aires urbaines se composent de trois espaces. Organisez donc votre développement en trois paragraphes, un pour décrire chaque espace et ses dynamiques.

1 Les aires urbaines sont composées de différents espaces plus ou moins urbanisés : la ville-centre, la banlieue et la couronne périurbaine.

La ville-centre, très urbanisée, se trouve au cœur des aires urbaines. Elle est l'espace le plus anciennement urbanisé, le plus densément peuplé et concentre encore la majorité des activités économiques. La ville-centre est devenue, dans beaucoup d'aires urbaines comme celle de Paris, très chère. Bien rénovée et mise en valeur, ses loyers augmentent et une partie de sa population part s'installer plus loin, en banlieue.

En effet, la banlieue est l'espace urbain qui entoure la ville-centre. Moins urbanisée, elle offre plus d'espaces pour y construire des logements plus grands et moins chers que dans la ville-centre. Mais la banlieue demande un effort de mobilité à ses habitants : ils doivent souvent multiplier les déplacements de banlieue à banlieue ou vers la ville-centre pour aller travailler. Ces déplacements s'appellent des migrations pendulaires et s'observent dans toutes les grandes aires urbaines, notamment à Paris.

Enfin, la couronne périurbaine est l'espace le moins urbanisé, situé entre la banlieue et l'espace rural. La périurbanisation s'est développée car de nombreux urbains recherchent un logement individuel, un jardin et la proximité de la campagne. Cela allonge encore les migrations pendulaires car, bien souvent, le travail reste concentré dans la ville-centre. C'est le cas à Toulouse par exemple, qui a l'une des plus grandes zones périurbaines de France.

Aujourd'hui, les aires urbaines doivent maîtriser leur étalement urbain pour faire face aux enjeux d'un développement durable : il faut préserver l'espace rural et réduire les migrations pendulaires pour limiter la pollution.

2

Sujet 24 L'évolution des aires urbaines en France

45 min

France métropolitaine, juin 2017

Exercice 1 Analyser et comprendre des documents 20 pts

Document 1 Évolution de la France urbaine

L'un des éléments majeurs qui transforme le territoire national et la société française est la généralisation du fait urbain. Le seuil des 50 % de population urbaine, atteint au niveau mondial en 2007, a été franchi en France dès 1931. […] Les villes occupent aujourd'hui près de 22 % du territoire métropolitain, soit 119 000 km² sur un total de 550 000, contre 100 000 km² en 1999, ce qui représente une progression de 19 % en dix ans. Le rythme de la croissance urbaine est ainsi plus soutenu qu'au cours des décennies précédentes, proche de celui des années 1950 et 1960.
La croissance urbaine se traduit par l'agrandissement d'agglomérations existantes ou par l'apparition de nouvelles villes isolées. […] Aujourd'hui, l'urbanisation du territoire français est essentiellement le produit de l'étalement urbain, c'est-à-dire l'extension des surfaces urbanisées. […]
Cette généralisation du fait urbain a des conséquences majeures pour les territoires et leurs habitants. Elle transforme aussi bien les formes que les paysages. Lyon est un bon exemple de la diversité des espaces urbains à l'intérieur d'une même aire urbaine. L'étalement urbain brouille en effet les frontières traditionnelles de la ville. <u>L'apparition de l'adjectif « périurbain »souligne l'émergence d'un espace mélangeant ville et campagne.</u>

D'après Magali Reghezza-Zitt, « La France, une géographie en mouvement », *La Documentation photographique*, n° 8096, 2013.

Questions

1 Recopiez deux informations du texte montrant que la population habitant dans les villes augmente.

2 Citez une information du texte qui montre que l'étalement urbain concerne l'ensemble du territoire national.

3 Indiquez une conséquence de l'étalement urbain.

4 Expliquez la phrase soulignée.

5 Réalisez un schéma et sa légende des différents types d'espaces qui composent une aire urbaine.

Sujet 24 Corrigé

Les clés pour réussir

Bien lire le document

Identifier sa nature

Ce document est un **texte rédigé par une géographe,** Magali Reghezza-Zitt, en 2013. C'est donc un texte avec un vocabulaire difficile, spécifique à la géographie mais qui décrit des **évolutions de la France urbaine** que vous avez **étudiées en classe** tout au long de l'année. → Fiche 10

Repérer les éléments importants

- **Chaque paragraphe du texte,** qui développe **une évolution** importante des aires urbaines : prenez le temps de résumer cette évolution au brouillon pour bien comprendre l'ensemble du document.
- **Les chiffres** cités par le texte, sur lesquels vous pouvez vous appuyer.

Bien comprendre les questions

Question 1

Cette question est difficile car les informations prélevées doivent porter sur la **croissance** de la population urbaine **et non pas sur ses conséquences** : la croissance et l'extension des villes. Attention donc de bien recopier des éléments du texte qui correspondent à la consigne.

Question 2

Plusieurs informations dans le texte nous montrent que l'étalement urbain concerne l'ensemble du territoire national. Vous pouvez en trouver **une dans chaque paragraphe** du texte.

Question 3

Le dernier paragraphe indique plusieurs conséquences de l'étalement urbain, il faut en **sélectionner une et la citer ou utiliser votre propre vocabulaire** en vous appuyant sur vos connaissances sans paraphraser le texte.

Question 4

Il ne faut pas se contenter de répéter les explications déjà données par le texte ; il faut **décrire à l'aide de connaissances précises** cet espace périurbain qui se développe à la périphérie des aires urbaines. C'est le point essentiel du chapitre sur les aires urbaines et vous devez montrer que vous avez compris pourquoi et comment cet espace périurbain ne cesse de se développer.

Question 5

- Le schéma doit porter uniquement sur les **différents types d'espaces qui composent une aire urbaine** : les **déplacements de population** ne sont pas nécessairement attendus, mais ils **seront valorisés**. Vous pouvez aussi montrer le **processus d'étalement urbain**.
- Faites un **travail soigné** à l'aide d'un compas si possible, **en choisissant bien les couleurs** car dans une carte ou dans un schéma en géographie, elles ont un sens. N'oubliez pas la **légende** dans laquelle les couleurs doivent correspondre à celle du schéma.

Les mots-clés

- **Aire urbaine :** ensemble formé par une ville, ses banlieues et ses communes périurbaines, dont au moins 40 % des habitants travaillent dans la ville-centre et ses banlieues.
- **Population urbaine :** population qui vit en ville.
- **Croissance urbaine :** augmentation de la taille et de la population des villes.
- **Agglomération :** pôle urbain (ville-centre + banlieues).
- **Étalement urbain :** extension de la ville sur l'espace rural.
- **Périurbanisation :** urbanisation de la périphérie des agglomérations.

1 Les deux informations qui nous montrent que la population habitant dans les villes augmente sont : « le seuil des 50 % de population urbaine, atteint au niveau mondial en 2007, a été franchi en France dès 1931 » et « le rythme de la croissance urbaine est ainsi plus soutenu qu'au cours des décennies précédentes, proche de celui des années 1950 et 1960 ».

2 Une information qui nous montre que l'étalement urbain concerne l'ensemble du territoire national est par exemple : « Aujourd'hui, l'urbanisation du territoire français est essentiellement le produit de l'étalement urbain. »

3 Une conséquence de l'étalement urbain mentionnée dans le texte est par exemple : « L'étalement urbain brouille les frontières traditionnelles de la ville. »

L'astuce du prof

Sélectionnez des informations qui concernent la population ou la société mais pas la superficie des villes.

L'astuce du prof

« Territoire national » est synonyme de « territoire français » ou de « territoire métropolitain ».

L'astuce du prof

« Indiquez » signifie « citez une information prélevée dans le texte ».

4 La phrase soulignée décrit l'apparition d'un nouvel espace dans les aires urbaines : la couronne périurbaine, où la ville rencontre la campagne, et donc « un espace mélangeant ville et campagne ». En effet, de plus en plus d'urbains cherchent à habiter dans un espace qui peut leur offrir une maison individuelle, avec un jardin, du calme et la proximité avec la nature tout en continuant à travailler dans la ville centre ou dans les banlieues des aires urbaines. Ils s'installent donc dans l'espace rural qui entoure le pôle urbain. Les zones pavillonnaires, les centres commerciaux et le réseau routier se développent, urbanisant peu à peu l'espace rural qui devient ainsi « périurbain ».

> **Gagnez des points !**
> Utilisez vos connaissances pour expliquer la phrase soulignée sans faire de paraphrase.

5 **Schéma d'une aire urbaine**

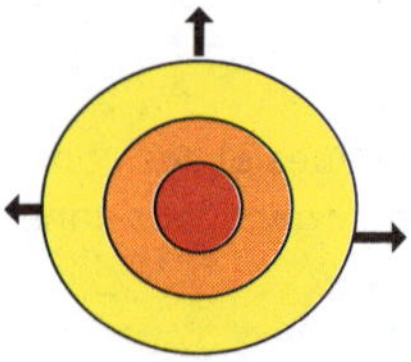

Légende :

- Ville-centre } Pôle urbain
- Banlieues } Pôle urbain
- Couronne périurbaine
- → Étalement urbain

> **Gagnez des points !**
> N'oubliez pas le titre, un schéma porte toujours un titre. Vous pouvez aussi indiquer l'étalement urbain.

Sujet 25 Les mobilités quotidiennes dans l'aire urbaine

45 min

Liban, juin 2018

Exercice 1 Analyser et comprendre des documents 20 pts

Document 1 Un exemple de mobilité au quotidien

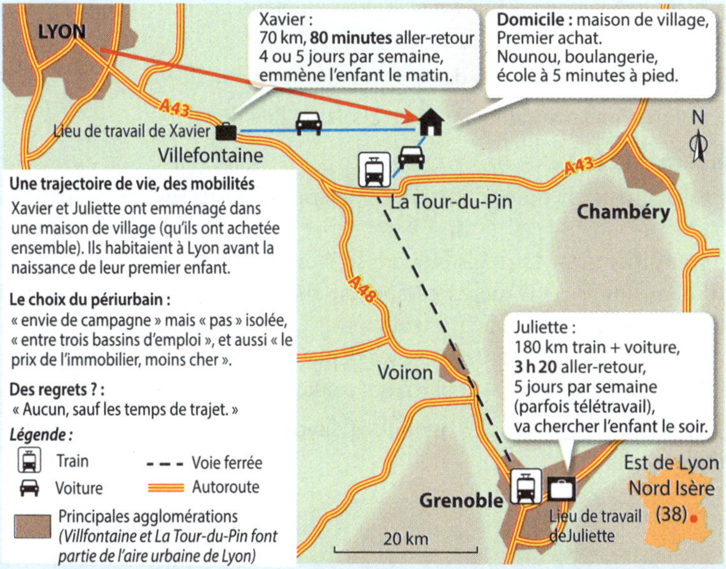

D'après J.-B. Bouron et P.-M. Georges, *Les Territoires ruraux en France*, 2015.

Document 2 Des Français hyper-mobiles

L'augmentation des vitesses qui favorise les déplacements a permis une dissociation des lieux de vie et d'habitat, de travail, de consommation et de loisirs. Chaque individu va ainsi pouvoir construire son territoire au sens d'espace de vie. Ce territoire va pouvoir varier au cours du temps.

GÉOGRAPHIE

C'est à l'échelle locale que les transformations sont les plus visibles [...]. Certains individus vivent à l'échelle de leur quartier quand d'autres parcourent chaque jour des dizaines de kilomètres pour se rendre à leur travail. Pour certains, les déplacements domicile-travail se font entre des villes distantes de plusieurs centaines de kilomètres : ils « navettent » grâce au train à grande vitesse ou à l'avion.

« La France, une géographie en mouvement », Magali Reghezza-Zitt, *La documentation photographique*, n° 8096, 2013.

Questions

Document 1

1 Identifiez le lieu où Juliette et Xavier ont habité et le lieu où ils habitent aujourd'hui.

2 Expliquez deux raisons de ce changement de lieu de vie.

3 Relevez une contrainte liée à ce choix de lieu de vie.

Documents 1 et 2

4 Sélectionnez la proposition qui caractérise le mieux les déplacements de Xavier. Recopiez-la et justifiez votre choix.
– Proposition A : « Certains individus vivent à l'échelle de leur quartier. »
– Proposition B : « D'autres parcourent chaque jour des dizaines de kilomètres pour se rendre à leur travail. »
– Proposition C : « Pour certains, les déplacements domicile-travail se font entre des villes distantes de plusieurs centaines de kilomètres. »

5 Expliquez pourquoi les mobilités favorisent la croissance des aires urbaines.

Sujet 25 Corrigé

Les clés pour réussir

Bien lire les documents

Identifier leur nature

Le dossier est composé de deux documents. Le document 1 est une **carte légendée** accompagnée d'un encadré contenant les témoignages d'un couple de périurbains dans l'aire urbaine de Lyon. Le document 2 est un **extrait de texte** écrit par une géographe en 2013, décrivant les mobilités des Français. → Fiche 10

Repérer les éléments importants

- **Dans le document 1 :**

– les bulles sur la carte qui présentent le lieu de domicile et les lieux de travail de Xavier et de Juliette ;
– l'encadré à gauche qui explique pourquoi Juliette et Xavier ont fait le choix d'habiter dans la couronne périurbaine ;
– la légende qui permet de mieux situer les différents espaces et de mieux comprendre les déplacements de Xavier et Juliette.

- **Dans le document 2 :**

– le premier paragraphe qui explique la dissociation des lieux d'habitat et de travail ;
– le second paragraphe qui explique que certains individus font le choix de limiter leurs déplacements quand d'autres ne cessent de les rallonger.

Bien comprendre les questions

Question 1

Attention de bien lire la consigne. Il s'agit d'abord de trouver où ils habitaient **par le passé.** Vous pouvez trouver cette information dans les **témoignages** de Xavier et de Juliette. Ensuite, on vous demande de trouver où ils habitent **aujourd'hui**. Pour cela vous devez bien **observer la carte et sa légende** pour trouver le figuré qui correspond à leur lieu de vie.

Question 2

Il s'agit ici de relever dans les témoignages **deux raisons** qui expliquent leur changement de lieu de vie. Vous pouvez trouver plusieurs raisons dans les **témoignages**, mais aussi sur la carte **dans la bulle qui présente leur domicile**.

Question 3

Une **contrainte** est un inconvénient, **un élément négatif lié à leur choix, qui rend leur vie plus difficile**. Cette contrainte est visible **dans les bulles** qui présentent les lieux de travail de Xavier et de Juliette, mais aussi dans leur **témoignage**.

Question 4

Attention de bien sélectionner la bonne proposition, mais aussi de la recopier avec ses guillemets. La question porte sur les déplacements de **Xavier** et pas sur ceux de Juliette. Une fois la proposition trouvée, vous devez **justifier votre choix** : il s'agit donc de trouver dans le document 1 une information qui vérifie ce qu'affirme la proposition que vous avez choisie.

Question 5

Pour cette question, vous devez utiliser vos **connaissances personnelles**. Le document 2 ne cite pas les notions essentielles étudiées en cours. Commencez par définir les termes de la question : « mobilités » et « croissance des aires urbaines ». La croissance des aires urbaines ne désigne pas la croissance de leur population ou de leur richesse, mais leur extension.

Les mots-clés

- **Aire urbaine** : ensemble formé par une ville, ses banlieues et les communes périurbaines dont au moins 40 % des habitants travaillent dans la ville-centre et ses banlieues.
- **Ville-centre** : ville au centre d'une aire urbaine.
- **Banlieues** : communes d'une aire urbaine situées en périphérie immédiate de la ville-centre.
- **Couronne périurbaine** : communes d'une aire urbaine située en périphérie du pôle urbain (ville-centre et banlieues).
- **Mobilités** : différents déplacements de population à l'intérieur d'un territoire.
- **Migrations pendulaires** : déplacements quotidiens des actifs entre leur lieu de vie et leur lieu de travail.
- **Périurbanisation** : urbanisation de la périphérie des villes.
- **Étalement urbain** : extension de la ville sur l'espace rural.
- **Bassins d'emploi** : espaces où se concentrent de nombreux emplois.
- **Agglomérations** : pôles urbains (villes et banlieues).

1 Juliette et Xavier ont habité dans la ville-centre de Lyon avant la naissance de leur premier enfant. Depuis, ils ont emménagé dans une maison de village située en Isère, à l'est de Lyon.

2 Ce changement de lieu de vie s'explique par une « envie de campagne », mais « pas isolée » ; et aussi par « le prix de l'immobilier, moins cher » car Juliette et Xavier ont eu un enfant et ont besoin d'espace.

Gagnez des points !
Expliquez les raisons en fonction de la situation familiale de Juliette et Xavier.

3 La contrainte principale liée à ce choix de vie est l'allongement des temps de trajet entre leur domicile et leurs lieux de travail. Ces migrations pendulaires sont très longues : 3 h 20 en train et en voiture pour Juliette et 80 minutes de voiture pour Xavier.

Gagnez des points !
Citez le terme de « migrations pendulaires » et appuyez-vous sur les durées de trajet de Juliette et Xavier.

4 La proposition qui caractérise le mieux les déplacements de Xavier est la proposition B : « D'autres parcourent chaque jour des dizaines de kilomètres pour se rendre à leur travail. » En effet, il fait 70 km par jour aller-retour entre son domicile et son lieu de travail à Villefontaine.

L'astuce du prof
Commencez par donner la bonne proposition, puis n'oubliez pas de justifier votre choix à l'aide du kilométrage donné par le document 1.

5 Les mobilités – c'est-à-dire les déplacements de population – dans les aires urbaines sont favorisées par la grande diversité des offres de moyens de transport et l'augmentation des vitesses de déplacement. Des autoroutes et des voies ferrées relient la ville-centre aux banlieues et aux communes de la couronne périurbaine. Comme ces espaces sont mieux reliés entre eux et que les prix de l'immobilier dans la ville-centre ne cessent d'augmenter, les habitants des aires urbaines font le choix, comme Juliette et Xavier, de s'éloigner de la ville-centre et de s'installer dans un village de la couronne périurbaine. C'est pourquoi les aires urbaines s'étalent de plus en plus sur les campagnes : c'est le phénomène de périurbanisation.

L'astuce du prof

Pensez à utiliser le vocabulaire géographique appris en cours. Vous devez impérativement parler de « périurbanisation » et d'« étalement urbain ».

Sujet 26 Les espaces productifs industriel

45 min

Pondichéry, mai 2017

Exercice 2 Maîtrisez différents langages

20 pts

1 Rédigez un texte structuré d'une vingtaine de lignes montrant que la mondialisation transforme les espaces productifs français. Vous traiterez au choix : espaces productifs industriels OU espaces productifs agricoles OU espaces productifs touristiques OU espaces productifs d'affaires. Vous pouvez vous appuyer sur un exemple étudié en classe.

2 En utilisant la légende, localisez et nommez sur la carte :
– un grand port maritime ;
– deux métropoles ;
– placez sur la carte la principale façade maritime française ouverte sur le monde et reportez le figuré choisi en légende.

Territoire français et mondialisation : quelques aspects

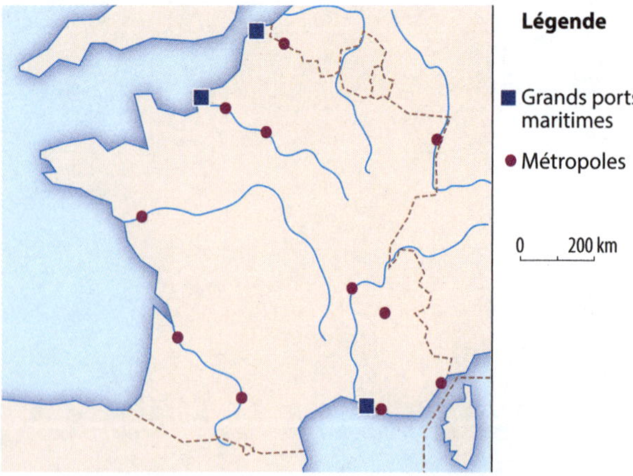

Sujet 26 Corrigé

Les clés pour réussir

Bien comprendre les consignes

Consigne 1

- La consigne vous demande de **montrer**, c'est-à-dire d'expliquer à l'aide de vos connaissances, que la **mondialisation transforme les espaces productifs français.**
- Vous devez rédiger un texte **structuré**, c'est-à-dire **un développement construit.** Votre texte doit donc comporter une introduction, plusieurs parties et une conclusion. Rédigez un brouillon dans lequel vous organisez vos connaissances et vos exemples, sans nécessairement rédiger.
- Attention de bien lire le sujet car on vous demande de choisir **un seul type d'espace productif** : SOIT un espace industriel, SOIT un espace agricole, SOIT un espace touristique, SOIT un espace d'affaires. Vous avez donc le choix, mais vous ne devez pas mélanger ces différents types d'espaces productifs. Nous avons choisi dans ce corrigé de traiter des espaces industriels, car ils sont profondément transformés par la mondialisation.
- Appuyez-vous sur un exemple traité en cours. On attend de vous que vous citiez au moins un espace précis, lié à une activité économique que vous devez décrire. ➜ Fiche 11

Consigne 2

- Respectez bien les consignes de l'énoncé. Ne nommez pas toutes les métropoles et les grands ports maritimes (ou ZIP) présents sur la carte, mais **limitez-vous à un port, deux métropoles et la principale façade maritime.**
- Attention de bien choisir votre figuré pour la principale façade maritime. Il doit la localiser et montrer en même temps qu'elle est ouverte sur le monde (fonction d'interface). Le figuré doit bien sûr être identique dans la légende et sur la carte.

Les mots-clés

Espace productif • Mondialisation • Métropole • Technopôles • Aire urbaine • ZIP • LVG • Innovation • Pôle de compétitivité • Délocalisation • Désindustrialisation ➜ lexique

GÉOGRAPHIE

1 En France, la mondialisation transforme profondément les espaces productifs. Comment le voit-on pour les espaces productifs industriels ?

De nombreux espaces productifs industriels profitent des dynamiques de la mondialisation. Ces espaces productifs industriels sont situés dans les grandes métropoles. Ils bénéficient d'une main-d'œuvre nombreuse, très qualifiée qui leur permet d'innover sans cesse et d'être ainsi compétitifs à l'échelle mondiale. De plus, de nombreux technopôles sont créés au sein des principales aires urbaines pour soutenir cette innovation. Enfin, les espaces industriels les plus productifs sont ceux qui sont bien reliés au reste du territoire national, à l'Europe et au monde par des réseaux de transports et de communications performants : aéroports internationaux, autoroutes, LGV ou encore zones industrialo-portuaires (ZIP). Ainsi l'entreprise aéronautique Airbus est installée dans la métropole toulousaine, un espace qui bénéficie d'un aéroport, de plusieurs autoroutes et d'un accès à l'océan Atlantique par l'estuaire de la Gironde. On y trouve aussi des pôles de compétitivité associant des écoles, des centres de recherche et des entreprises pour développer l'innovation dans les domaines aéronautique et aérospatial. Toulouse est ainsi devenu un espace industriel compétitif à l'échelle mondiale.

Gagnez des points !

Posez la problématique du sujet sous forme de question. N'oubliez pas de bien indiquer quel type d'espace productif vous avez choisi.

Gagnez des points !

Placez dans votre texte le vocabulaire précis appris en cours qui montre au correcteur que vous maîtrisez les notions étudiées dans ce chapitre.

À l'inverse, d'autres espaces productifs industriels se retrouvent peu à peu à l'écart, moins intégrés dans les dynamiques de la mondialisation. Ainsi, les anciens espaces productifs du textile et de la sidérurgie dans le Nord-Est de la France sont en crise, car ces activités ont été délocalisées dans des pays en développement. Cela entraîne la désindustrialisation de ces espaces. Le taux de chômage y est très important ; ils doivent se reconvertir et trouver de nouvelles activités productives.

La mondialisation a donc transformé les espaces industriels français en concentrant les activités dans les grandes métropoles du territoire et sur la façade Ouest du pays.

2

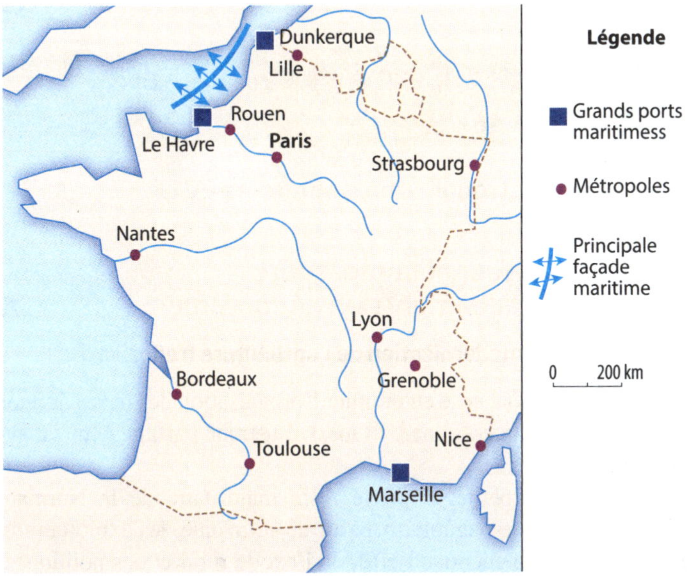
Dunkerque
Lille
Rouen
Le Havre
Paris
Strasbourg
Nantes
Lyon
Grenoble
Bordeaux
Toulouse
Nice
Marseille
Légende
Grands ports maritimess
Métropoles
Principale façade maritime
0 200 km

Sujet 27 La modernisation de l'agriculture française

45 min

France métropolitaine, septembre 2018

Exercice 1 Analyser et comprendre des documents en géographie

20 pts

Document 1 La modernisation de l'agriculture française

La modernisation concerne en premier l'organisation des terres agricoles. Les modifications que connaît l'Ouest illustrent parfaitement la dynamique générale.

Jusqu'en 1950, la petite propriété reste majoritaire de la Normandie jusqu'à la frontière espagnole. À partir de cette date, les exploitations se concentrent rapidement sous l'effet de l'exode rural et des politiques de remembrement[1]. Les paysans qui restent achètent ou louent massivement les nombreuses terres laissées libres. Les parcelles sont redécoupées, les haies sont arrachées. En France métropolitaine, la taille moyenne des exploitations triple en 50 ans. […]

Parallèlement, l'autoconsommation diminue, la polyculture traditionnelle décline et la spécialisation s'affirme : production laitière en Normandie ou élevage hors-sol en Bretagne.

La modernisation concerne aussi les techniques agricoles. Le tracteur se généralise à partir des années 1950 (60 000 en 1946, 1 500 000 en 1979), les engrais chimiques sont couramment utilisés. De nouvelles semences plus productives voient le jour et il devient possible de sélectionner scientifiquement les races de l'élevage. […]

Mais depuis plusieurs années, la course aux rendements[2] montre ses limites. Le revenu paysan stagne, et de nombreuses exploitations sont surendettées. […] Les conséquences écologiques du modèle agricole intensif paraissent aussi de plus en plus dommageables. L'utilisation massive d'engrais et de pesticides contribue ainsi à la pollution des eaux de surface, des nappes phréatiques et du bord de mer.

D'après V. Adoumié, *Géographie de la France*, Hachette 2015.

1. Redistribution spatiale des terres entre les paysans, ce qui entraîne l'agrandissement des champs.
2. Quantité de produit récolté sur une surface cultivée.

Document 2 Un paysage agricole de Bretagne

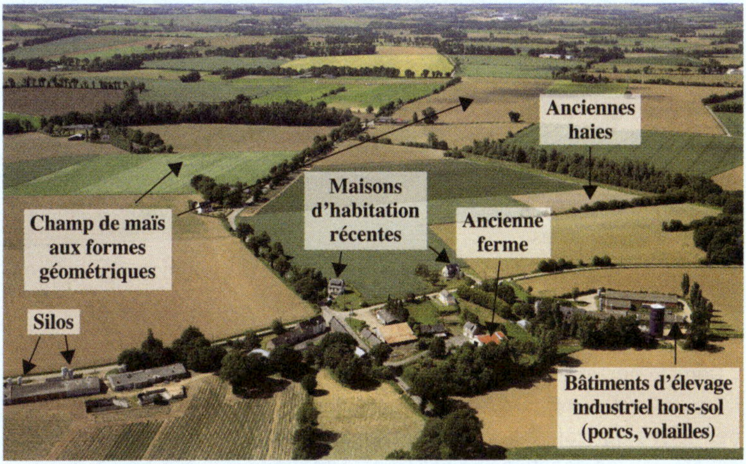

Questions

1 Citez trois progrès techniques mentionnés dans le document 1 qui ont permis d'augmenter les productions agricoles.

2 Dans le document 1, relevez deux conséquences de la modernisation de l'agriculture pour les agriculteurs.

3 Reproduisez le tableau et complétez-le sur votre copie ; associez les mots soulignés dans le document 1 à la définition qui convient.

1.	Élevage en milieu artificiel.
2.	Production de plusieurs cultures au sein d'une exploitation.
3.	Production d'une seule catégorie de plante ou d'une seule espèce animale.

4 Décrivez et expliquez les transformations récentes des paysages agricoles.

5 Quels sont les risques liés à la modernisation de l'agriculture et les solutions adoptées pour réduire ces risques ?

Sujet 27 Corrigé

Les clés pour réussir

Bien lire les documents

Identifier leur nature

• **Le document 1** est un extrait de texte tiré d'un ouvrage rédigé par un géographe en 2015. Il décrit la modernisation de l'agriculture française et ses conséquences.

• **Le document 2** est une photographie d'une exploitation agricole en Bretagne. ➜ Fiche 11

Repérer les éléments importants

• Dans le document 1, il faut repérer :

– **les trois paragraphes du texte** qui décrivent la nouvelle organisation des terres agricoles, la modernisation des techniques agricoles et les conséquences négatives de ces transformations.

– **les définitions** de deux mots difficiles du texte à la fin du document.

– **les mots soulignés** qui vous serviront pour la question 3.

• Dans le document 2, faites attention aux différents éléments d'une exploitation agricole moderne.

Bien comprendre les questions

Question 1

On vous demande de « citer » des éléments du texte. Vous pouvez donc recopier les informations trouvées dans le document. Les trois progrès techniques qui vous sont demandés se trouvent dans le deuxième paragraphe du texte. Nous avons choisi de citer les quatre éléments présents dans le texte, mais la question ne vous en demande que trois.

Question 2

• Tout comme dans la question 1, vous devez prélever l'information dans le texte. Il ne s'agit pas d'évoquer les conséquences pour l'agriculture en général mais **pour les agriculteurs seulement**. Ces conséquences sont évoquées dans le dernier paragraphe et sont présentées comme étant **négatives** pour les paysans.

• On peut éventuellement accepter l'agrandissement de la taille des exploitations des agriculteurs comme étant l'une des conséquences de la modernisation de l'agriculture.

Question 3

Vous devez commencer par recopier le tableau sur votre copie. Réfléchissez ensuite au sens des trois mots soulignés dans le document 1 ; ce sont des mots que vous avez certainement vus en cours. Associez-les enfin aux définitions présentes dans le tableau.

Question 4

- Vous devez à la fois « décrire » et « expliquer » les transformations récentes des paysages agricoles. Vous devez donc dire **ce qui s'est transformé**, tout en expliquant **pour quelles raisons** ces transformations ont eu lieu. Beaucoup de ces transformations sont visibles sur le document 2, tandis que la plupart des explications sont données par le document 1.
- À chaque description d'une transformation doit correspondre une explication précise.

Question 5

- Pour cette question, bien que la consigne ne le mentionne pas, vous devez utiliser vos connaissances personnelles pour expliquer **les risques**, et surtout **les solutions** adoptées pour les réduire. En effet, ces solutions ne sont pas abordées dans les documents.
- Vous pouvez trouver le principal risque lié à la modernisation de l'agriculture dans le dernier paragraphe du document 1.
- Attention de **ne pas oublier le document 2,** qui n'évoque pas directement les risques mais présente des transformations très dommageables pour l'environnement !
- Pour chacune des transformations que vous citez, vous devez trouver **une solution adoptée aujourd'hui** par certains agriculteurs **pour réduire les risques.**

Les mots-clés

- **Exode rural** : départ définitif des populations de la campagne vers les villes.
- **Parcelle** : portion de terrain agricole.
- **Engrais chimiques** : produits chimiques destinés à augmenter la croissance, la quantité et la qualité des produits récoltés.
- **Semences** : graines destinées à être semées dans la terre pour produire une récolte.
- **Modèle agricole intensif** : type d'agriculture productiviste, c'est-à-dire qui cherche à produire toujours plus.
- **Pesticides** : produits chimiques destinés à lutter contre tous les organismes jugés nuisibles pour les cultures.
- **Nappes phréatiques** : nappes d'eau souterraines.
- **Silo** : réservoir destiné à stocker les céréales récoltées.

1 Les progrès techniques qui permettent d'augmenter les productions agricoles sont : la généralisation du tracteur (« 60 000 en 1946, 1 500 000 en 1979 ») ; les engrais chimiques utilisés de plus en plus souvent ; les nouvelles

Gagnez des points !

Citez des chiffres pour être plus précis dans votre prélèvement d'informations.

GÉOGRAPHIE

semences plus productives ; et enfin, la sélection scientifique des races d'élevage.

2 La modernisation de l'agriculture a comme conséquence pour les agriculteurs que « le revenu paysan stagne » et que « de nombreuses exploitations sont surendettées ».

L'astuce du prof

N'oubliez pas les guillemets si vous citez directement des extraits du texte.

3

1. Élevage hors-sol	Élevage en milieu artificiel.
2. Polyculture	Production de plusieurs cultures au sein d'une exploitation.
3. Spécialisation	Production d'une seule catégorie de plante ou d'une seule espèce animale.

4 Les paysages agricoles ont connu des transformations importantes depuis les années 1950. Les parcelles des champs se sont agrandies et les haies ont été en grande partie arrachées. On peut aujourd'hui observer d'immenses champs aux formes géométriques, spécialisés dans une seule production tel que celui du maïs. Ces grandes parcelles permettent aux agriculteurs de travailler avec des tracteurs et des machines. Dans le même temps, on a aussi vu apparaître des bâtiments d'élevage industriel hors-sol, spécialisé dans la production de porcs ou de volailles, et de grands silos destinés à stocker d'importantes quantités de céréales. Enfin, les anciennes fermes ont souvent été remplacées ou complétées par des maisons d'habitation récentes, plus confortables et plus modernes.

Gagnez des points !

N'oubliez aucune des transformations évoquées par le texte et la photographie.

5 L'un des risques liés à la modernisation de l'agriculture est « la pollution des eaux de surface, des nappes phréatiques et du bord de mer » liée à l'utilisation massive d'engrais et de pesticides. Pour lutter contre la pollution, certains agriculteurs se tournent vers l'agriculture biologique qui interdit l'utilisation de tout produit chimique.

Par ailleurs, l'arrachage des haies nuit à la biodiversité et participe à l'érosion des sols. Aujourd'hui, certaines haies sont replantées.

Enfin, l'élevage hors-sol est peu respectueux du bien-être animal et produit une nourriture de mauvaise qualité, tout en contribuant aussi à la pollution des eaux. De plus en plus d'éleveurs se tournent donc vers un élevage labellisé ou biologique, qui permet aux animaux d'être élevés en plein air et qui tient compte de leur bien-être.

Gagnez des points !

Soyez précis en définissant rapidement l'agriculture biologique.

Sujet 28 Les espaces de faible densité

45 min

Asie-Pacifique, juin 2017

Exercice 1 Analyser et comprendre des documents 20 pts

Document 1 La fin du désert français

Pas moins de dix-huit virages en épingle séparent la commune de Nâves du reste de la vallée et de ses villes [...]. Il y a un siècle, ils étaient 650 habitants à vivre ici de l'élevage et de l'agriculture. Aujourd'hui, ils ne sont plus que 123. Mais pour la première fois depuis cent ans la tendance s'inverse [...].

Après des décennies de déclin, les villages reprennent du poil de la bête[1], y compris dans d'obscures régions peu fréquentées par les touristes. En France, les zones rurales les plus reculées perdaient encore 6 400 habitants par an entre 1982 et 1990. Entre 1999 et 2007, ces mêmes régions ont vu leur population augmenter de 59 800 personnes chaque année.

Ce renversement de tendance tient à la fois à des politiques publiques et à des aspirations différentes chez les Français. La France dispose d'un solide réseau de transports et de services publics qui facilite la vie dans les villages. Aujourd'hui encore, le bus scolaire monte chaque matin à Nâves depuis la vallée pour seulement 8 élèves d'école primaire. L'appel de la nature résonne aux oreilles d'anciens citadins et les néoruraux n'hésitent plus à s'installer en rase campagne maintenant que l'accès à Internet leur permet de satisfaire leur envie de solitude sans être totalement déconnectés. [...] « Les nouvelles technologies redonnent un avenir aux petits villages », confirme Jacques Delorme, qui gère une entreprise de haute technologie depuis Nâves.

Tout le problème consiste maintenant à transformer ce fragile sursaut en tendance durable. Nâves ne se trouve qu'à 42 kilomètres de la très glamour[2] station [de ski] de Courchevel, mais aucun touriste ne s'aventure de ce côté-là de la vallée. Les services sont eux aussi réduits ; pas de bus, pas de médecins, pas d'école, pas de boutiques, pas de café.

Courrier International,
n° 1343-1344-1345 du 28 juillet au 17 août 2016.

1. Retrouvent un dynamisme.
2. Fréquentée par des célébrités.

GÉOGRAPHIE

Document 2 **La variété des campagnes françaises**

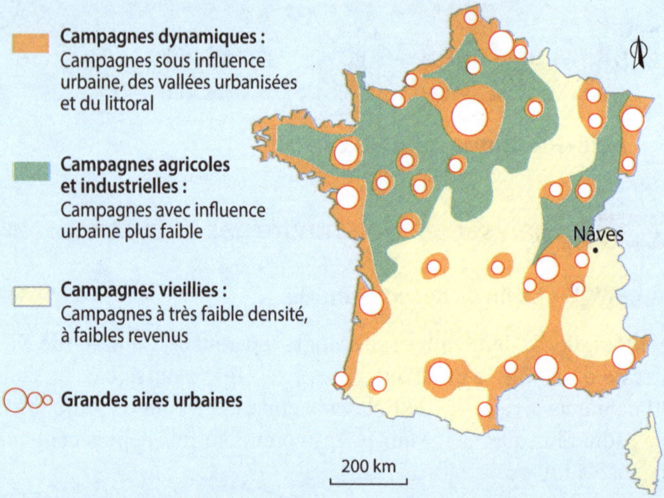

D'après DATAR, *Typologie des campagnes françaises et des espaces à enjeux spécifiques,* 2011.

Questions

1 Relevez, dans le premier paragraphe du document 1, une information montrant que la commune de Nâves a appartenu à ce que les géographes ont appelé un « désert français ».

2 Pourquoi, d'après ce document des personnes « repeuplent peu à peu » la commune de Nâves ?

3 Pourquoi le document 1 parle-t-il d'un « fragile sursaut » pour désigner l'évolution de la commune de Nâves ?

4 À l'aide des deux documents, classez la commune de Nâves dans un type de campagnes.

5 À partir d'exemples précis tirés des deux documents et de vos connaissances, montrez que la commune de Nâves n'est pas représentative de toutes les campagnes françaises.

Sujet 28 Corrigé

Les clés pour réussir

Bien lire les documents

Identifier leur nature

- **Le document 1** est un extrait d'un **article** paru dans la revue *Courrier international* en 2016. Le journaliste montre à la fois le nouveau dynamisme de Nâves et les inquiétudes qui persistent pour son avenir.
- **Le document 2** est une **carte** qui montre la variété des campagnes françaises en 2011. Elle distingue trois types de campagnes et permet de localiser la commune de Nâves. ➜ fiche 14

Repérer les éléments importants

- Le **titre** des deux documents qui nous donnent des indications sur la thématique générale du sujet.
- La première partie du document 1 qui décrit le **nouveau dynamisme** de la commune de Nâves.
- La deuxième partie du document 1 qui nous explique les **raisons** de ce nouveau dynamisme.
- La troisième partie du document 1 qui met l'accent sur les **difficultés** qui demeurent.
- La légende de la carte (document 2) qui distingue **trois types de campagnes** en France.

Bien comprendre les questions

Question 1

Le « désert français » est une expression utilisée par les géographes pour désigner les **espaces de très faible densité** (moins de 10 habitants/km^2), des espaces très **isolés** et qui ne cessent de **perdre des habitants**. Si la commune de Nâves « a appartenu » à ce « désert », c'est que la situation a changé. C'est ce que vous devez prouver par une information prélevée dans le premier paragraphe.

Question 2

Vous pouvez trouver deux raisons pour lesquelles des personnes « repeuplent peu à peu » la commune de Nâves. C'est le **troisième paragraphe** qui vous apporte ces informations. Mobilisez également vos **connaissances** sur le sujet, issues du chapitre sur les espaces de faible densité et leurs atouts.

Question 3

Expliquez d'abord, **grâce au début du texte**, pourquoi Nâves connaît un sursaut, c'est-à-dire une **légère augmentation** de sa population. Puis

GÉOGRAPHIE

montrez, **à l'aide du dernier paragraphe**, pourquoi cela reste **fragile**. Appuyez-vous sur des exemples précis en citant le texte.

Question 4

- C'est surtout **le document 2** qui vous permet de classer la commune de Nâves dans un type de campagnes.
- **Repérez sur la carte où se situe Nâves**, puis allez chercher dans la légende à quel type de campagnes cela correspond. Vérifiez-le par une information du document 1.

Question 5

- C'est une question difficile car elle vous demande de mobiliser des **connaissances de plusieurs chapitres** :

– les campagnes dynamiques correspondent au chapitre sur les **aires urbaines** ;

– les campagnes agricoles et industrielles à celui sur les **espaces productifs** ;

– les campagnes vieillies à celui sur les **espaces de faible densité et leurs atouts**.

- Il s'agit de décrire les types de campagnes auxquelles n'appartient pas la commune de Nâves, pour montrer qu'elles sont très différentes. Utilisez la légende du document 2, mais aussi vos connaissances.

Les mots-clés

- **Espaces de faibles densités** : espaces où vivent moins de 30 habitants/km².
- **Désert français** : expression utilisée par les géographes pour désigner les espaces de très faible densité (moins de 10 habitants/km²).
- **Espace rural** : espace situé hors des espaces urbains. Les communes rurales sont, en France, les communes de moins de 2 000 habitants.
- **Politiques publiques** : politiques menées par l'État pour réduire les inégalités entre les territoires dans le cadre de l'aménagement du territoire.
- **Aspirations** : volonté de changement pour atteindre une meilleure situation.
- **Néoruraux** : anciens citadins venus s'installer à la campagne.
- **Rase campagne** : expression désignant les campagnes les plus isolées.
- **Industrie de haute technologie** : industrie reposant sur la recherche et l'innovation.
- **Espace sous influence urbaine** : espaces périurbains où la majorité des actifs travaillent dans le pôle urbain.
- **Campagnes vieillies** : espaces ruraux de faible densité, désertés par les jeunes qui sont partis étudier et travailler en ville.
- **Aires urbaines** : ensemble formé par une ville, ses banlieues et les communes périurbaines, dont au moins 40 % des habitants travaillent en ville.

1 Nâves a appartenu à ce que les géographes ont appelé le « désert français », car « il y a un siècle, ils étaient 650 habitants » et « aujourd'hui, ils ne sont que 123 ».

L'astuce du prof

Ne recopiez pas tout le premier paragraphe, mais sélectionnez les informations significatives.

2 Selon ce document, des personnes « repeuplent peu à peu » la commune de Nâves, car d'anciens citadins souhaitent se rapprocher de la nature. Ils deviennent ainsi des néoruraux, notamment grâce à l'accès à Internet qui permet d'être moins isolé et de travailler à distance : c'est le télétravail. De plus, les politiques publiques, comme les politiques de transports, soutiennent les petites communes rurales pour qu'elles restent reliées aux centres urbains.

Gagnez des points !

On doit retrouver dans votre réponse les notions apprises en cours comme « néo-ruraux » ou « télétravail ». Ne vous contentez pas de recopier des parties du document.

3 Nâves connaît un « fragile sursaut », car la population a cessé de diminuer et des néoruraux se sont installés, comme Jaques Delorme qui gère une entreprise de haute technologie depuis Nâves. Pourtant cela reste fragile, car la population ne s'élève qu'à 123 habitants. De nombreux services manquent dans la commune : « pas de bus, pas de médecins, pas d'école, pas de boutiques, pas de cafés ». Ce sursaut peut donc à tout moment s'arrêter.

4 Le document 1 nous indique que la commune de Nâves ne compte que 123 habitants. Cela est confirmé par le document 2 qui la localise dans les « campagnes vieillies », des campagnes à très faibles densités et à faibles revenus.

L'astuce du prof

Utilisez bien les deux documents pour rédiger votre réponse.

5 La commune de Nâves n'est pas représentative de toutes les campagnes françaises. Comme on peut le voir sur le document 2, il existe différents types de campagnes en France. À l'inverse de Nâves, d'autres espaces ruraux connaissent des densités plus fortes. Ce sont les campagnes dynamiques situées à proximité des aires urbaines, dans les vallées urbanisées ou sur les littoraux. Ces espaces sont touchés par la périurbanisation et vivent sous l'influence urbaine. D'autres espaces ruraux connaissent une influence urbaine moins forte, mais n'en sont pas moins dynamiques. Ce sont les campagnes agricoles et industrielles de l'ouest et du nord de la France qui concentrent les principaux espaces productifs agricoles.

L'astuce du prof

Mobilisez vos connaissances des autres chapitres de Géographie : celui sur les aires urbaines pour la périurbanisation et celui sur les espaces productifs pour les campagnes agricoles et industrielles.

Sujet 29 Les aménagements de transport en France

45 min

Polynésie, septembre 2017

Exercice 1 Analyser et comprendre des documents 20 pts

Document 1 Le projet d'aéroport du Grand Ouest à Notre-Dame-des-Landes ménacé[1]

Aujourd'hui, nul ne sait quand les travaux de cette infrastructure, destinée à remplacer l'actuel aéroport de Nantes, pourront être mis en œuvre. Les voix des opposants n'ont cessé de se faire entendre. Plus d'une centaine d'entre eux se sont même installés sur la zone d'aménagement différé (ZAD[2]), rebaptisée « zone à défendre ».

Cécile Rialland-Juin, géographe à l'université d'Angers : « Dans les années 1960, cette zone était faiblement peuplée et l'agriculture n'était pas considérée comme prioritaire. Toutes les conditions étaient réunies pour que l'aéroport se fasse. »

Les paysans concernés vont pourtant s'organiser contre le projet.

« Entre-temps, l'étalement urbain a fait son œuvre et de plus en plus de pavillons ont poussé autour de Notre-Dame-des-Landes », poursuit Cécile Rialland. Cette hausse de la population riveraine ne pouvait que mener au conflit.

F. Pagneux, « Notre-Dame-des-Landes, du projet local à l'enjeu national », *La Croix*, 29 janvier 2016.

1. Ce projet d'aéroport est aujourd'hui abandonné.
2. Zone mise en réserve afin d'être aménagée.

Document 2 Relier le Grand Ouest : aéroports et TGV

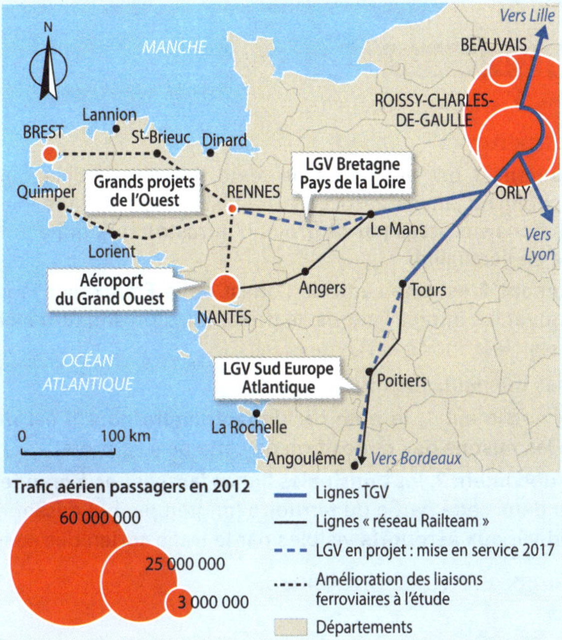

Cécile Rialland-Juin, géographe

Questions

1 Quelle « infrastructure » doit être réalisée dans la première ligne du texte ?

2 En vous aidant de la carte, où ce projet d'infrastructure doit-il être réalisé ?

3 Quels aménagements sont réalisés dans l'ouest de la France ? Deux réponses sont attendues.

4 Pourquoi ce projet d'infrastructure permettrait-il d'équilibrer le trafic aérien de passagers en France ?

5 Expliquez pourquoi le projet tarde à débuter en identifiant les opposants et leurs motivations.

Sujet 29 Corrigé

Les clés pour réussir

Bien lire les documents

Identifier leur nature

- **Le document 1** est un extrait de texte tiré d'un article du journal *La Croix* publié en janvier 2016. La journaliste essaie de faire le point sur les oppositions suscitées par ce projet d'infrastructure qui a longtemps fait la une de l'actualité.
- **Le document 2** est une carte de l'ouest de la France sur laquelle on peut retrouver les infrastructures de transport, d'où son titre : « Relier le Grand Ouest : aéroports et TGV ». → Fiche 26

Repérer les éléments importants

- Dans le document 1, **le nom de l'infrastructure** dont il est question, ainsi que **les raisons de l'opposition** de certains à ce projet.
- Dans le document 2, **les principales lignes ferroviaires à grande vitesse** présentes dans cette partie du territoire longtemps mal desservie, ainsi que **les principaux aéroports** visibles par le trafic aérien des passagers.

Bien comprendre les questions

Question 1

On vous demande de repérer l'infrastructure mentionnée à la ligne 1 du texte. Une infrastructure est un ensemble d'aménagements et d'équipements utiles à une collectivité. Ici, il s'agit d'une **infrastructure de transport**.

Question 2

Pour cette question, vous devez repérer l'infrastructure sur la carte du document 2 et **la situer à l'échelle locale et nationale.**

Question 3

Les aménagements que vous devez repérer sont présents sur la carte et dans sa légende. Attention de ne choisir que ceux qui sont déjà mis en service en 2017, puisque la question vous demande lesquels sont déjà réalisés.

Question 4

Cette question demande de bien observer le trafic aérien de passagers sur le document 2. Pour y arriver, comparez le nombre de passagers en Île-de-France et celui dans les Pays de la Loire.

Question 5

Afin de répondre aussi précisément que possible à cette question, vous devez à la fois repérer les différents opposants au projet et expliquer, pour chacun d'eux, pourquoi ils s'y opposent (leurs motivations).

Les mots-clés

- **Aménager** : actions des pouvoirs publics pour corriger les inégalités entre les territoires.
- **Étalement urbain** : extensions de la ville sur les campagnes alentours.
- **Grand Ouest** : territoire regroupant plusieurs régions de l'ouest de la France, situées à proximité de l'océan Atlantique.
- **Infrastructure** : ensemble d'aménagements et d'équipements utiles à une collectivité.
- **LGV (ligne à grande vitesse)** : ligne ferroviaire construite pour des trains roulant au-delà des 220 km/h.
- **Population riveraine** : population qui habite à proximité.

1 L'infrastructure qui doit être réalisée est l'aéroport du Grand Ouest à Notre-Dame-des-Landes.

2 Cet aéroport doit être réalisé dans l'aire urbaine de Nantes dans l'ouest de la France (région des Pays de la Loire).

3 Les aménagements réalisés dans l'ouest de la France sont le prolongement de la ligne LGV Paris-Le Mans jusqu'à Rennes et le prolongement de la ligne LGV Paris-Tours jusqu'à Bordeaux.

4 Jusqu'à présent, l'essentiel du trafic aérien de passagers en France arrive dans les aéroports de l'aire urbaine parisienne ; en premier lieu Roissy-Charles-de-Gaulle, puis Orly et Beauvais. Ce nouvel aéroport permettrait donc de rééquilibrer le trafic en détournant en sa faveur une partie des passagers.

5 Ce projet a tardé à débuter (et a même été abandonné), en raison de la forte opposition de certains acteurs. Ses opposants sont les agriculteurs qui veulent défendre leur activité et leurs terres, notamment ceux installés sur la ZAD. Il y a aussi les riverains, installés dans des pavillons qui n'ont cessé de se multiplier dans cette zone de la couronne périurbaine de Nantes touchée par l'étalement urbain.

Gagnez des points !

Dites à proximité de quelle métropole se situe cette infrastructure, mais situez-la également dans l'espace national.

L'astuce du prof

Trouvez dans la légende de la carte les aménagements mis en service en 2017.

L'astuce du prof

Observez bien où se concentre l'essentiel du trafic aérien des passagers à l'aide des figurés en cercles.

L'astuce du prof

Identifiez les trois types différents d'opposants au projet.

Sujet 30

45 min

L'aménagement des territoires ultra-marins

France métropolitaine, juin 2018

Exercice 2 Maîtriser différents langages 20 pts

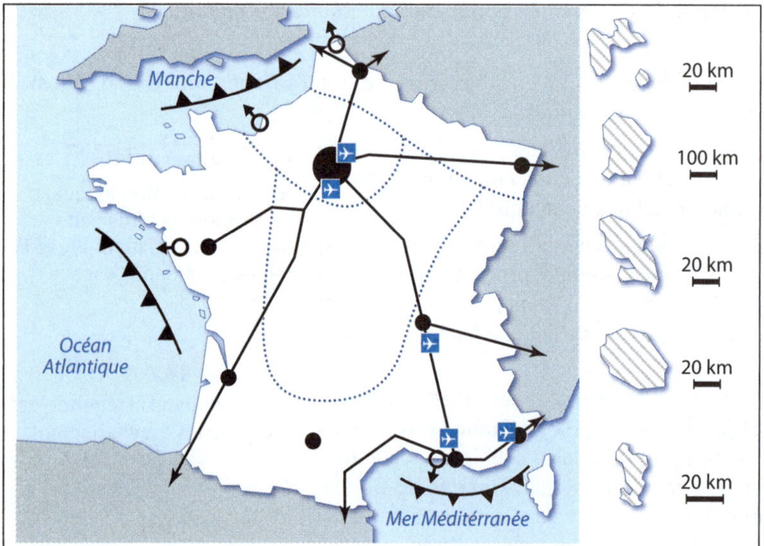

L'organisation du territoire français

1. Des territoires dynamiques

- A Le cœur économique du pays
- B Espaces périphériques dynamiques
- Métropole mondiale
- Principales aires urbaines
- Ouverture vers les pays voisins
- Principales façades maritimes

2. Des espaces en difficultés

- C Régions industrielles anciennes
- D Espaces ruraux peu reliés au monde
- ....

3. Des infrastructures de transport inégalement réparties

- Principaux axes terrestres
- Principaux ports
- Principaux aéroport

1 Rédigez un développement construit d'environ vingt lignes pour montrer les problèmes spécifiques rencontrés par les territoires ultra-marins français et les aménagements réalisés pour tenter d'y remédier. Vous pouvez prendre appui sur un exemple étudié en classe.

2 L'organisation du territoire français :

a. Complétez la légende des figurés A, B, C et D en choisissant des couleurs adaptées pour montrer les inégalités de dynamisme des quatre espaces.

b. Coloriez la carte à l'aide de la légende.

c. Complétez la légende en indiquant l'information qui correspond au figuré hachuré.

d. Localisez et nommez quatre aires urbaines de votre choix.

e. Expliquez le choix du figuré pour les façades maritimes.

Sujet 30 Corrigé

Les clés pour réussir

Bien comprendre les consignes

Consigne 1

- Le développement demandé doit se construire autour des « problèmes spécifiques à ces territoires » et des « aménagements » correspondants.
- Vous devez rédiger un texte structuré. Votre paragraphe doit donc comporter une introduction qui reprend les termes du sujet, plusieurs parties et une conclusion. Au brouillon, organisez vos connaissances et vos exemples, sans nécessairement rédiger.
- Dans la première partie, vous devez montrer que les DROM-COM sont des territoires particuliers, différents des territoires métropolitains et qui, à cause de leur situation géographique, connaissent des problèmes spécifiques.
- Dans la seconde partie, vous devez expliquer comment les aménagements réalisés permettent de surmonter en partie ces contraintes. N'oubliez pas d'expliquer comment ces territoires sont rendus accessibles par ces aménagements.
- Vous devez impérativement citer les acteurs qui interviennent dans ces aménagements, ainsi que des exemples précis étudiés en cours.

→ Fiche 30

Consigne 2

- Pour cette consigne, vous devez suivre chacune des étapes qui vous demandent de compléter la carte et sa légende.

- Pour le **a.**, choisissez des couleurs adaptées. Plus la couleur choisie est chaude, plus le territoire est dynamique. De la même manière, choisissez une couleur adaptée pour les espaces ruraux.
- Dans le **b.**, vous devez colorier la carte à l'aide des couleurs choisies dans le **a.**
- La consigne **c.** vous demande de compléter la légende en indiquant l'information qui correspond au figuré hachuré. Regardez bien sur la carte sur quels territoires apparaît ce figuré.
- Pour la consigne **d.**, vous avez le choix entre neuf aires urbaines indiquées sur la carte. Choisissez celles dont vous êtes sûrs.
- Dans la consigne **e.**, on attend de vous que vous expliquiez le choix du figuré pour les façades maritimes. Observez bien ce figuré qui pointe vers l'extérieur du territoire.

Les mots-clés

Territoires ultramarins • DROM-COM • Contraintes • Aménagements • Territoire métropolitain • Insularité • Collectivités territoriales → lexique

L'astuce du prof

L'énoncé du sujet vous invite à organiser votre développement construit autour de deux parties, l'une sur les problèmes spécifiques aux DROM-COM, l'autre sur leurs aménagements.

1 Les territoires ultramarins français, les DROM-COM, sont des territoires éloignés du continent européen qui rencontrent donc des problèmes spécifiques. Quels sont ces problèmes et quels sont les aménagements réalisés pour tenter d'y remédier ?

La plupart des territoires ultramarins, à l'exception de la Guyane, sont des îles très éloignées du territoire métropolitain, dans la zone intertropicale ou dans les régions polaires. Elles subissent donc l'isolement lié à leur insularité. La Guyane, bordée par l'océan Atlantique et la forêt amazonienne, est également difficile d'accès et reste très isolée du reste du continent américain. De plus, l'économie des DROM-COM est très fragile, les taux de chômage y sont très élevés, et dépendante de la métropole et des aides de l'UE. De même, l'essentiel des produits de première nécessité est importé. Ces territoires, notamment les départements et régions d'outre-mer (DROM), sont situés dans la zone intertropicale et connaissent donc un climat tropical chaud et humide toute l'année. C'est ce climat qui explique la forte présence de la forêt tropicale, difficile à pénétrer. C'est également lui qui amène le passage régulier de tempêtes et de cyclones causant d'importants dégâts. Les séismes, tsunamis et éruptions volcaniques, qui touchent régulièrement ces espaces et peuvent avoir des conséquences catastrophiques, sont aussi des problèmes spécifiques aux DROM-COM. Le changement climatique qui provoque la montée du niveau des océans rend ces régions encore plus fragiles.

Pour lutter contre ces contraintes, ces territoires sont aménagés par l'État et les collectivités territoriales. Le but de ces aménagements est de réduire leurs inégalités en les intégrant mieux à la métropole et aux pays qui les entourent. Par exemple, l'État français, les collectivités territoriales et l'UE ont construit des aéroports et des ports modernes qui permettent de mieux relier les DROM entre eux ainsi qu'à la métropole, notamment à Paris. Grâce à leurs hôtels, leurs clubs de vacances, leurs centres de plongée, les littoraux de la Martinique et de la Guadeloupe accueillent de nombreux touristes venus de métropole tout au long de l'année, notamment pendant l'hiver européen. De même, des infrastructures routières ont été aménagées pour améliorer la circulation dans ces territoires où les espaces montagneux et forestiers sont nombreux. Ainsi, la nouvelle route du littoral, sur l'île de La Réunion, est un projet colossal qui nécessite la construction de digues et d'un viaduc, mais qui permettra de relier plus facilement la capitale régionale, Saint-Denis, avec les villes de La Possession et du Port, où se situent les principales infrastructures portuaires de l'île. Enfin des aménagements sont également réalisés pour réduire les inégalités entre les côtes, où se situe la majorité de la population et des activités, et l'intérieur des terres souvent plus sauvage. Ces aménagements permettent le développement d'un nouveau type de tourisme, plus durable et proche de la nature.

Les DROM-COM connaissent donc de nombreux problèmes spécifiques liés à leurs contraintes naturelles. Les différents aménagements tentent d'y remédier et de mettre en valeur leurs atouts.

2 Ce figuré des façades maritimes a été choisi car il montre que les façades maritimes sont des espaces d'échanges dynamiques tournés vers l'extérieur.

Gagnez des points !

Citez un aménagement précis que vous avez étudié en cours, comme celui de la route du littoral à La Réunion.

L'astuce du prof

Quand on vous demande de choisir quatre aires urbaines de votre choix, limitez-vous à ce nombre. Si vous en placez davantage, vous risquez de faire une erreur et de perdre des points.

GÉOGRAPHIE

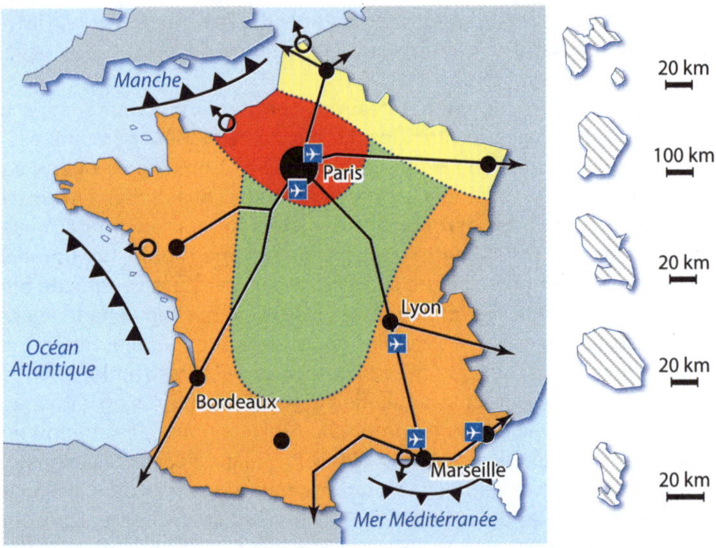

L'organisation du territoire français

1. Des territoires dynamiques

- **A** Le cœur économique du pays
- **B** Espaces périphériques dynamiques
- Métropole mondiale
- Principales aires urbaines
- Ouverture vers les pays voisins
- Principales façades maritimes

2. Des espaces en difficultés

- **C** Régions industrielles anciennes
- **D** Espaces ruraux peu reliés au monde
- DROM ....

3. Des infrastructures de transport inégalement réparties

- Principaux axes terrestres
- Principaux ports
- Principaux aéroport

Sujet 31 La Réunion : des enjeux d'aménagement spécifiques

45 min

France métropolitaine, septembre 2017

Exercice 1 Analyser et comprendre les documents 20 pts

Document 1 L'aménagement de l'île de la Réunion

Depuis la départementalisation de 1946, la Réunion s'est profondément transformée. Sa population, qui a plus que triplé, atteint aujourd'hui 837 000 habitants, installés pour la plupart sur la bande littorale. Dans ce contexte de croissance démographique soutenue, d'urbanisation et de périurbanisation accélérées, l'espace insulaire demeure très fortement contraignant. Plusieurs grands chantiers, financés par l'État, la région et l'Union européenne, visent à améliorer les déplacements à l'intérieur de l'île, question importante pour les pouvoirs publics réunionnais. L'essor de la mobilité des insulaires a abouti à de réelles menaces d'engorgement de l'axe littoral qui risquent de compromettre les efforts de développement. Deux projets gigantesques doivent améliorer la route du littoral (avec une nouvelle voie en partie souterraine). Ces grands travaux s'ajoutent à d'autres aménagements qui viennent tout juste d'être achevés. L'ouverture de la « route des tamarins » en 2009 à l'ouest du territoire a amélioré le trafic routier sur l'axe principal et favorise l'aménagement des espaces situés à mi-hauteur en forte croissance démographique. Dans le même temps, ces travaux constituent un moteur pour la croissance et l'emploi.
À côté de cette orientation récente, l'île s'est dotée en 2007 d'un nouvel outil s'inscrivant dans le droit fil du développement durable : le parc national de la Réunion, qui vise à favoriser une agriculture et une filière bois « de qualité », et le tourisme dans un territoire unique au monde qui a été inscrit en août 2010 au patrimoine mondial de l'Unesco.

D'après Y. Colombel, D. Oster (dir),
La France, territoires et aménagement face à la mondialisation, Nathan, 2014.

GÉOGRAPHIE

Document 2 L'île de la Réunion

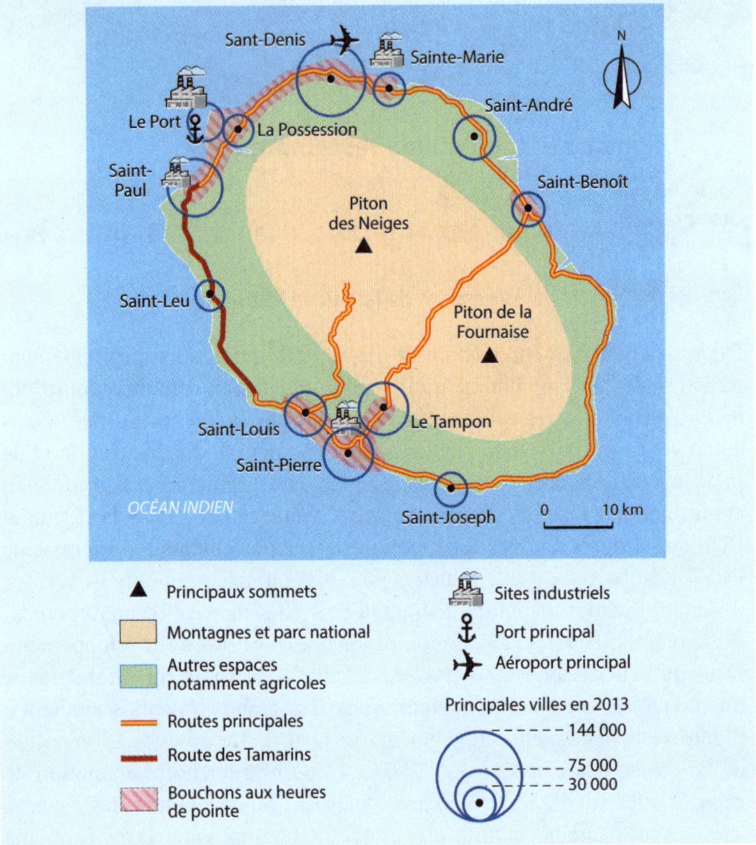

Questions

1 Relevez, dans le document 1, deux informations qui montrent que l'île de la Réunion connaît une importante croissance démographique.

2 Identifiez, à partir des deux documents, les espaces qui concentrent les populations et les activités économiques.

3 Présentez, à l'aide des documents, une conséquence de cette croissance des hommes et des activités.

4 Quels aménagements sont envisagés pour répondre à cette situation ?

5 À l'aide du document 1, citez les trois acteurs qui financent les grands aménagements de l'île.

Sujet 31 Corrigé

Les clés pour réussir

Bien lire les documents

Identifier leur nature

- Le document 1 est extrait d'un ouvrage écrit par des géographes en 2014 : *La France, territoires et aménagement face à la mondialisation*. C'est donc un texte au vocabulaire parfois difficile et un peu technique.
- Le document 2 est une carte de la Réunion sur laquelle on peut identifier les différents espaces et localiser les villes et les différentes activités économiques de l'île. → Fiche 30

Repérer les éléments importants

- Dans le document 1, le premier long paragraphe aborde **la croissance de la population et ses conséquences** sur le développement économique de l'île. Le second paragraphe, qui évoque le parc national de la Réunion, est peu utile pour répondre aux questions.
- Dans le document 2, il s'agit de repérer **les montagnes** et **le parc national** au centre de l'île, **les activités et les villes** concentrées sur les littoraux, mais aussi **les bouchons** symbolisés par des hachures.

Bien comprendre les questions

Question 1

On vous demande de « relever » deux informations. Vous devez donc **prélever ces informations dans le texte et les citer.** N'oubliez pas de mettre des **guillemets** quand vous citez un passage du texte.

Question 2

- Le document 1 vous permet d'identifier **deux espaces** où se concentre la population : l'un est cité au début du texte, l'autre à la fin du premier paragraphe.
- N'oubliez pas d'identifier **les activités économiques**. C'est la légende du document 2 qui permet de le faire.

Question 3

Cette question vous demande de « présenter » **une conséquence** de cette concentration des hommes et des activités sur un petit espace. On attend donc de vous que vous trouviez cette conséquence, mais aussi que vous **la décriviez en l'expliquant**. Servez-vous des deux documents pour y parvenir.

Question 4

Pour trouver les aménagements prévus pour répondre à la situation

GÉOGRAPHIE

décrite dans la question précédente, vous pouvez une nouvelle fois vous servir des deux documents. La légende de la carte cite **un aménagement déjà réalisé**, tandis que le texte fait référence à **des projets en cours**.

Question 5

On vous demande de citer trois acteurs de ces projets d'aménagements, autrement dit ceux qui le décident et le financent. Ici ce ne sont que **des acteurs publics**.

Les mots-clés

- **Aménagement** : ensemble des actions des pouvoirs publics pour corriger les inégalités entre les territoires.
- **Bande littorale** : espace qui se situe le long des côtes.
- **Croissance démographique** : augmentation de la population.
- **Développement durable** : développement économique et humain qui satisfait les besoins des générations présentes sans compromettre ceux des générations futures.
- **Insulaires** : habitants d'une île.
- **Parc national** : territoire protégé et géré par l'État en raison de la richesse de son patrimoine naturel et culturel.
- **Périurbanisation** : urbanisation de la périphérie des villes.
- **Territoires ultra-marins** : ensemble des DROM-COM, c'est-à-dire des départements et collectivités d'outremer français.
- **Unesco** : Organisation des Nations unies pour l'éducation, la science et la culture. ➜ lexique

1 La Réunion connaît une forte croissance démographique : depuis 1946, sa population « a plus que triplé (et) atteint aujourd'hui 837 000 habitants » ; « les espaces situés à mi-hauteur [sont] en forte croissance démographique ».

> **L'astuce du prof**
> Citez un chiffre présent dans le texte.

2 C'est surtout la bande littorale qui concentre les populations et les activités économiques : on y trouve les villes, le port principal, les sites industriels, l'aéroport et les espaces agricoles. Les espaces situés à mi-hauteur sont eux aussi en forte croissance démographique.

> **L'astuce du prof**
> Citez les différentes activités que vous pouvez repérer dans la légende de la carte.

3 La principale conséquence de cette croissance des activités et des populations sur la bande littorale est la « menace d'engorgement de l'axe littoral ». En effet, les princi-

> **L'astuce du prof**
> Utilisez les deux documents et pas seulement le texte.

paux axes routiers connaissent d'importants « bouchons » aux heures de pointe notamment autour des principales villes comme Saint-Denis, Saint-Pierre ou Saint-Paul. Ces embouteillages freinent le développement économique de ces espaces.

4 La route des Tamarins a déjà désengorgé l'axe principal, mais deux « gigantesques » aménagements routiers sont encore prévus pour améliorer la situation, notamment « une nouvelle voie en partie souterraine ». Une autre partie de la route du littoral devrait être construite sur un viaduc au-dessus de la mer.

5 Les trois acteurs qui financent ces aménagements sont l'État, la région de la Réunion et l'Union européenne.

L'astuce du prof

Si vous avez étudié l'exemple de la Réunion en cours ou si vous connaissez ce territoire, n'hésitez pas à utiliser vos connaissances pour décrire les aménagements prévus, notamment l'immense viaduc au-dessus de la mer.

L'astuce du prof

Les trois acteurs sont cités dans le premier paragraphe du texte.

GÉOGRAPHIE

Sujet 32 L'Union européenne : un territoire original

45 min

Sujet inédit

Exercice 2 Maîtriser différents langages 20 pts

1 Sous la forme d'un développement construit d'une vingtaine de lignes, présentez les principales caractéristiques du territoire de l'Union européenne en expliquant la position qu'occupe la France.

2 Localisez et nommez sur le fond de carte quatre États membres de l'Union européenne et un État candidat à l'adhésion.

Les États membres de l'Union européenne en 2016

Sujet 32 Corrigé

Les clés pour réussir

Bien comprendre les consignes

Consigne 1

- La première partie de la consigne porte sur le **territoire de l'Union européenne** : il s'agit de le définir dans ses limites actuelles.
- Ne mettez en évidence que ce qui vous semble essentiel pour présenter ce territoire : il faut en souligner l'originalité et insister sur ce qui le rend spécifique.
- La seconde partie de la consigne impose un changement d'échelle. Il faut centrer votre propos sur la position de la France dans l'Union européenne.
- Il ne s'agit donc surtout pas de commencer par caractériser la situation géographique de la France puis d'envisager celle de l'UE, mais bien de la démarche inverse. → Fiche 12

Consigne 2

- On n'attend pas de vous que vous citiez l'ensemble des États membres de l'UE.
- Il faut en choisir quatre et les placer correctement avec leur nom sur le fond de carte en respectant les normes cartographiques (utiliser un stylo noir, écrire en majuscules).
- Pour faciliter la lecture de la carte une fois complétée, choisissez de préférence l'État le plus étendu parmi les candidats à l'adhésion ; certains d'entre eux sont en effet de taille modeste et plus difficiles à distinguer de leurs voisins.

Les mots-clés

Espace Schengen • Dorsale européenne • Interface • Zone euro • Finisterre → lexique

1 L'Union européenne (UE) est un rassemblement volontaire d'États partageant des valeurs communes et animés par un projet de développement global.

Il s'agit d'un **territoire en construction**. Son périmètre n'a cessé de s'étendre depuis sa création en **1957**. Il compte aujourd'hui 27 États* couvrant une superficie de 4,5 millions de km^2.

C'est également un **territoire « à géométrie variable »**. Les États membres ont en effet la possibilité de ne pas appliquer l'ensemble des politiques définies par les institutions communautaires. Le territoire de l'UE ne coïncide donc pas précisément avec l'**espace Schengen** ni avec la **zone euro**. Ainsi, seuls 19 États-membres ont à ce jour adopté la monnaie unique. Caractérisée par une très grande diversité de milieux, de paysages et de cultures, l'UE est perçue comme **un territoire de paix et de prospérité**. Elle est parcourue par d'importants flux migratoires, qu'il s'agisse de réfugiés à la recherche d'une vie meilleure ou de touristes internationaux.

> **L'astuce du prof**
>
> Montrez que vous êtes capable de mobiliser ce que vous avez appris en histoire en citant une date ou un personnage-clé dans un sujet de géographie.

La France occupe une position particulière au sein de cet ensemble original. Sa situation géographique en fait une double **interface** : océanique et maritime, entre Manche-Atlantique et Méditerranée d'une part, terrestre et continentale, entre Nord et Sud du continent d'autre part. Membre fondateur de l'UE, son rôle dans l'affirmation et la mise en œuvre du projet européen est essentiel. Cependant, les élargissements successifs de l'UE ont déplacé le centre de gravité du territoire européen vers l'est. Ils ont renforcé le rôle joué par la **dorsale européenne** dans la structuration de l'espace européen et accentué le caractère de « **finisterre** européen » de l'espace français.

Si la France est au cœur du projet européen d'un point de vue historique et économique, l'organisation et les dynamiques spatiales du territoire européen sont majoritairement déterminées par les centres de commandement de la mégalopole.

> **Gagnez des points !**
>
> En géographie, quand un sujet porte sur deux échelles distinctes (l'UE et la France par exemple), il est recommandé de les envisager conjointement dans la conclusion.

2 L'Union européenne compte actuellement 27 États membres. Cinq États sont officiellement engagés dans un processus d'adhésion : l'Albanie, la Serbie, le Monténégro, la République de Macédoine du Nord et la Turquie. La Bosnie-Herzégovine et le Kosovo ne sont encore que des candidats potentiels.

* Depuis le 31 janvier 2020, le Royaume-Uni ne fait officiellement plus partie de l'Union européenne, faisant passer le nombre d'États membres de 28 à 27.

* Suite au référendum du 23 juin 2016, le Royaume-Uni a décider de quitter l'Union européenne.

Sujet 33 L'influence de l'UE dans le monde

45 min

Pondichéry, mai 2018

Exercice 2 Maîtriser différents langages

20 pts

1 Rédigez un développement construit d'une vingtaine de lignes montrant à la fois l'influence de l'Union européenne dans le monde et les limites de son rayonnement.

2 Complétez la carte ci-dessous et la légende :
– Nommez sur la carte les trois pôles du commerce mondial.
– Dans la légende, choisissez un figuré pour représenter les flux de marchandises.
– Puis, placez sur la carte les principaux flux de marchandises du commerce mondial.

L'Union européenne dans le commerce mondial

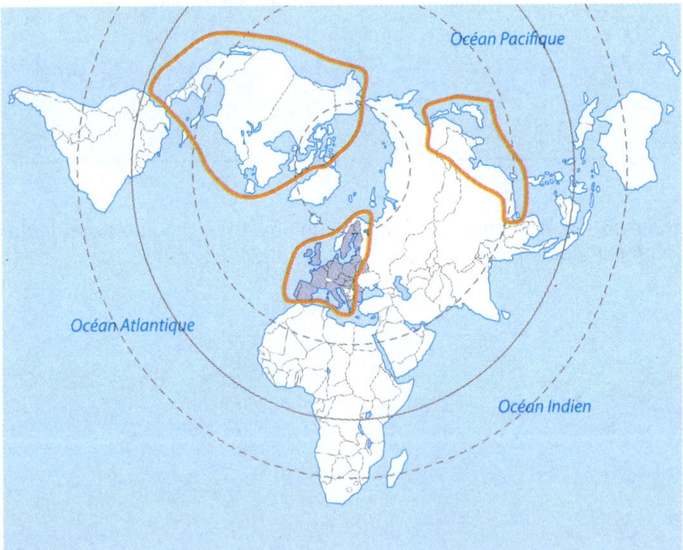

L'Union européenne

Pôles du commerce mondial

.... Flux de marchandises

Sujet 33 Corrigé

Les clés pour réussir

Bien comprendre les consignes

Consigne 1

- La consigne vous demande de montrer, c'est-à-dire d'expliquer, l'influence de l'Union européenne dans le monde mais aussi d'en démontrer les limites.
- Vous devez rédiger un **développement construit**, c'est-à-dire un texte structuré par une introduction, plusieurs parties et une conclusion. Un brouillon est ici nécessaire pour organiser vos idées et vos connaissances.
- Lisez bien le sujet en vous interrogeant sur le sens des mots « **influence** » et « **rayonnement** », qui doivent vous mener à la notion de « **puissance** ». Il vous donne également le plan à suivre pour construire votre développement : il faudra d'abord aborder les **domaines dans lesquels s'exerce l'influence de l'UE** puis, dans une deuxième partie, expliquer les **domaines dans lesquels cette influence est limitée.** → Fiche 29

Consigne 2

Il faut **compléter le croquis** avec des tâches cartographiques très simples :

- Pour placer sur le croquis les trois pôles du commerce mondial, il faut les nommer en noir et en majuscules à l'intérieur ou à l'extérieur du trait orange.
- Vous devez savoir lequel des figurés utilisés en géographie, figuré de surface, figuré ponctuel ou figuré linéaire, permet de représenter des flux, c'est-à-dire des échanges.

GÉOGRAPHIE

Les mots-clés

UE • Influence • Rayonnement • Puissance • Libre-échange • Euro • Mégalopole • Flux touristiques • Immigration • Diplomatie • ONU • Conseil de sécurité • Référendum • Brexit → lexique

1 L'Union européenne, en constante construction depuis les traités de Rome de 1957, est aujourd'hui une puissance mondiale, c'est-à-dire qu'elle est capable d'influencer les autres pays du monde dans de nombreux domaines. Cette puissance est pourtant incomplète et limitée. Quelle est l'influence de l'Union européenne dans le monde et quelles sont les limites de son rayonnement ?

Gagnez des points !

Utilisez vos connaissances en histoire pour commencer votre introduction et n'oubliez pas de définir les termes du sujet.

L'Union européenne a d'abord une influence économique et commerciale majeure dans le monde. Avec plus de 500 millions d'habitants, l'UE est un marché de riches consommateurs, unis dans un vaste espace de libre-échange et de libre circulation. Elle concentre 30 % des richesses mondiales et participe pour 28 % au PIB mondial. Elle réalise 1/5e des échanges planétaires à l'intérieur même de son territoire mais aussi avec les deux autres aires de puissance mondiale que sont l'Amérique du Nord et l'Asie de l'Est.

L'UE est aussi une grande place financière : l'euro, utilisé depuis 2002, est une des monnaies les plus solides et les plus utilisées dans le monde. Elle rassemble, surtout au sein de la mégalopole, certaines des banques et bourses mondiales les plus importantes, notamment celles de Londres et Paris.

Gagnez des points !

Citez des chiffres et des exemples précis pour développer votre première partie.

L'UE est enfin un espace attractif. Son rayonnement culturel est tel qu'elle est la première destination touristique mondiale : elle concentre à elle seule 60 % des flux touristiques mondiaux. Son modèle démocratique et l'absence de conflits en font le premier foyer d'immigration au monde.

Pourtant, l'influence de l'Union européenne reste limitée. Dans les domaines diplomatique et militaire, elle apparait trop souvent divisée et inefficace car chaque pays a gardé son armée nationale et sa diplomatie propre. Elle parle rarement d'une seule voix à l'ONU et n'est pas représentée au Conseil de sécurité.

Puissance politique en construction, elle montre de nombreuses fragilités, notamment depuis que le Royaume-Uni a décidé de quitter l'Union par un référendum en 2016, le « Brexit ». Partout en Europe, de plus en plus d'Européens sont méfiants vis-à-vis de l'UE ou la rejettent complètement. La montée de cet « euroscepticisme » est un véritable frein à la poursuite de la construction européenne.

L'astuce du prof

Utilisez aussi l'actualité pour trouver des exemples de limites au rayonnement de l'Union européenne.

L'Union européenne dispose donc aujourd'hui dans le monde d'une influence réelle mais incomplète, en construction et parfois menacée par les choix politiques intérieurs de ses États membres.

2 L'Union européenne dans le commerce mondial

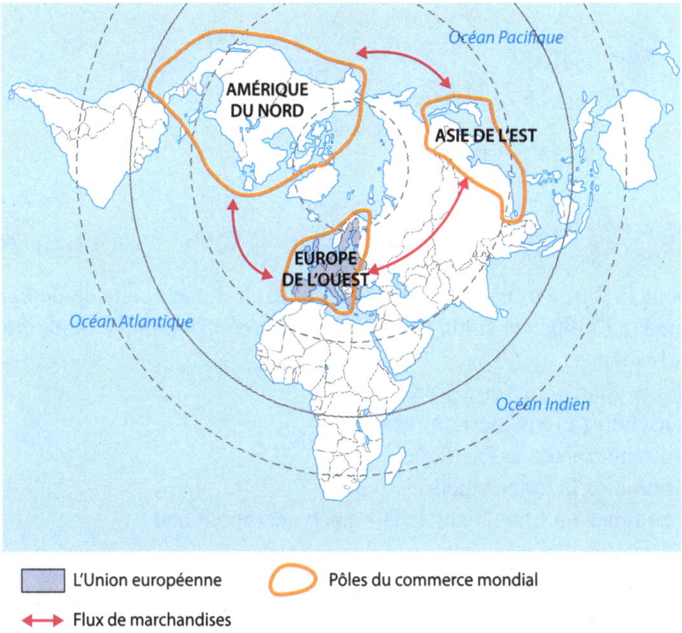

Sujet 34 La France, une influence mondiale

45 min

Polynésie, juin 2017

Exercice 2 Maîtriser différents langages 20 pts

1 Sous la forme d'un développement construit d'une vingtaine de lignes, expliquez l'influence culturelle, géopolitique et économique de la France dans le monde.

2 Sur le planisphère ci-dessous :
- hachurez la Polynésie française ;
- nommez l'océan Pacifique ;
- nommez la France métropolitaine ;
- nommez un État voisin de la France métropolitaine ;
- nommez l'Asie.

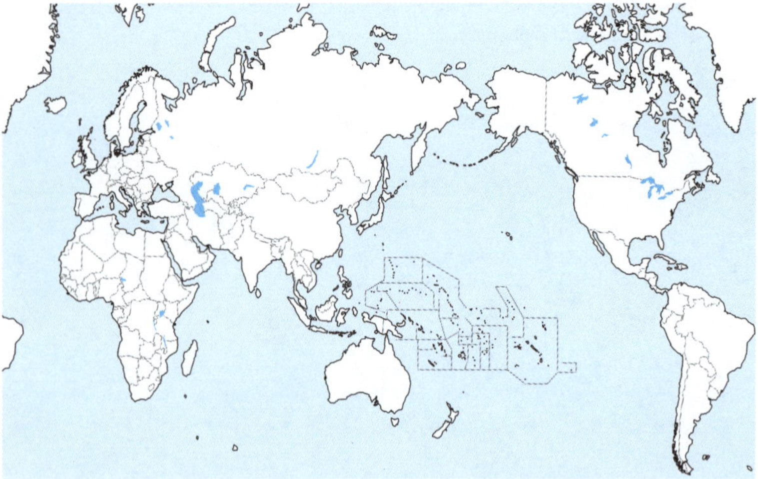

Sujet 34 Corrigé

Les clés pour réussir

Bien comprendre les consignes

Consigne 1

- Ce sujet de développement construit est assez classique, car il reprend la partie du programme sur l'**influence mondiale de la France**. Il vous demande de décrire cette influence dans **trois domaines différents**, ce qui vous indique comment organiser votre développement. Cette influence n'est pas d'égale importance selon les domaines. Essayez de mobiliser vos connaissances sur le sujet, notamment pour donner un ou deux chiffres significatifs de l'influence de la France, par exemple sa place dans le tourisme mondial ou dans un autre domaine.
- N'oubliez pas de faire une ou deux phrases d'introduction et une phrase de conclusion. Sautez des lignes entre chaque partie pour bien montrer que vous organisez votre réponse. → Fiche 13

Consigne 2

- Ce sujet s'adresse aux collégiens de **Polynésie**. Le planisphère est donc centré sur l'océan Pacifique et représente tous les archipels de cet océan. Chaque archipel est entouré d'un trait. Localiser la Polynésie au milieu des autres archipels est difficile pour des élèves métropolitains.
- Utilisez des **couleurs et des graphies (majuscules/minuscules) différentes** selon le type de réponse. Les noms d'océans et de continents doivent s'écrire en majuscules et plus grands que les noms de pays. Ces derniers doivent également s'écrire en majuscules, mais plus petites. Les noms d'océans doivent s'écrire en bleu. Les hachures doivent se faire à la règle et doivent être bien parallèles.

GÉOGRAPHIE

Les mots-clés

France métropolitaine • Influence • Francophonie • DROM-COM • Patrimoine • Tourisme • ONU • OTAN • Puissance nucléaire • ZEE • FTN • Balance commerciale → lexique

1 La France est un petit pays de plus de 65 millions d'habitants, mais qui a une réelle influence mondiale. Comment s'exerce cette influence dans les domaines culturel, géopolitique et économique ?

> **Gagnez des points !**
> Rédigez votre introduction en présentant la France et en posant le sujet sous la forme d'une question.

La France a d'abord une forte influence culturelle dans le monde. La langue française est parlée dans de nombreux pays qui se regroupent au sein de la Francophonie. Elle est ainsi la cinquième langue la plus parlée au monde, relayée par les centres culturels (Alliance française) et plus de 490 écoles et lycées français dans 130 pays. Grâce à ses DROM-COM, elle est présente sur tous les continents. Riche d'un patrimoine littéraire, artistique, architectural et gastronomique exceptionnel, elle est au premier rang des destinations touristiques internationales.

L'astuce du prof
Le sujet vous donne les trois parties autour desquelles vous devez organiser votre développement.

L'influence de la France est également importante dans le domaine géopolitique. Elle est présente dans toutes les grandes organisations internationales, notamment au Conseil de sécurité de l'ONU où elle dispose d'un siège de membre permanent. Puissance nucléaire et militaire, elle participe à de nombreuses missions internationales dans le cadre de l'ONU ou de sa principale alliance militaire, l'OTAN. Membre fondateur de la construction européenne, elle est un des moteurs, avec l'Allemagne, de l'Union européenne. Enfin elle dispose d'un réseau très important d'ambassades à l'étranger ce qui lui permet d'entretenir des relations diplomatiques avec presque tous les pays du monde.

L'astuce du prof
Utilisez vos connaissances d'histoire et d'EMC pour développer le rôle de la France à l'ONU et dans l'OTAN.

Enfin la France a une influence économique non négligeable. C'est la sixième puissance économique au monde et elle est au troisième rang européen derrière l'Allemagne et le Royaume-Uni. Son économie est largement ouverte sur le monde. De nombreuses entreprises étrangères y sont installées, notamment dans l'aire urbaine parisienne. Elle possède de grandes FTN présentes dans le monde entier. Ses DROM-COM lui permettent de posséder la deuxième ZEE au monde. Pourtant cette influence économique reste limitée. La France est surtout une puissance économique régionale en Europe. Sa balance commerciale est très déficitaire, notamment parce qu'elle importe énormément de matières premières (pétrole, gaz, etc.).

La France a donc une influence culturelle et géopolitique importante dans le monde, mais son influence économique est plus limitée.

2

Gagnez des points !

Respectez bien les consignes données par le sujet : des hachures pour la Polynésie, un seul État voisin de la France (limitez-vous aux États ayant une frontière avec la France).

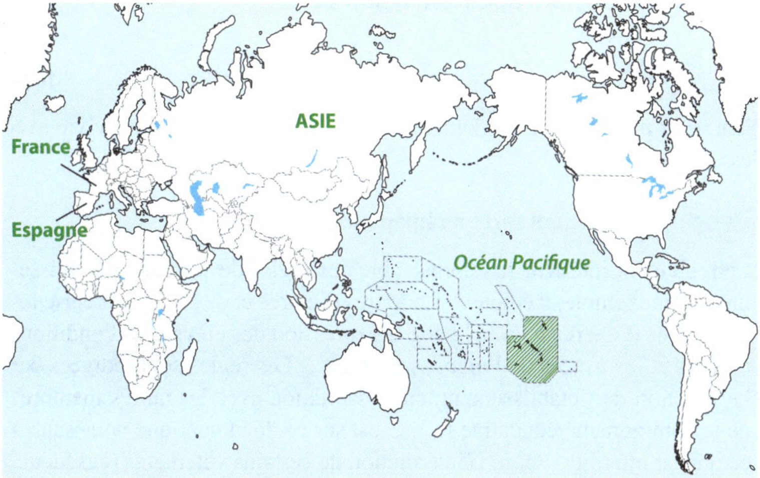

Sujet 35 Comprendre le rôle d'un règlement

30 min

France métropolitaine, juin 2018

Exercice 3 Enseignement moral et civique 10 pts

Situation pratique : le règlement intérieur : des principes pour vivre avec les autres

Document 1 À quoi sert un règlement intérieur ?

Le règlement intérieur fixe l'ensemble des règles de vie dans l'établissement. Par exemple, il édicte[1] les horaires d'entrée et de sortie et précise les conditions d'exercice de la liberté d'expression des élèves, les conditions d'accès et les usages de l'établissement. [...] Les règles sont rédigées par la direction de l'établissement, en concertation avec les autres membres de la communauté éducative [...]. C'est sur ce document que vous saurez ce qui est interdit ou non. L'interdiction de certains vêtements (casquette, short, etc.) peut être prévue ainsi que les sanctions qui s'y rattachent. C'est aussi dans ce document que sont autorisés ou non le téléphone portable, les baladeurs, les casques… Le principe demeure que ce qui n'est pas interdit par le règlement intérieur est permis, si, bien entendu, cela est aussi permis à l'extérieur. [...] Le règlement intérieur garantit la liberté d'information et d'expression, les principes de laïcité et de pluralisme, le cadre disciplinaire applicable à chaque établissement, l'interdiction de certaines pratiques comme le bizutage, et prévoit les sanctions applicables.

Centre d'informations et de documentation Jeunesse (CIDJ), 2016.

1. *Édicte :* impose.

Document 2 **Extrait du règlement intérieur d'un collège**

Le règlement intérieur met en application :
– la liberté d'information et d'expression ;
– le principe de neutralité politique, idéologique et religieuse ;
– le respect des principes de laïcité et de pluralisme ;
– le devoir de tolérance et le respect d'autrui ;
– les garanties de protection contre toute agression physique ou morale et contre toutes discriminations. Il en découle pour chacun le devoir de n'user d'aucune forme de violence ;
– l'égalité des chances et de traitement entre filles et garçons.

Site Internet du collège de Rousset (Bouches-du-Rhône).
Consulté le 05/07/2018.

Questions

1 Relevez deux valeurs de la République auxquelles font référence les deux documents.

2 Nommez un texte qui garantit ces valeurs pour tous les citoyens.

3 Reproduisez sur votre copie le tableau ci-dessous. À partir des deux documents, complétez le tableau en donnant deux interdictions et deux garanties présentes dans un règlement intérieur.

Le règlement intérieur interdit…	Le règlement intérieur garantit…
– –	– –

4 Vous accueillez dans votre collège des élèves de CM2. À un écolier qui vous dit que « connaître le règlement intérieur ne sert pas à grand-chose », vous répondez en lui montrant ce qui fait l'intérêt du règlement et la nécessité de bien le connaître.
Votre réponse ne comportera aucune information d'identité ou de signature.

Sujet 35 Corrigé

Les clés pour réussir

Bien comprendre les questions

Question 1

Pour cette question, vous devez savoir ce que sont les valeurs de la République. Ne les confondez pas avec les principes de la République qui sont également, pour certains, présents dans les documents. Pour les valeurs, reportez-vous à la devise de la République française.

Question 2

Il existe plusieurs textes qui garantissent ces valeurs pour tous les citoyens. Vous pouvez, comme nous en avons fait le choix, choisir le texte fondateur de notre République, mais vous pouvez aussi en citer un plus ancien qui date de 1789.

Question 3

- Pour cette question, vous avez le choix entre plusieurs éléments interdits et plusieurs éléments garantis par le règlement intérieur.
- Le règlement intérieur interdit ainsi le bizutage, les discriminations, les baladeurs et les casques dans certaines situations. À l'opposé, il garantit le principe de neutralité politique, idéologique et religieuse, la laïcité et le pluralisme, c'est-à-dire la diversité des opinions.

Question 4

- Dans cette situation pratique, vous devez imaginer que vous accueillez de futurs collégiens. Appuyez-vous sur des exemples précis, des situations dont vous avez été témoins ou qui peuvent arriver au collège.
- Attention de bien distinguer les deux parties de la consigne. Vous devez d'abord trouver un exemple qui montre l'intérêt du règlement, c'est-à-dire qu'il « sert à quelque chose », qu'il est utile. Puis, mentionnez un autre exemple pour montrer qu'il est nécessaire de bien le connaître, donc que cela peut se retourner contre nous si on ne le connaît pas.

Les mots-clés

Valeurs • Principes • Règles • Liberté d'expression • Laïcité • Pluralisme • Neutralité • Tolérance • Discriminations • Égalité des chances → Fiche 15

1 Les deux valeurs de la République auxquelles font référence les deux documents sont la liberté et l'égalité.

L'astuce du prof

Attention, il n'existe que trois valeurs de la République française. Ici deux apparaissent seulement.

2 Ces valeurs sont garanties dans la Constitution de la Ve République adoptée en 1958.

Gagnez des points !
Citez la date d'adoption de ce texte.

3

Le règlement intérieur interdit...	Le règlement intérieur garantit...
– certains vêtements ou certaines tenues ; – toute agression physique ou morale.	– l'égalité des chances et de traitement entre filles et garçons ; – la liberté d'information et d'expression.

Gagnez des points !
Rédigez votre réponse en faisant comme si vous complétiez la phrase commencée dans le titre de chaque colonne du tableau.

4 « Écoute, l'année prochaine, quand tu rentreras au collège, il sera utile pour toi que tu connaisses le règlement intérieur. Imagine qu'un grand commence à te taper chaque jour quand tu arrives dans la cour. Si tu en parles à un surveillant ou à un prof, il sera convoqué par le CPE. Alors là, c'est sûr qu'il dira que c'était pour rigoler, que vous êtes copains et que ce n'est rien du tout. On pourra alors lui rappeler le règlement intérieur qui dit que "toute agression physique ou morale est interdite", notamment le "bizutage". Du coup, tu vois que le règlement intérieur est là pour te protéger, sinon dans la cour et dans les couloirs, ce serait la loi du plus fort.
En plus, tu dois absolument connaître le règlement intérieur, sinon tu risques d'être puni. Par exemple, les téléphones portables sont interdits. Si tes parents t'appellent et que tu réponds dans la cour, tu vas te le faire confisquer et avoir une sanction. Tu pourras toujours dire que c'est tes parents qui voulaient te joindre et que tu ne savais pas que c'était interdit, tu seras quand même sanctionné. »

L'astuce du prof
Utilisez un langage parlé, mais pas trop familier.

Sujet 36 L'exercice de la laïcité

30 min

Amérique du Nord, juin 2017

Exercice 3 Enseignement moral et civique

10 pts

Document 1 **Affiche défendant le principe de la laïcité (affiche récompensée par le Prix de la laïcité de la République française en 2015)**

Document 2 **Charte de la laïcité à l'École (2013)**

Article 1

La France est une République indivisible, laïque, démocratique et sociale. Elle assure l'égalité devant la loi, sur l'ensemble de son territoire, de tous les citoyens. Elle respecte toutes les croyances

Article 2
La République laïque organise la séparation des religions et de l'État. L'État est neutre à l'égard des convictions religieuses ou spirituelles. Il n'y a pas de religion d'État.

Article 14
Dans les établissements scolaires publics, les règles de vie des différents espaces, précisées dans le règlement intérieur, sont respectueuses de la laïcité. Le port de signes ou tenues par lesquels les élèves manifestent ostensiblement une appartenance religieuse est interdit.

Questions

1 Montrez que l'affiche et la Charte de la laïcité défendent la liberté d'avoir ou non une religion en France.

2 Expliquez ce que signifie dans le document 2, l'expression « séparation des religions et de l'État ».

3 En début d'année, pour se présenter chacun leur tour durant l'heure de vie de classe de leur collège public, Sophie, Étienne, Manuelle, Yves, Tanguy, Ismaël, Théo et Dounia doivent réaliser un portrait qui sera affiché dans la salle de cours. Ils se demandent s'ils peuvent se présenter en classe en évoquant leur religion. Quelles réponses proposent les documents 1 et 2 ?

Sujet 36 Corrigé

Les clés pour réussir

Bien comprendre les questions

Question 1

- Il s'agit pour cette consigne de prendre des éléments tirés des deux documents pour démontrer qu'en France, les habitants sont libres d'avoir ou non une religion. Le document 1 est une **affiche** de l'Observatoire de la laïcité. Des étudiants ont mélangé des prénoms et des religions afin de montrer que **toutes les croyances, y compris l'athéisme, sont représentées dans la République française.** Le document 2 est composé d'extraits d'articles de la **Charte de la laïcité** à l'École présente dans tous les établissements scolaires. Elle **interdit** notamment les **signes religieux « ostensibles »**, c'est-à-dire les signes religieux destinés à être vus et remarqués de tous, tout en réaffirmant le **respect de toutes les croyances**.

- Vous devez vous servir de ces deux documents, mais vous ne pouvez pas vous contenter de les citer. Il vous faut **expliquer** votre réponse.

Question 2

Vous devez expliquer l'expression **« séparation des religions et de l'État »**. En France, les religions et l'État sont séparés : qu'est-ce que cela signifie **concrètement** dans votre vie quotidienne, notamment à l'école ? Essayez d'être le plus précis possible, en vous appuyant sur vos connaissances personnelles.

Question 3

Cette consigne imagine une situation concrète dans une classe d'un collège public. Les élèves, qui doivent réaliser leur portrait sur une affiche, se demandent s'ils ont le droit d'évoquer leur religion. Sentez-vous libre de répondre à cette consigne sous la forme que vous voulez. Il faut simplement vous appuyer sur les deux documents, qui se complètent en apportant deux éléments de réponse différents.

Les mots-clés

Laïcité • République • Croyances • Athée • Liberté religieuse • Signes ostensibles → Fiche 15

1 Sur cette affiche défendant le principe de laïcité en 2015, toutes les grandes religions sont citées, ainsi que le fait d'être athée. De même, la Charte de la laïcité à l'École, qui date de 2013, dans son article 1, affirme que la France est une République qui « respecte toutes les croyances ». Ces deux documents défendent donc la liberté d'avoir ou non une religion en France.

L'astuce du prof

Citez la Charte de la laïcité pour appuyer votre démonstration, en n'oubliant pas les guillemets.

2 La Charte de la laïcité à l'École parle de « séparation des religions et de l'État ». Depuis la loi de 1905, l'État et la religion sont séparés. Cela signifie qu'il n'y a pas de religion officielle, « pas de religion d'État ». Ainsi, la République doit rester neutre tout en protégeant chaque religion de manière égale.

Gagnez des points !

Citez la loi de 1905 sur la séparation de l'Église et de l'État.

3 Lors de l'heure de vie de classe dans leur collège public, les élèves de la classe de 5e 2 doivent se présenter. Ils se demandent s'ils peuvent le faire en évoquant leur religion. Un débat commence parce que tous ne sont pas d'accord.

L'astuce du prof

Rédigez un dialogue entre les différents élèves qui peuvent se lancer dans un débat, en défendant chacun un point de vue.

Yves : « Moi, je vais écrire sur mon affiche : “Je m'appelle Yves, j'ai 13 ans et je suis protestant”. »
Ismaël : « Eh, t'as pas le droit de parler de ta religion en classe. »
Yves : « Pourquoi ? C'est parce que t'as pas de religion que tu me dis ça ? »
Ismaël : « Non, c'est parce qu'on est dans un collège laïc. T'as pas lu la Charte de la laïcité dans ton carnet ? »
Dounia : « Oui, Ismaël a raison. On n'a pas le droit de parler de religion en classe. »
Théo : « Mais, si on a le droit, car toutes les croyances sont acceptées à l'école. D'ailleurs, on a étudié l'islam au début de l'année en histoire. »
Étienne : « Vous n'avez rien compris, ce sont les signes religieux qui sont interdits à l'école. Et encore, que ceux qui sont super visibles. C'est ça que veut dire “ostensiblement” ».
Yves : « Oui, mais quand je me présente, je dis ma religion, c'est important pour moi ! Ça fait partie de mon identité. »
Sophie : « Moi, je pense qu'on peut dire sa religion sur l'affiche, mais que ça doit pas prendre trop de place, parce qu'on est des élèves avant tout. »
Manuella : « Moi, je suis d'accord. Si on met tous notre religion sur l'affiche, et même si Ismaël dit qu'il est athée, dans ce cas il n'y a pas de favoritisme, ce sera bien, on verra que toutes les croyances sont représentées et qu'on s'entend tous bien, qu'on respecte les croyances de tout le monde. »

Sujet 37 Le parcours de la loi dans la République française

30 min

Centres étrangers, juin 2018

Exercice 3 Enseignement moral et civique

10 pts

Document Témoignage sur l'élaboration de la loi autorisant l'interruption volontaire de grossesse (IVG)

Pour l'élaboration du texte de loi [...], j'ai consulté aussi de nombreux gynécologues [...]. J'ai rencontré chez les généralistes une quasi-unanimité en faveur de la loi. Quelles qu'aient pu être par ailleurs leurs convictions morales, ces hommes de terrain étaient effarés de voir les dégâts qu'entraînaient les avortements sauvages dans les couches populaires. Il fallait que la loi protège ces femmes. Les riches, si on peut dire, étaient mieux loties[1] : elles partaient se faire avorter clandestinement à l'étranger. [...]

Le texte du projet de loi, rapidement mis au point, a été déposé à l'Assemblée nationale pour examen en commission. C'est alors que les vraies difficultés ont commencé. Une partie de l'opinion, très minoritaire, mais d'une efficacité redoutable s'est déchaînée. J'ai reçu des milliers de lettres au contenu souvent abominable, inouï. [...]

C'est au cœur de cette agitation que, le 26 novembre 1974, la discussion s'ouvrit à l'Assemblée nationale. [...]

Ce furent des séances épuisantes et de bien étranges débats. [...]

Finalement, la loi a été votée dans la nuit du 29 novembre par deux cent quatre-vingt-quatre voix contre cent quatre-vingt-neuf, avec une courte majorité des voix de droite, complétée par la totalité de celles de gauche. La victoire était ainsi plus large que nous ne l'avions imaginée et espérée. [...]

Quinze jours plus tard, le texte fut voté au Sénat, quasiment dans les mêmes termes. Nous nous étions attendus à un bras de fer plus rude. [...]

La page législative tournée, il faudrait encore bien du temps et bien des actions pour que dans une société pourtant en mouvement, les mentalités elles-mêmes évoluent en profondeur. C'est aujourd'hui chose faite.

Simone Veil, *Une Vie*, Éditions Stock, 2007.

1. *mieux loties* : favorisées.

Questions

1 Identifiez le nom de la personne qui est à l'origine de ce projet de loi.

2 Relevez les principales étapes de l'élaboration de la loi décrites par le texte.

3 Montrez que cette loi rend la société plus égalitaire.

4 Expliquez à la classe pourquoi il est important qu'il y ait des débats et des consultations pendant l'élaboration d'une loi. Votre réponse ne comportera aucune information d'identité ou de signature.

Sujet 37 Corrigé

Les clés pour réussir

Bien comprendre les questions

Question 1

Pour répondre à cette question, il est préférable de savoir **qui est Simone Veil**. Vous avez pu entendre parler de cette femme politique très importante dans plusieurs chapitres du programme. Son témoignage, tiré de son autobiographie, est souvent étudié dans la partie sur le génocide des juifs pendant la Seconde Guerre mondiale, car elle a été déportée très jeune à Auschwitz. Mais ici, c'est en tant que **ministre de la Santé du président Valéry Giscard d'Estaing**, en 1974, qu'elle témoigne. C'est elle qui, très courageusement et contre une grande partie de son camp politique, a défendu, devant l'Assemblée nationale et le Sénat, ce projet de légalisation de l'avortement (IVG).

Question 2

Cette question vous demande de relever les étapes de l'élaboration de la loi **décrites dans le texte**. Il ne s'agit donc pas de décrire précisément toutes les étapes de l'élaboration d'une loi. Appuyez-vous sur le texte et citez les trois étapes présentes ici, en les expliquant le plus précisément possible.

Question 3

Pour cette question, vous devez vous appuyer sur le premier paragraphe du texte. Montrez qu'il existait, avant la loi, une forte inégalité entre les femmes aisées et les femmes plus modestes.

Question 4

- Cette question est celle qui doit être la plus développée. Liberté vous est donnée sur la forme à donner à votre réponse, mais vous devez tout de même vous adresser à un auditoire, donc utiliser plutôt un style parlé.

- Vous pouvez commencer par expliquer pourquoi il est utile à quelqu'un qui prévoit de faire voter une nouvelle loi de consulter des spécialistes du sujet.
- Puis, vous devez montrer qu'une loi suscite des débats à différents moments de son élaboration : dans l'opinion publique comme au sein des différentes assemblées.
- Enfin, n'oubliez pas d'insister sur le fait que ces débats transforment justement cette opinion publique et modifient les mentalités.

Les mots-clés

Projet de loi • IVG • Assemblée nationale • Sénat • Législatif → Fiche 18

1 La personne qui est à l'origine de cette loi est Simone Veil.

> **L'astuce du prof**
> La personne à l'origine de la loi est l'auteur de ce texte.

2 Ce texte décrit différentes étapes de l'élaboration de la loi :
– la ministre à l'origine du projet de loi consulte d'abord des spécialistes, comme ici des gynécologues et des médecins généralistes ;
– le texte du projet de loi est ensuite déposé dans l'une ou l'autre des assemblées qui forment le Parlement : l'Assemblée nationale et le Sénat ;
– le texte, voté par la première assemblée, par exemple l'Assemblée nationale, fait ensuite la navette parlementaire : il est voté par l'autre assemblée, par exemple le Sénat.

> **Gagnez des points !**
> Utilisez des termes précis, comme « projet de loi » ou « navette parlementaire », qui ne sont pas présents dans le texte.

3 Cette loi rend la société plus égalitaire. En effet, comme Simone Veil le rappelle, « les dégâts qu'entraînaient les avortements sauvages dans les couches populaires » étaient auparavant dramatiques, tandis que « les riches [...] partaient se faire avorter clandestinement à l'étranger ». Autrement dit, c'étaient surtout les femmes pauvres qui risquaient leur vie en se faisant avorter dans des conditions déplorables.

> **L'astuce du prof**
> Vous pouvez citer le texte (sans oublier les guillemets), mais n'oubliez pas d'expliquer votre réponse.

4 « J'ai été chargé par le professeur de vous expliquer pourquoi il est important qu'il y ait des débats et des consultations pendant l'élaboration d'une loi.

Tout d'abord, les consultations. Lorsqu'un ministre ou un parlementaire veut présenter un projet ou une proposition de loi, il consulte des spécialistes du sujet. Par exemple, s'il veut faire voter une loi sur l'éducation, c'est important qu'il demande leur avis à des enseignants, à des élèves et à des parents d'élèves, car c'est eux qui pratiquent l'école quotidiennement. Tout le monde ne sera d'ailleurs pas d'accord. On a bien vu, par exemple, que tous les élèves n'étaient pas ravis quand on leur a dit qu'une loi allait complètement interdire les téléphones portables dans les collèges. C'est là qu'on comprend l'importance du débat. Les uns et les autres peuvent donner leur avis et le projet de loi peut ainsi, en fonction de l'opinion publique, se transformer. C'est pareil lors des débats parlementaires : les commissions parlementaires, puis les débats dans les deux assemblées, permettent d'amender un texte et donc de le transformer pour qu'il plaise au plus grand nombre. Les débats permettent aussi de changer un peu d'opinion : quand on entend d'autres personnes exposer leurs arguments, cela peut nous faire réfléchir et modifier notre point de vue.

Les différents débats sont donc importants dans l'élaboration d'une loi, car ils permettent, notamment pour des projets de loi controversés comme c'était le cas en 1974 pour la loi sur la légalisation de l'IVG, de confronter les points de vue, puis de faire évoluer petit à petit les mentalités.

L'astuce du prof

Faites comme si vous vous adressiez à la classe lors d'un exposé, par exemple. N'utilisez pas un vocabulaire trop familier, mais pas trop écrit non plus.

ENSEIGNEMENT MORAL ET CIVIQUE

Sujet 38 Défendre les droits des personnes handicapées

30 min

Antilles-Guyane, juin 2019

Exercice 3 Enseignement moral et civique

10 pts

Document 1 Un exemple d'action mené par une association

27 octobre 2014

En début de semaine, Gilles Ducoudré, président de l'association « Engagement Citoyen pour le Montargois[1] » (ECM) a adressé par lettre recommandée un courrier à M. X, directeur de la société Y (société de transport en commun) afin d'obtenir de lui des réponses claires quant aux raisons qui empêchent l'usage des transports publics de l'agglomération aux personnes handicapées. Les difficultés sont telles que la plupart des personnes en fauteuil roulant de notre ville restent cloîtrées chez elles.

Pourtant, des stations sont adaptées et le réseau de 18 bus équipés pourrait d'ores et déjà leur permettre de nombreux déplacements… Les raisons invoquées pour justifier le refus des chauffeurs de les prendre en charge sont toutes plus fausses les unes que les autres… L'association ECM ne baisse pas les bras et continuera à travailler pour que les droits des personnes handicapées soient respectés dans notre ville.

D'après *http://www.montargois.fr/index.php/transport.*

1. Région de Montargis (Loiret, 45).

Document 2 **Affiche de l'association des Paralysés de France**

https://www.apf-francehandicap.org.

Questions

1 Pour quelle raison G. Ducoudré adresse-t-il un courrier à la société Y ?

2 Quels sont les éléments du document 2 qui permettent de faire le lien avec la République française ?

3 Expliquez le message de l'affiche.

4 Montrez que les associations ECM (Engagement Citoyen pour le Montargois) et APF (Association des Paralysés de France) défendent la même valeur républicaine.

Sujet 38 Corrigé

Les clés pour réussir

Bien comprendre les questions

Question 1

Vous devez indiquer pourquoi le président de l'association a adressé un courrier à une société de transport. C'est donc la cause de l'injustice mise en avant par cette association qui doit être expliquée. Vous pouvez trouver la réponse dans le premier paragraphe du texte, tandis que la raison pour laquelle Gilles Ducoudré qualifie de « fausses » les justifications invoquées par les chauffeurs est dans le second paragraphe.

Question 2

Cette question porte sur l'affiche du document 2. Elle demande de trouver des « éléments » permettant de faire le lien avec la République française. L'un de ces éléments est à chercher sur l'image elle-même, l'autre dans le slogan qui l'accompagne. Pensez aux symboles de la République française que vous avez étudiés en classe. Deux de ces symboles sont présents ici.

Question 3

On vous demande d'« expliquer » le message de l'affiche. Il ne s'agit pas de détailler chaque mot du slogan indépendamment, mais de réussir à comprendre l'idée véhiculée par le texte accompagnant cette publicité. Servez-vous de la réponse à la question précédente. Le terme « accessibilité » doit être particulièrement expliqué.

Question 4

- Ici, on vous demande de croiser les informations des documents 1 et 2. En effet, les deux associations citées ici ont le même but, même si elles ne sont pas de même nature. La première association, ECM, est une association citoyenne locale, dont le but est de défendre les valeurs républicaines en général ; tandis que la seconde, APF, est une association nationale qui défend particulièrement les personnes en situation de handicap moteur.
- Vous devez commencer par citer la valeur commune défendue par ces associations. Puis vous devez expliquer en quoi les actions de ces deux associations vont dans le même sens.

Les mots-clés

Autrui • Association • Citoyen • Handicap • Droits • Paralysés • Devise de la République • Symboles de la République • Accessibilité → Fiche 15

1 Gilles Ducoudré, président de l'association « Engagement citoyen pour le Montargois » a adressé un courrier à la société de transport en commun Y « afin d'obtenir [...] des réponses claires quant aux raisons qui empêchent l'usage des transports publics de l'agglomération aux personnes handicapées ». En effet, les chauffeurs refusent de les prendre en charge alors que certaines stations sont adaptées et 18 bus sont équipés.

> **Gagnez des points !**
> Ne vous contentez pas de citer le texte. Expliquez ce que G. Ducoudré trouve particulièrement injuste.

2 Sur l'affiche de l'association des Paralysés de France, on peut voir le personnage de Marianne, reconnaissable à son bonnet phrygien, handicapée, assise dans un fauteuil roulant. Ce personnage est l'allégorie de la République française, présente notamment sur les documents officiels. De plus, le slogan de cette affiche est un détournement de la devise de la République inscrite dans notre Constitution : à la place de « Liberté, Égalité, Fraternité », on peut lire « Liberté, Égalité, Accessibilité ».

> **L'astuce du prof**
> Avant de répondre à la question, décrivez l'affiche au brouillon le plus précisément possible.

3 Le message de l'affiche est « Liberté, Égalité, Accessibilité ». Il met ainsi l'accent sur le fait qu'une certaine catégorie de la population, les personnes avec un handicap moteur, les « paralysés », voit ses droits fondamentaux reniés. En effet, à cause de leur handicap, les personnes à mobilité réduite ne peuvent pas se déplacer dans les lieux publics et n'ont donc pas accès aux mêmes services que les autres citoyens. Ce manque d'« accessibilité » revient donc à leur retirer leur liberté et à ne pas leur donner les mêmes droits qu'aux autres, ce qui va à l'encontre de la valeur d'égalité.

> **Gagnez des points !**
> Faites le lien avec les valeurs fondamentales de la République.

4 Les associations ECM et APF défendent toutes les deux la valeur républicaine d'égalité. En effet, elles cherchent à alerter une société de transport, et l'opinion publique en général, sur l'inégalité qui existe entre les citoyens valides et les citoyens handicapés. Faute d'aménagements publics suffisants ou de volonté des décideurs locaux, notamment dans les grandes agglomérations, les personnes handicapées sont obligées de rester « cloîtrées » chez elles, c'est-à-dire d'être enfermées chez elles, dans l'incapacité à se promener, à travailler, à faire leurs courses, à avoir des loisirs comme n'importe quel citoyen.

> **L'astuce du prof**
> Choisissez la valeur républicaine présente dans notre devise qui vous paraît être défendue par ces deux documents.

Sujet 39 Les valeurs de la République

45 min

Amérique du Nord, juin 2019

Exercice 3 Enseignement moral et civique

10 pts

Document 1 Le paiement de l'impôt sur le revenu

Cinq célibataires sans enfant payent en 2018 l'impôt sur leurs revenus de 2017*.

	Revenus de l'année 2017	Impôt sur le revenu à payer en 2018
Paul Duchemin	9 000 euros	0 euro
Dominique Martin	27 000 euros	2 029 euros
Cristina Viala	40 000 euros	5 093 euros
Sophie Lefranc	90 000 euros	19 515 euros
Ali Abdellatifi	160 000 euros	46 860 euros

*Jusqu'en janvier 2019, les Français payaient chaque année leurs impôts sur les revenus de l'année précédente.

Simulation faite à partir du site *www.impot.gouv.fr*.

Document 2 La solidarité nationale

L'engagement de l'État en matière de solidarité remonte essentiellement au lendemain de la crise économique des années 1930 et de la Seconde Guerre mondiale. Il prend la forme de l'État-providence : l'intervention de l'État dans la vie économique et sociale apparaît nécessaire afin de lutter contre la pauvreté et les inégalités et d'assurer la cohésion nationale. Cette prise de conscience est inscrite dans le préambule de la Constitution française de 1946 (repris par celle de 1958) qui garantit le droit au travail, la protection de la santé, l'accès à l'instruction, la sécurité matérielle. [...] Concrètement, elle est à l'origine de la création de plusieurs institutions de protection sanitaire et sociale, reposant sur des systèmes d'assurance obligatoire organisés par l'État : la sécurité sociale est créée dès 1945; c'est également dans les années d'après-guerre qu'est mise en place l'assurance-chômage.

La solidarité nationale est notamment financée par l'impôt sur le revenu, qui repose sur une redistribution des richesses, chaque citoyen y contribuant en fonction de ses moyens.

(D'après l'encyclopédie Larousse) « Conseil national des politiques de lutte contre la pauvreté et l'exclusion sociale », 19 septembre 2014.

Questions

1 D'après le document 1, pour quelle raison les Français ne paient-ils pas tous le même montant pour l'impôt sur le revenu ?

2 Recopiez la phrase du document 2 qui justifie que les Français ne payent pas tous le même montant pour l'impôt sur le revenu.

3 Relevez dans le document 2 trois dispositifs pouvant contribuer à lutter contre la pauvreté et les inégalités.

4 Un de vos amis ne comprend pas pourquoi certains paient des impôts et d'autres moins ou pas du tout. Il trouve cela contraire au principe d'égalité. Vous lui expliquez pourquoi l'impôt sur le revenu est un outil permettant de combattre les inégalités.

Sujet 39 Corrigé

Les clés pour réussir

Bien comprendre les questions

Question 1

Pour cette question, vous devez trouver la raison pour laquelle toutes les personnes citées dans le document 1, qui sont toutes dans la même situation personnelle (des célibataires sans enfant), payent des montants d'impôt sur le revenu très différents. Pour cela, il faut vous reporter à la première colonne chiffrée du tableau.

Question 2

Dans cette deuxième question, vous devez citer un extrait du texte. Attention de ne pas recopier un trop long passage ! Le correcteur ou la correctrice souhaite voir le morceau de phrase qui explique clairement pourquoi les Français ne payent pas tous un même montant pour l'impôt sur le revenu.

Question 3

Par « dispositifs », la question fait référence à ce qui est mis en place par l'État pour lutter contre la pauvreté et les inégalités. Ici, il s'agit notamment de deux institutions créées après la Seconde Guerre mondiale. Vous trouverez ces dispositifs dans le dernier paragraphe du texte.

Question 4

- Pour cette question, on attend de vous que vous écriviez un texte d'une dizaine de lignes dans lequel vous argumentez pour montrer que les impôts permettent de lutter contre la pauvreté et les inégalités.

Vous pouvez imaginer un dialogue entre votre ami et vous. Ce sont les arguments en faveur des impôts qui doivent être mis en avant.

- Pensez à expliquer au maximum comment l'impôt sur le revenu fonctionne et, surtout, à quoi et à qui il sert.

Les mots-clés

Revenu • Impôt sur le revenu • Solidarité • État-providence • Inégalités • Constitution • Droit au travail • Protection de la santé • Sécurité sociale • Assurance-chômage • Redistribution des richesses → Fiche 15

1 D'après le document 1, les Français ne payent pas tous le même montant pour l'impôt sur le revenu parce qu'ils n'ont pas tous les mêmes revenus. Ainsi, Paul Duchemin, un célibataire sans enfant qui ne gagne que 9 000 euros par an, ne paye pas du tout d'impôt sur le revenu. À l'opposé, Ali Abdellatifi, lui aussi célibataire sans enfant mais qui gagne 160 000 euros par an, paye 46 860 euros d'impôt sur le revenu.

Gagnez des points !
Prenez un exemple précis en comparant la situation différente de deux célibataires sans enfant.

2 La phrase du texte qui justifie que les Français ne payent pas tous le même montant pour l'impôt sur le revenu est la dernière, et plus particulièrement ce passage : « chaque citoyen y contribuant en fonction de ses moyens ».

L'astuce du prof
N'oubliez pas de mettre des guillemets quand vous citez un texte.

3 Le texte cite plusieurs dispositifs qui contribuent à lutter contre la pauvreté et les inégalités :
– la sécurité sociale créée en 1945 qui permet à chaque citoyen de se soigner ;
– l'assurance-chômage qui permet aux personnes qui perdent leur emploi de toucher une indemnité pendant qu'elles recherchent un nouveau travail ;

Gagnez des points !
Ne vous contentez pas de citer les trois dispositifs présents dans le texte, essayez d'expliquer à quoi ils servent.

– l'impôt sur le revenu qui est à la base de la redistribution des richesses, par exemple pour pouvoir financer une éducation gratuite pour tous.

4 Mon ami : Moi, je ne trouve pas ça juste que certains ne payent pas d'impôt du tout et d'autres beaucoup d'impôt. Où est l'égalité de tous les citoyens ?

Moi : Mais enfin, l'égalité ce n'est pas quand tout le monde donne la même chose ! Ça ne serait pas juste si une personne qui est au chômage devait payer le même impôt sur le revenu qu'un milliardaire, non ?

Mon ami : Peut-être, mais tout le monde devrait payer, même pas beaucoup. Ou alors, personne ne devrait payer ; sinon, il y a de l'inégalité.

Moi : Ce n'est pas de l'inégalité. L'inégalité, elle existe entre quelqu'un qui n'a pas de travail ou pas de logement et quelqu'un qui a largement de quoi vivre. L'impôt est justement là pour essayer de combattre ces inégalités et de rétablir un peu l'équilibre. C'est grâce à l'impôt que tout le monde peut aller à l'école gratuitement, que l'on peut construire des logements sociaux ou aider les personnes dans le besoin. Grâce aux prestations sociales et à la progressivité de l'impôt (c'est-à-dire le fait que plus on est riche, plus on paye un impôt élevé), l'État réussit à réduire un peu les inégalités. C'est le principe de la solidarité nationale, directement liée à la valeur de « Fraternité » inscrite dans la devise de notre république.

Gagnez des points !

Montrez que vous comprenez comment fonctionne le système de l'impôt sur le revenu, notamment celui de sa progressivité. Faites référence aux valeurs de la République française.

Sujet 40 Les inégalités homme-femme, une remise en cause des valeurs de la République

30 min

Amérique du Nord, juin 2018

Exercice 3 Enseignement moral et civique

10 pts

Situation pratique : L'égalité hommes-femmes en France.

Depuis 1982, le 8 mars est officiellement reconnu, en France, comme la journée des droits des femmes. Votre collège profite de cette journée pour organiser une exposition et rappeler qu'en France, hommes et femmes disposent de droits égaux mais que des inégalités persistent. Voici deux panneaux issus de cette exposition :

Document 1 Panneau « Quelques étapes dans la mise en œuvre d'une égalité de droits entre hommes et femmes en France »

1907 : la loi accorde aux femmes mariées la libre disposition de leur salaire.
1924 : les programmes de l'enseignement secondaire sont les mêmes pour les filles et les garçons.
1944 : droit de vote et d'éligibilité aux femmes.
1946 : le principe de l'égalité entre les femmes et les hommes dans tous les domaines est désormais inscrit dans la Constitution.
1965 : loi de réforme des régimes matrimoniaux qui autorise les femmes à exercer une profession sans autorisation de leur mari et à gérer leurs biens propres.
1972 : le principe de l'égalité de salaires entre les femmes et les hommes est inscrit dans la loi.
2000 : loi favorisant l'égal accès des femmes et des hommes aux mandats électoraux.

Document 2 Panneau « Les inégalités professionnelles aujourd'hui »

Par rapport aux hommes, les femmes gagnent…
- 27,5 % de moins dans le secteur des services où elles sont 88 % à travailler ;
- 21,8 % de moins lorsqu'elles sont cadres.

Leurs emplois sont les plus précaires et les moins bien rémunérés puisqu'elles représentent 62 % des emplois non qualifiés.

Panneaux réalisés par les élèves. Les données chiffrées sont issues de *Franceinfo.fr*, 17 septembre 2014.

Questions

1 Selon le document 1, de quand date l'affirmation du principe d'égalité complète entre hommes et femmes en France ?

2 Pourquoi, selon vous, a-t-il été nécessaire d'adopter ensuite de nouvelles lois sur l'égalité hommes-femmes ?

3 À partir du document 2, montrez que des inégalités persistent dans le domaine professionnel.

4 Proposez au moins deux explications au maintien d'inégalités professionnelles entre hommes et femmes.

5 À partir des documents 1 et 2, rédigez un texte de quelques lignes de conclusion à l'exposition expliquant en quoi les inégalités entre les hommes et les femmes vont à l'encontre des valeurs de la République française.

Sujet 40 Corrigé

Les clés pour réussir

Bien comprendre les questions

Question 1

Vous devez trouver l'information dans la chronologie du document 1, qui propose de nombreuses dates. Il vous faut relever celle qui correspond à l'affirmation d'une égalité complète, c'est-à-dire une égalité dans tous les domaines entre les femmes et les hommes en France.

Question 2

La réponse à cette question n'est pas dans les documents, vous avez besoin de vos connaissances pour y répondre. Vous pouvez aussi la déduire de la série de lois votées entre 1946 et 2000.

Question 3

Il s'agit ici de prélever les principales informations du document 2, données sous forme de chiffres, en les expliquant.

Question 4

Il vous faut ici proposer des explications à l'aide de vos connaissances ou de votre réflexion personnelle, sans vous appuyer sur les documents.

Question 5

Les documents du sujet sont des panneaux qu'auraient réalisés des élèves de votre collège lors d'une exposition sur l'égalité hommes-femmes en France pour célébrer la journée du 8 mars. Il s'agit ici de rédiger une conclusion à l'exposition qui montrerait que les inégalités entre les hommes et les femmes vont à l'encontre des valeurs de la République. Cette conclusion nécessite que vous fassiez appel à vos connaissances pour répondre au sujet, les informations tirées des documents ne le permettant pas.

Les mots-clés

Constitution • Droits • Égalité • Emplois précaires • Inégalités • Secteur des services • Valeurs républicaines. → Fiche 15

1 L'affirmation du principe d'égalité complète entre les hommes et les femmes en France date de 1946, lorsque celui-ci est enfin inscrit dans la Constitution de la IVe République.

Gagnez des points !
Utilisez vos connaissances d'histoire sur la refondation républicaine pour bien répondre à cette question.

2 Il a été nécessaire d'adopter ensuite de nouvelles lois car l'égalité affirmée par la Constitution n'a pas été mise en œuvre automatiquement. Il a donc fallu pour cela faire des lois dans chaque domaine : matrimonial (1965), professionnel (1972) ou encore politique (loi sur la parité en 2000).

L'astuce du prof
Appuyez-vous sur les lois postérieures à 1946 pour rédiger votre réponse.

3 Des inégalités persistent dans le domaine professionnel entre les hommes et les femmes. En effet, les femmes gagnent 27,5 % de moins que les hommes dans le secteur des services alors qu'elles sont les plus nombreuses (88 %) à y travailler. Même quand elles sont cadres, leur salaire est inférieur de 21,8 % à celui des hommes. De plus, elles représentent 62 % des emplois non qualifiés dans ce secteur : elles sont les plus touchées par la précarité.

L'astuce du prof
Donnez les chiffres, sans recopier les documents mais en les expliquant, pour bien montrer quelles sont les inégalités professionnelles qui demeurent entre les hommes et les femmes.

4 Les inégalités professionnelles entre les hommes et les femmes se maintiennent car ces dernières sont souvent victimes de préjugés qui les désignent comme moins compétentes et dévalorisent leur travail, justifiant ainsi des salaires moins élevés que ceux des hommes. Elles interrompent aussi souvent leurs études, leurs formations ou leurs carrières pour s'occuper de leurs enfants, ce qui les désavantage ensuite quand elles veulent reprendre une carrière professionnelle.

Gagnez des points !
Utilisez vos connaissances en histoire sur les changements sociaux sous la Ve République pour répondre à cette question.

5 Cette exposition montre que la mise en œuvre de l'égalité des droits entre hommes et femmes a été très longue. Commencée sous la IIIe République, elle se poursuit encore aujourd'hui puisque certaines inégalités, notamment professionnelles, persistent entre femmes et hommes. Pourtant, ces inégalités vont à l'encontre des valeurs de la République française dont la Constitution, depuis 1946, affirme que l'égalité, la liberté et la fraternité s'appliquent à tous, hommes et femmes. L'égalité en droits, notamment, n'est pas encore effective car des situations de discrimination existent encore. La République essaye de les combattre, de même que les préjugés qui en sont à l'origine, aussi bien à l'école, en politique ou encore dans le domaine professionnel, mais ils sont encore trop nombreux. C'est un défi pour la République de réussir à tenir enfin la promesse d'égalité qu'elle a faite aux femmes, ainsi qu'à toutes les minorités.

Gagnez des points !

Ne décrivez pas toutes les inégalités qui persistent en détail, ce n'est pas le sujet. Vous devez simplement aborder ce que la République essaye de faire pour lutter contre elles.

Sujet 41 L'égalité politique homme-femme

30 min

Polynésie, juin 2017

Exercice 3 Enseignement moral et civique

10 pts

Document 1 Extraits de la Constitution de la Ve République (1958)

Art. 1 – La France est une république indivisible, laïque, démocratique et sociale. Elle assure l'égalité devant la loi de tous les citoyens sans distinction d'origine, de race ou de religion. La loi favorise l'égal accès des femmes et des hommes aux mandats électoraux et fonctions électives.

[…]

Art. 3 – Sont électeurs, dans les conditions déterminées par la loi, tous les nationaux français majeurs des deux sexes, jouissant de leurs droits civils et politiques.

Document 2 La représentation des femmes en politique en France

« **La loi sur la parité votée en 2000** impose des listes composées d'autant d'hommes que de femmes avec l'alternance obligatoire. Cette loi a été renforcée par une autre loi sur la parité en 2014. »

	Année	Part des femmes en %
Députées	2007	18,5 %
	2012	26,9 %
Sénatrices	2004	17 %
	2014	25 %
Maires	2012	16 %
Conseillères municipales	2014	40,3 %
Députées françaises au parlement européen	2014	42 %

Article du 21 octobre 2014,
extrait du site l'*Observatoire des inégalités*.

Questions

1 Relevez dans le document 1 les droits politiques dont disposent les femmes et les hommes en France.

2 Expliquez à partir du document 2, comment la loi a permis de renforcer l'égalité politique entre les hommes et les femmes.

3 D'après le document 2, l'égalité politique homme-femme est-elle atteinte ? Justifiez votre réponse par des chiffres.

4 Expliquez à un camarade pourquoi et par quels moyens la loi sur la parité homme-femme contribue au bon fonctionnement de la démocratie en France.

Sujet 41 Corrigé

Les clés pour réussir

Bien comprendre les questions

Question 1

On vous demande de « relever dans le document 1 » les **droits politiques.** Il s'agit donc de prélever des extraits du texte en les citant avec des guillemets. Vous pouvez trouver trois exemples de droits politiques. Les droits politiques sont les droits qui permettent aux citoyens de participer à la vie politique de leur pays.

Question 2

La loi sur la parité est expliquée en italique au-dessus du tableau du document 2. Appuyez-vous sur cette définition et sur les chiffres du tableau pour montrer que, grâce à cette loi, **les femmes sont de plus en plus représentées dans les fonctions électives**. Choisissez une fonction que vous connaissez pour montrer le changement entre les deux dates citées dans le tableau.

Question 3

Ne répondez pas à la question par « oui » ou « non ». Vous devez affirmer si l'égalité est atteinte ou non, puis **justifier votre affirmation en citant des chiffres.** Pensez que pour que l'égalité soit atteinte, il faudrait que la part des femmes atteigne 50 % dans chaque assemblée.

Question 4

- Vous devez **expliquer** la loi sur la parité à un camarade : pourquoi elle a été votée et si elle contribue au bon fonctionnement de la démocratie en France. Vous pouvez **choisir la forme** sous laquelle vous rédigez votre explication : un paragraphe, un dialogue, un monologue... Le niveau de langage peut donc être adapté mais n'utilisez quand même pas un langage familier !

- Attention de ne pas vous éloigner du sujet en parlant de la parité dans le monde professionnel par exemple. Cette loi ne porte que sur **l'égalité en politique**.

Les mots-clés

Parité • Constitution • Droits politiques • Députés • Électeurs • République • Démocratie → fiche 15

1 Les droits politiques dont disposent les femmes et les hommes en France sont « l'égalité devant la loi », « l'égal accès [...] aux mandats électoraux et fonctions électives » et le fait d'être « électeurs ».

L'astuce du prof
Citez trois droits présents dans le texte, sans oublier les guillemets.

2 La loi sur la parité votée en 2000 « impose des listes composées d'autant d'hommes que de femmes ». Cette loi a permis d'augmenter la part des femmes élues aux différentes élections. Par exemple la part des femmes élues députées lors des élections législatives est passée de 18,5 % en 2007 à 26,9 % en 2012.

Gagnez des points !
Citez des chiffres et montrez que vous connaissez le nom de différentes élections.

3 D'après le document 2, l'égalité politique entre les femmes et les hommes est loin d'être atteinte. En effet, malgré la loi sur la parité, les femmes ne représentent jamais 50 % des élus dans aucune assemblée. Ainsi elles ne sont que 25 % au Sénat en 2014.

Gagnez des points !
Appuyez-vous sur les chiffres cités dans le tableau en les expliquant.

4 La loi sur la parité hommes-femmes a été votée en 2000, car il y avait beaucoup plus d'hommes que de femmes qui étaient élus. Avec cette loi, tous les partis politiques ont été obligés de présenter autant de femmes que d'hommes aux élections sous peine de payer une grosse amende. Grâce à cette loi, le nombre de femmes élues a augmenté et on se rapproche du principe affirmé par notre Constitution qui veut que « la loi favorise l'égal accès des hommes et des femmes aux fonctions électives ». Mais on est encore loin de l'égalité : dans toutes les assemblées, les femmes sont moins nombreuses que les hommes. Au Sénat, elles n'étaient que 25 % en 2014. Au maximum, elles sont 42 % au Parlement européen.

L'astuce du prof
Montrez que l'égalité hommes-femmes s'est améliorée en politique, mais que l'égalité n'est pas encore atteinte.

Sujet 42 Composition de l'Assemblée nationale

30 min

Pondichéry, mai 2017

Exercice 3 Enseignement moral et civique

10 pts

Document 1 La composition de l'Assemblée nationale au soir des élections du 17 juin 2012.

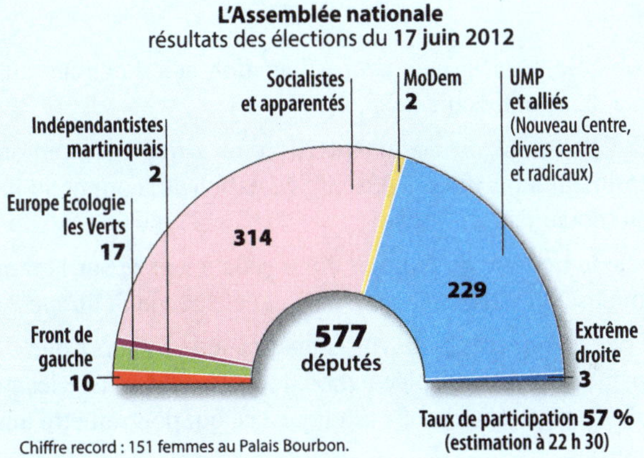

* Le Palais Bourbon est le lieu où siège l'Assemblée nationale.

Infographie du journal *L'Est républicain*, 17 juin 2012 (www.estrepublicain.fr).

Document 2 Extrait de la Constitution de la Ve République

Article premier

La France est une République indivisible, laïque, démocratique et sociale. Elle assure l'égalité devant la loi de tous les citoyens sans distinction d'origine, de race ou de religion. […]

La loi favorise l'égal accès des femmes et des hommes aux mandats électoraux et fonctions électives, ainsi qu'aux responsabilités professionnelles et sociales.

Article 3
La souveraineté nationale appartient au peuple qui l'exerce par ses représentants et par la voie du référendum. […]
Le suffrage peut être direct ou indirect dans les conditions prévues par la Constitution. Il est toujours universel, égal et secret.

Article 4
Les partis et groupements politiques concourent à l'expression du suffrage. Ils se forment et exercent leur activité librement. Ils doivent respecter les principes de la souveraineté nationale et de la démocratie.
La loi garantit les expressions pluralistes des opinions et la participation équitable des partis et groupements politiques à la vie démocratique de la Nation.

Questions

1 Quel problème pose le taux de participation aux élections du 17 juin 2012 indiqué dans le document 1 ?

2 À l'aide d'exemples du document 1, montrez que des opinions différentes s'expriment au sein de l'Assemblée nationale, comme le prévoit la Constitution (document 2).

3 Que révèle le nombre de femmes élues (document 1) sur la représentation des femmes à l'Assemblée nationale et dans la vie politique ?

4 À l'aide des documents et de vos connaissances, montrez que l'élection et la composition de l'Assemblée nationale mettent en œuvre les principes démocratiques de la République et indiquez ce qui pourrait être amélioré.

Sujet 42 Corrigé

Les clés pour réussir

Bien comprendre les questions

Question 1

Pour répondre à cette question, vous devez bien observer le document 1 et **prélever le chiffre du taux de participation**. Cependant, vous ne pouvez pas vous contenter de cette information. Vous devez **en déduire le problème posé par ce chiffre.**

Question 2

Dans cette question, vous devez faire le lien entre l'article 4 de la Constitution et la composition de l'Assemblée nationale en 2012. Pour cela, vous devez maîtriser la notion de **pluralisme politique**.

Question 3

- Vous devez, là encore, ne pas vous contenter de prélever l'information dans le document 1, mais interpréter ce chiffre grâce à vos connaissances. Le document 2 vous rappelle, une nouvelle fois, le principe énoncé par la Constitution et qui devrait être respecté.
- Vous pouvez aussi vous appuyer sur la progression du chiffre pour montrer l'évolution depuis les élections précédentes.

Question 4

Pour cette question, vous devez rédiger un petit paragraphe qui reprend les informations des questions 1 à 3, auxquelles vous devez impérativement rajouter des connaissances personnelles. **Le plan de ce paragraphe vous est donné par l'énoncé** : vous devez d'abord aborder les principes démocratiques de notre République respectés lors de cette élection ; puis indiquer dans un second temps ce qui pourrait être encore amélioré.

Les mots-clés

Principes démocratiques • Assemblée nationale • Élections législatives • Partis politiques • Pluralisme • Abstention • Parité • Suffrage universel • Souveraineté nationale • Constitution • Députés → Fiche 18

1 Lors des élections législatives du 17 juin 2012, le taux de participation a été de 57 %. Cela signifie que 43 % des électeurs se sont abstenus. Cela pose un problème de représentativité des personnes élues, car cette abstention est très forte.

2 La Constitution de la Ve République garantit, dans son article 4, « les expressions pluralistes des opinions et la participation équitable des partis et groupements politiques à la vie démocratique de la Nation ». Cela se reflète dans la composition de l'Assemblée nationale élue en 2012 : sept partis ou mouvements politiques sont représentés à l'Assemblée. Ces partis vont de l'extrême gauche (Front de gauche) à l'extrême droite (Front national). Les deux grands partis politiques de la Ve République (le Parti socialiste à gauche et l'UMP à droite) sont les partis qui regroupent le plus d'élus. Le PS est alors le parti majoritaire.

> **Gagnez des points !**
> Montrez que vous connaissez l'éventail des principaux partis politiques français, de gauche et de droite.

3 Sur les 577 députés élus en 2012, seuls 151 sont des femmes, ce qui représente moins d'un quart. Les femmes sont donc très minoritaires. Pourtant, elles étaient encore moins nombreuses auparavant, puisqu'il est dit que c'est un chiffre record. Malgré l'article 1er de la Constitution qui « favorise l'égal accès des femmes et des hommes aux mandats électoraux et fonctions électives », on peut dire que la représentation des femmes à l'Assemblée et dans la vie politique en général est insuffisante, même si on constate des progrès.

> **Gagnez des points !**
> Parlez de l'évolution de la représentation des femmes à l'Assemblée en expliquant le terme « chiffre record ».

4 Dans la Ve République, les principes démocratiques sont énoncés dans la Constitution. Les élections, notamment les élections législatives qui ont lieu tous les cinq ans pour élire les députés à l'Assemblée nationale, mettent en œuvre ces principes.

> **L'astuce du prof**
> Suivez bien le plan donné par l'énoncé.

Ces élections se font au suffrage universel, égal et secret (article 3). Ainsi, la souveraineté nationale appartient au peuple qui l'exerce en élisant ses représentants à l'Assemblée nationale. Les députés sont chargés de voter les lois.

À l'Assemblée nationale, les différents partis politiques reflètent la pluralité des opinions des Français, de gauche comme de droite, ainsi que le prévoit l'article 4 de la Constitution.

Pourtant certains principes démocratiques de notre République peuvent encore être mieux respectés. Quand l'abstention est très forte, la représentativité des candidats élus est fragile. Trop de Français ne se sont pas exprimés et leurs opinions ne sont alors pas représentées. De plus, alors que l'article 1er de la Constitution prévoit un « égal accès des femmes et des hommes aux mandats électoraux », le nombre de femmes députées est encore très inférieur au nombre d'hommes. La parité n'existe toujours pas réellement.

Sujet 43 Comment s'informer ?

30 min

Pondichéry, mai 2018

Exercice 3 Enseignement moral et civique

10 pts

Document 1 Débat entre amis

Vous assistez à une discussion entre deux de vos amis qui parlent des premiers pas de l'homme sur la lune. Vous entendez Dominique dire : « L'homme n'a jamais marché sur la lune ! »
Puis Camille lui répond : « Ah oui ? Mais qu'est-ce qui te permet de l'affirmer ? » Enfin Dominique, sans hésiter, explique : « Je le sais parce que je l'ai lu sur un site Internet ! »

Document 2 La Commission européenne veut s'attaquer aux « fake news »[1]

Mariya Gabriel, la nouvelle commissaire au numérique, s'apprête à prendre une des premières mesures de son mandat : mettre sur pied un groupe d'experts sur les « *fake news* », la propagation d'informations fausses dans les médias. [...]
Elle a l'intention de « dire très clairement que les plateformes [Internet] ont une obligation de diligence », un terme juridique signifiant que les sociétés en ligne, comme Facebook ou Twitter, devraient prendre des mesures pour surveiller les posts[2] de leurs utilisateurs. [...]
Le mois prochain, la Commission européenne devrait annoncer des mesures [...]. L'Allemagne a même introduit une loi nationale plus tôt dans l'année, selon laquelle les médias sociaux risquent jusqu'à 50 millions d'euros d'amende s'ils ne retirent pas les contenus illégaux, comme les propos haineux. D'autres pays européens envisagent de suivre cet exemple.

« La Commission européenne veut s'attaquer aux "*fake news*" », *www.ouestfrance.fr*, 1er septembre 2017.

1. Fausses nouvelles.
2. Messages ou commentaires mis en ligne.

Questions

1 Dans le document 1 quel est le média utilisé par Dominique ?
2 Définissez ce qu'est un média.
3 Montrez que la réponse finale de Dominique ne constitue pas un argument valable.
4 D'après le document 2, indiquez deux raisons pour lesquelles Mariya Gabriel, la nouvelle commissaire au numérique, veut engager une réflexion dans l'Union européenne sur les « fake news ».
5 À partir des documents 1 et 2 et de vos connaissances, indiquez en quelques lignes quelles démarches peuvent suivre les acteurs de la démocratie (citoyens, entreprises, institutions, etc.) pour trouver des informations fiables.

Sujet 43 Corrigé

Les clés pour réussir

Bien comprendre les questions

Question 1

Pour répondre à cette question, vous devez savoir **ce qu'est un média** (et donc savoir répondre à la question 2). Si vous n'êtes pas sûr(e) de vous, appuyez-vous sur le document pour comprendre comment Dominique a eu accès à l'information.

Question 2

Vous devez vous servir de vos connaissances personnelles pour donner une **définition** du mot « média ». Si vous ne connaissez pas ce terme, appuyez-vous sur les documents en vous demandant quel est le **thème général de ce dossier.**

Question 3

Pour cette question, vous devez vous appuyer sur le document 1. Demandez-vous ce qu'est un « argument valable », une **réponse qui aurait vraiment du sens.**

Question 4

Cette question est délicate, car vous ne devez pas confondre « fake news » et **« contenu illégal »** (comme les propos racistes). Le second paragraphe du texte ne concerne que les propos illégaux. De ce fait, il est assez difficile de trouver « deux raisons » à la réflexion engagée sur les « fake news ». Demandez-vous d'abord pourquoi il existe **de plus en plus de** « fake news » puis pourquoi elles existent **sur Internet plus qu'ailleurs.**

Question 5

Pour répondre à cette question, essayez de **vous mettre en situation** : vous avez entendu une rumeur et vous souhaitez savoir si elle est fondée. Comment faites-vous ? Vers quels médias allez-vous plus naturellement vous tourner ? Dans la consigne précédente, vous avez insisté sur la **grande liberté de parole que l'on trouve sur Internet**. Essayez d'expliquer en quoi cette liberté a aussi un **aspect négatif**. Enfin, n'oubliez pas d'expliquer également **sur quels sites Internet on peut s'appuyer en priorité** lorsque l'on cherche une information.

Les mots-clés

Médias • Réseaux sociaux • « Fake news » • Commission européenne

→ Fiche 16

1 Le média utilisé par Dominique est Internet.

2 Les médias sont les différents moyens et supports qui permettent de diffuser une information, comme la télévision, les journaux, Internet…

Gagnez des points !

Citez quelques exemples de médias que vous connaissez.

3 La réponse de Dominique n'est pas un argument valable, car même s'il « l'a lu sur un site Internet », cela ne signifie pas que cette information soit vraie. En effet, Internet étant un espace dans lequel les internautes jouissent d'une grande liberté, il est possible d'y raconter n'importe quoi. Il est donc nécessaire de vérifier toute information trouvée sur ce média.

L'astuce du prof

Développez un peu votre réponse en expliquant rapidement pourquoi on doit se méfier des informations trouvées sur Internet.

4 Mariya Gabriel, nouvelle commissaire européenne au numérique en 2017, a souhaité engager une réflexion sur les « fake news », car il en existe de plus en plus en ligne. En effet sur Internet, et notamment sur les réseaux sociaux comme Facebook ou Twitter, tout le monde peut s'exprimer librement, sans que les informations que l'on propage soient vérifiées.

L'astuce du prof

Développez bien votre réponse en montrant que les « posts » sur les réseaux sociaux ne sont quasiment pas contrôlés.

5 Aujourd'hui, nous bénéficions d'un accès très facile à l'information grâce aux différents médias à notre disposition : la télévision avec ses chaînes d'information en continu, les journaux, Internet, les réseaux sociaux… La difficulté est plutôt de sélectionner les informations qui nous intéressent et de les vérifier. En effet, sur Internet, il existe une grande liberté de parole qui permet à tous de s'exprimer, mais qui a aussi ses travers. Puisque tout le monde peut y raconter librement ce qu'il veut, comment savoir si telle ou telle information n'est pas une « fake news » complètement inventée par celui qui l'a diffusée. C'est ainsi qu'Internet est le lieu idéal pour la diffusion de différentes « théories du complot » impossibles à vérifier : le monde serait dominé par telle organisation secrète, tel évènement historique n'aurait jamais eu lieu...

Gagnez des points !

Appuyez-vous sur des exemples précis, citez les médias qui vous paraissent les plus fiables et expliquez pourquoi.

Pour trouver des informations fiables, il vaut donc mieux se tourner vers les médias traditionnels, journaux ou télévisions, qui ont une responsabilité vis-à-vis de ce qu'ils publient. Ou bien, sur Internet, se tourner plutôt vers des sites officiels, notamment ceux liés au gouvernement (.gouv) ou, encore une fois, aux grands journaux nationaux comme *Le Monde*, *Le Figaro* ou *Libération*.

Sujet 44 Le vote

30 min

Liban, juin 2017

Exercice 3 Enseignement moral et civique 10 pts

Document 1 Campagne pour l'inscription sur les listes électorales de la mairie de Besançon (2011)

Document 2 Témoignage sur le vote de Sophie, 21 ans, étudiante

« Je n'ai jamais voté mais je vais le faire aux municipales. J'ai acquis une maturité qui me permet de prendre conscience de ce qui se passe dans mon pays. Avant je ne me sentais pas concernée. »
« Certaines choses me préoccupent : la vie commence vraiment à devenir chère, des choses sont mises en place pour les jeunes mais on n'en voit pas vraiment le bout. Je sais que ce n'est pas mon vote qui va changer la donne, mais je me dis qu'au moins j'aurai participé, et là je pourrai dire : « J'ai voté, je suis pas d'accord. »

Agence France Presse, mars 2014.

ENSEIGNEMENT MORAL ET CIVIQUE

Questions

1 Quel devoir du citoyen est abordé dans les deux documents ?

2 Donnez une raison pour laquelle la mairie de Besançon a organisé cette campagne.

3 Relevez un argument donné par Sophie (document 2) pour expliquer son nouvel intérêt pour la vie politique.

4 « Ça ne sert à rien d'aller voter ! » dit un élève. Quels arguments pouvez-vous avancer afin de le convaincre d'aller voter ? Développez votre argumentation en quelques lignes.

Sujet 44 Corrigé

Les clés pour réussir

Bien comprendre les questions

Question 1

Le devoir du citoyen abordé dans les documents est le thème général de ces documents. Vous avez étudié ce devoir en classe.

Question 2

Cette consigne porte uniquement sur le document 1. Regardez bien le **texte en bas de l'affiche.**

Question 3

Pour cette consigne, vous devez vous appuyer sur le **document 2.** Sophie donne plusieurs arguments pour expliquer son nouvel intérêt pour la vie politique. Il faut en relever **un seul**. N'oubliez pas de mettre des guillemets pour montrer que c'est une citation.

Question 4

Vous avez le **choix** de la forme de votre argumentation. Vous pouvez imaginer un débat, un dialogue ou simplement rédiger un paragraphe. N'oubliez pas d'exposer **plusieurs arguments** car la consigne est au pluriel. Vous pouvez vous aider du témoignage de Sophie, mais c'est votre **avis personnel** que l'on attend.

Les mots-clés

Vote • Devoir • Citoyen • Abstention • Listes électorales • Carte électorale • Élections municipales → Fiche 18

1 Le devoir du citoyen abordé dans ces deux documents est le vote.

2 La mairie de Besançon a organisé cette campagne pour inciter les citoyens à s'inscrire sur les listes électorales et à aller voter en 2012. En effet, cette année-là était une année électorale très importante puisque se déroulaient les élections présidentielle et législatives.

Gagnez des points !

Pensez à regarder l'année où cette affiche a été éditée et à faire le lien avec les élections ayant eu lieu à ce moment.

3 Pour expliquer son nouvel intérêt pour la vie politique, Sophie affirme : « J'ai acquis une maturité qui me permet de prendre conscience de ce qui se passe dans mon pays. Avant je ne me sentais pas concernée. ».

L'astuce du prof

Sélectionnez bien l'extrait qui montre l'intérêt de Sophie pour la politique. Ne recopiez pas un paragraphe entier du texte.

4 « Ça ne sert à rien d'aller voter ! » dit un élève.

Mais si, c'est très important d'aller voter. D'abord ça permet de s'exprimer et de ne pas laisser les autres décider à notre place. Si je ne vais pas voter et que c'est un candidat que je n'aime pas qui est élu, je ne pourrai pas me plaindre.

Dans les dictatures, les gens n'ont pas le droit de choisir leurs représentants, ni de s'exprimer et nous, nous avons la chance d'être en démocratie et de disposer du droit de vote. D'ailleurs, dans certains pays démocratiques comme en Belgique, le vote est obligatoire. Nous, on nous laisse le choix, mais si on veut que la personne élue soit représentative de la population, il ne faut pas que l'abstention soit trop forte.

Les personnes que nous élisons prennent des décisions qui nous concernent directement. Par exemple, Emmanuel Macron est en train de mettre en place un service national universel obligatoire pour les jeunes entre 16 et 18 ans.

Gagnez des points !

Ne vous contentez pas d'un seul argument. Séparez vos arguments en allant à la ligne.

Sujet 45 Parcours citoyen

30 min

Asie-Pacifique, juin 2017

Exercice 3 Enseignement moral et civique — 10 pts

Document 1 Le parcours de citoyenneté

La formation de tous les jeunes aux enjeux de la Défense et de la citoyenneté repose, depuis la loi du 28 octobre 1997 suspendant le service militaire, sur un parcours citoyenneté. Ce dernier comporte trois étapes obligatoires :

1. L'ENSEIGNEMENT DE DÉFENSE, LORS DE LA SCOLARITÉ (MIN. ÉDUCATION NATIONALE)
2. LE RECENSEMENT À 16 ANS EN MAIRIE (COLLECTIVITÉS LOCALES)
3. LA JOURNÉE DÉFENSE ET CITOYENNETÉ – JDC (MIN. DÉFENSE)

MIN. ÉDUCATION NATIONALE : ministère de l'Éducation nationale.
MIN. DÉFENSE : ministère de la Défense.

Direction du service national, plaquette de présentation, administration centrale, 2015, d'après le site Internet www.ac-poitiers.fr.

Document 2 **La Défense nationale**

La Défense et la sécurité nationale sont l'affaire de tous les Français ; elles requièrent leur confiance dans l'action que mènent les pouvoirs publics et la certitude que ces derniers mettent tout en œuvre pour garantir l'indépendance de la France et assurer la protection de sa population. L'élaboration et la mise en œuvre de la stratégie de Défense et de sécurité nationale associent, sous l'autorité du président de la République, l'ensemble des pouvoirs publics, ce qui garantit que cette stratégie exprime la volonté de la Nation. […] Sa présentation au Parlement en assoit la légitimité et ouvre un nécessaire débat public sur des choix qui engagent la Nation.

Livre blanc sur la Défense, 2013.

Questions

1 Montrez à l'aide du document 1 que les jeunes Français sont impliqués dans la Défense nationale en rappelant les trois étapes du parcours citoyenneté.

2 En vous appuyant sur les deux documents, identifiez au moins quatre acteurs participant à la Défense nationale.

3 Vous allez devoir participer à la Journée Défense et citoyenneté. En vous appuyant sur vos connaissances et les documents, rédigez un paragraphe d'une dizaine de lignes où vous expliquerez pourquoi chaque Française et chaque Français a un rôle dans la Défense nationale.

Sujet 45 Corrigé

Les clés pour réussir

Bien comprendre les questions

Question 1

Pour cette question, vous devez simplement **décrire** les trois étapes du parcours de citoyenneté en précisant le rôle joué par les jeunes citoyens dans ce parcours. Appuyez-vous sur le document 1.

Question 2

- Par « acteurs », la question fait référence **aux personnes et aux institutions** qui participent à la Défense nationale.
- Le document 1 vous permet d'identifier **trois acteurs institutionnels, auxquels s'ajoutent les participants au parcours de citoyenneté.** Le

document 2 présente les différents **pouvoirs publics** impliqués dans les décisions organisant la Défense nationale, ainsi que le rôle des citoyens. La question vous demande « au moins » quatre acteurs, ce qui signifie que vous pouvez en citer plus.

Question 3

- La première phrase de la question n'est pas à prendre en compte pour rédiger votre réponse.
- On attend de vous que vous rédigiez un paragraphe d'une dizaine de lignes. **Vous pouvez vous appuyer sur vos réponses aux deux consignes précédentes** pour organiser votre développement. **Grâce à vos connaissances, décrivez plus précisément** ce que l'on fait pendant la JDC et le rôle du président et du Parlement dans la Défense nationale.

Les mots-clés

Citoyenneté • Défense nationale • Service militaire • Parcours de citoyenneté • Recensement • JDC • Nation • Parlement → fiche 17

1 Les jeunes Français, depuis la loi du 28 octobre 1997, sont impliqués dans la Défense nationale. Ils participent tous, garçons comme filles, au parcours de citoyenneté qui comprend trois étapes : l'enseignement de la Défense au collège et au lycée ; le recensement à 16 ans en mairie ; la Journée Défense et citoyenneté (JDC) avant l'âge de 18 ans.

Gagnez des points !

Précisez que ce parcours concerne les garçons comme les filles.

2 Dans les deux documents, de nombreux acteurs participant à la Défense nationale sont cités : le ministère de l'Éducation nationale, les collectivités locales (mairies), le ministère de la Défense, le président de la République, le Parlement, mais aussi la Nation entière, c'est-à-dire tous les Français.

L'astuce du prof

Observez bien le document 1 : chaque étape est organisée par un acteur important.

3 Chaque Française et chaque Français a un rôle dans la Défense nationale.

Tout d'abord, depuis la suspension du service militaire par le président Jacques Chirac en 1997, tous les jeunes Français, garçons comme filles, participent au parcours de citoyenneté qui les forment aux enjeux de la Défense nationale. Au collège et au lycée, il existe un enseignement de la Défense qui présente ses buts et ses missions. À 16 ans, le recensement est organisé par les mairies pour inscrire les futurs citoyens sur les listes élec-

Gagnez des points !

Ne vous contentez pas de recopier les documents, mais montrez que vous avez des connaissances personnelles sur le sujet.

torales et pour qu'ils reçoivent, avant leurs 18 ans, une convocation pour la Journée Défense et citoyenneté. Lors de cette journée, les jeunes citoyens rencontrent des femmes et des hommes de la Défense qui leur exposent les enjeux de la Défense nationale et leur présentent ses différents métiers.

Les citoyens sont également impliqués dans la Défense nationale tout au long de leur vie. En effet, ils élisent au suffrage universel le président de la République qui est le chef des armées, qui possède les codes nucléaires et qui nomme le Premier ministre, responsable de la Défense nationale, ainsi que le ministre des Armées. De même, ils élisent le Parlement, qui vote le budget de la Défense après en avoir débattu.

L'astuce du prof

Utilisez vos connaissances d'histoire et d'EMC sur les pouvoirs du président de la République, ainsi que sur ceux du Parlement.

Sujet 46 Les missions de la Défense nationale

30 min

France métropolitaine, juin 2017

Exercice 3 Enseignement moral et civique 10 pts

Document La mobilisation des militaires auprès des populations

Au moment où le nord-ouest de la France a connu fin mai 2016 des pluies torrentielles et des débordements de nombreux cours d'eau qui ont généré d'importantes perturbations dans les transports, 10 camions de l'armée de terre ont été déployés, le 2 juin, à la demande du préfet du Loiret pour permettre le transport de plusieurs centaines de personnes bloquées sur les axes routiers vers des zones d'hébergement d'urgence communales. Au total, ce sont 250 militaires qui sont mobilisés depuis un peu plus d'une semaine pour lutter contre les intempéries.
Cette mission de soutien est donc l'occasion de faire un bilan de la participation des forces armées du ministère de la Défense à la lutte contre les intempéries et les feux de forêts sur le territoire national et d'en tirer des conclusions, surtout dans le contexte de resserrement budgétaire et d'état d'urgence dans lequel vit la France.

Fondation iFRAP (Fondation pour la recherche sur les administrations et les politiques publiques), page consultée le 6 juin 2016.

Questions

1 Expliquez quelle est la mission confiée aux forces de l'armée de terre dans le document.

2 Citez une autre mission confiée aux forces armées sur le territoire national ou à l'extérieur.

3 Vous avez été choisi(e) pour représenter la France au prochain sommet de l'Union européenne. Vous êtes chargé(e) de réaliser une note pour présenter une mission des militaires français sur le territoire national ou à l'étranger.

Montrez en quelques lignes que l'armée française est au service des valeurs de la République et de l'Union européenne.

Sujet 46 Corrigé

Les clés pour réussir

Bien comprendre les questions

Question 1

Vous pouvez trouver la réponse à cette question dans le **premier paragraphe du document**. Ne vous contentez pas de citer le but général de la mission. **Expliquez** le plus précisément possible ce que les militaires français ont dû faire lors de cette mission.

Question 2

Pour cette question, vous avez besoin de **connaissances personnelles**. Choisissez une mission abordée en classe. Sur le territoire national et à l'extérieur, les missions de l'armée française sont en général très différentes : en France, il s'agit plutôt de **défendre le territoire national et sa population** ; à l'extérieur, ce sont souvent **des missions humanitaires ou de défense de la paix internationale**.

Question 3

Dans cette consigne, vous êtes un représentant de la France au sommet de l'UE. Vous allez donc vous adresser à des personnes qui ne sont pas françaises et vous allez devoir leur expliquer en quoi le rôle de l'armée française est au service des valeurs de la République et de l'Union européenne. Il ne s'agit donc pas seulement de décrire une mission comme dans la question 2, mais de montrer que le but de la France n'est pas de conquérir des territoires ou de s'ingérer dans les affaires de pays étrangers. Vous devez donc montrer que la mission que vous décrivez est une mission de paix et de défense de la population.

Les mots-clés

Défense nationale • Armée de terre • État d'urgence • Union européenne • Territoire national • Valeurs de la République → fiche 17

Gagnez des points !

Détaillez bien ce pour quoi les militaires sont mobilisés et pas seulement le but général de leur mission.

1 Dans le document, la mission confiée aux forces de l'armée de terre consiste à « lutter contre les intempéries » pour secourir et protéger la population civile. En effet, fin mai 2016, des pluies torrentielles se sont abattues sur le nord-ouest de la France et plusieurs centaines de personnes sont restées coincées sur les routes. Il a donc fallu les secourir et les amener vers des zones d'hébergement d'urgence dans les villes et villages alentours.

2 Les forces armées françaises ont de nombreuses missions. Sur le territoire national, elles participent par exemple au plan Vigipirate destiné à protéger la population contre de possibles attaques terroristes dans les lieux les plus fréquentés comme les gares, les aéroports ou les lieux touristiques.

3 Note pour le sommet de l'Union européenne

L'armée française est au service des valeurs de la République et de l'Union européenne. Elle est chargée de défendre la démocratie et les droits de l'homme sur son territoire, en Europe et dans le monde, tout en assurant la défense de sa population et de la population européenne en général.

L'astuce du prof

Faites bien le lien entre les valeurs (démocratie, défense de la population civile...) et l'opération que vous choisissez.

C'est à ce titre que l'armée française intervient au Sahel dans le cadre de l'opération Barkhane. Cette opération vise à lutter contre les groupes armés terroristes présents au Sahel en partenariat avec les États du G5 Sahel (Burkina Faso, Mali, Mauritanie, Niger et Tchad). Le but est d'aider les pays du G5 Sahel à lutter contre les terroristes, mais aussi d'empêcher que des terroristes entraînés dans cette zone ne rejoignent ensuite l'Europe pour y commettre des attentats. Cette opération vise à échanger des informations avec les pays du G5 Sahel, à coopérer avec leurs armées pour trouver des terroristes et des caches d'armes, à les aider à assurer seuls leur sécurité face aux terroristes et à aider les populations dans les zones occupées par les combattants djihadistes.

Sujet 47 L'engagement du citoyen : le service civique

30 min

Antilles-Guyane, juin 2017

Exercice 3 Enseignement moral et civique — 10 pts

Document 1 Campagne 2014 pour le service civique

Source : *www.service-civique.gouv.fr*

ENSEIGNEMENT MORAL ET CIVIQUE

Document 2 **Témoignage de Loïc Frohn, 18 ans, en mission à Unis-Cité[1] en Île-de-France (recueilli en juillet 2016)**

Titulaire d'un bac, et d'une première expérience professionnelle, et en quête de faire quelque chose qui avait du sens : « J'avais besoin de me sentir utile et j'avais aussi envie de consacrer un peu de mon temps à la citoyenneté et à la société ». Venant tout juste de terminer son service civique, sa mission consistait à aller principalement dans les établissements scolaires afin de diffuser un film [...] et proposer un débat animé autour d'un thème tiré du film.

« Cette mission m'a beaucoup apporté en termes d'enrichissement et en termes de rencontres, j'ai énormément appris lors de cette mission extraordinaire. J'ai récemment été choisi comme ambassadeur pour représenter Unis-Cité et ses volontaires et porter leurs valeurs ». « C'est aussi la raison pour laquelle j'ai choisi de participer au défilé du 14 juillet, afin de représenter les volontaires engagés à Unis-Cités, j'ai aussi des messages à porter : le message de la diversité, de l'union, de la solidarité mais j'ai aussi envie de montrer à tous que le service civique est une chance pour chaque jeune de montrer qu'il est capable de faire des choses bien, peu importe qui on est et d'où l'on vient… »

« Loïc Frohn, 18 ans », *www.service-civique.gouv.fr*, 11 juillet 2016.

1. Association en charge de promouvoir le service civique.

Questions

1 Indiquez, d'après les documents, dans quels « domaines d'action » se sont engagés ces volontaires du service civique.

2 Identifiez, à l'aide des documents, la valeur de la République que le service civique met en œuvre.

3 Relevez, dans le document 2, deux motivations de Loïc Frohn pour s'engager dans le service civique.

4 « En rendant service, on se rend service », affirme le slogan du document 1. Expliquez pourquoi à partir du témoignage de Loïc Frohn.

5 Vous décidez d'effectuer un service civique. En quelques lignes, présentez le domaine d'action dans lequel vous souhaiteriez vous impliquer et expliquez pourquoi.

Sujet 47 Corrigé

Les clés pour réussir

Bien comprendre les questions

Question 1

Vous pouvez trouver **plusieurs domaines d'action** sur l'affiche du document et un autre dans le témoignage du document 2. Ne vous limitez pas à deux domaines, mais essayez de tous les citer.

Question 2

La valeur n'est pas directement citée dans les documents, mais vous pouvez la déduire facilement des informations qui vous sont données. Pensez à **la devise de la République** pour retrouver ses valeurs.

Question 3

Vous pouvez trouver les **deux motivations** de Loïc dans le premier paragraphe du document 2. Citez-le, en n'oubliant pas de mettre des **guillemets.**

Question 4

Vous devez à la fois montrer que le service civique de Loïc **rend service à la société, mais aussi qu'il lui a été utile**, qu'il lui a apporté de nombreuses satisfactions et des perspectives d'avenir.

Question 5

Cette consigne vous donne toute liberté pour inventer les motivations de votre personnage, du moment que votre service civique est utile à la société. N'oubliez pas, comme vous le demande la consigne, de citer le domaine dans lequel vous vous engagez. Attention, la consigne vous demande de mettre en avant **vos motivations** et non de décrire en détail ce que vous allez faire.

Les mots-clés

Citoyenneté • Engagement • Service civique • Solidarité • Valeurs

→ fiche 15

1 Les domaines d'actions cités par les documents pour le service civique sont : la solidarité, la santé, le sport, la culture et l'éducation.

L'astuce du prof

Utilisez bien les deux documents.

2 La valeur de la République mise en œuvre par le service civique est la fraternité. En effet, il permet de développer la solidarité dans la société.

3 Loïc a pour motivation l'envie de se « sentir utile à la société » et de « consacrer un peu de (son) temps à la société et à la citoyenneté ».

L'astuce du prof

Les valeurs de la République sont « Liberté, Égalité, Fraternité ». Demandez-vous celle qui correspond le plus à la solidarité mise en avant par les documents.

4 Le slogan affirme qu'« en rendant service, on se rend service ». En effet, Loïc a rendu service à la société en étant bénévole dans les écoles au sein de l'association Unis-Cités. En retour, cette mission lui a beaucoup apporté « en termes d'enrichissement et en termes de rencontres ». Il ajoute d'ailleurs qu'il a beaucoup appris.

5 « Bonjour, je m'appelle Antoine. J'ai envie d'être utile à la société, mais je ne sais pas encore très bien dans quel domaine. J'ai décidé d'effectuer un service civique pour découvrir si travailler avec des jeunes me plaisait. J'ai été me renseigner auprès d'associations que je connaissais, mais ils avaient déjà de nombreux jeunes en service civique. Alors, je suis allé à la mairie et ils m'ont donné une liste d'associations qui en prenaient. Le travail de l'une d'elles m'a tout de suite plu : il s'agit d'aider les jeunes collégiens à faire leurs devoirs, mais aussi d'organiser des animations sportives et culturelles avec eux. Comme j'aime le sport et que j'aime bien rendre service, je suis sûr que ça va marcher et que je vais pouvoir aider des collégiens qui décrochent. »

L'astuce du prof

Mettez-vous dans la peau du jeune qui veut faire son service civique et inventez une association qui vous plaît.

Sujets d'oral

Sujet 48 Otto Dix, *Les Joueurs de skat*

15-25 min

Sujet inédit

Exposé

Seul : 5 min En groupe : 10 min

Projet

Dans le musée virtuel que nous avons élaboré dans notre Parcours Éducation culturelle et artistique, nous avons choisi *Les Joueurs de skat* d'Otto Dix. Nous vous présentons cette œuvre.

Parcours Éducation artistique et culturelle
Titre du projet Otto Dix, *Les Joueurs de skat*
Contenu du projet Savoir analyser une œuvre d'art

Document Otto Dix, *Les Joueurs de skat*, 1920.
Huile sur toile, 110 x 87 cm, Neue Nationalgalerie, Berlin

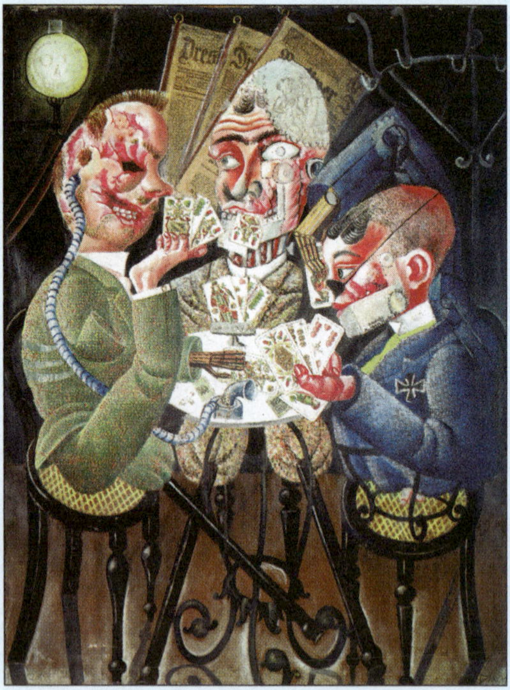

Entretien avec les examinateurs

Voici des questions que pourrait vous poser le jury :

1 Pourquoi avez-vous choisi de nous présenter cette œuvre ?

2 Pouvez-vous développer un peu plus la biographie d'Otto Dix et nous dire ce qui lui est arrivé quand Hitler est arrivé au pouvoir en Allemagne ?

3 Connaissez-vous d'autres tableaux qui ont le même thème que celui d'Otto Dix ?

4 Connaissez-vous d'autres tableaux qui concernent la Première Guerre mondiale ?

Sujet 48 Corrigé

Les clés pour réussir

Présenter le document

- Pour présenter un tableau, il vous faut relever le nom du peintre, le titre de l'œuvre, la date de sa création, ses dimensions, la technique utilisée et le type de support (ici, une peinture à l'huile sur une toile).
- Le lieu d'exposition de l'œuvre, indiqué ici, est moins indispensable.

Décrire les personnages et le décor

- Pour décrire les personnages, demandez-vous qui ils sont, ce qu'ils font et comment ils sont représentés.
- Il vous faut également vous demander comment le peintre place ses personnages dans le tableau, ce qu'il met dans la lumière et ce qu'il laisse dans l'ombre. Il faut donc s'interroger sur la « mise en scène », c'est-à-dire la composition du tableau choisie par le peintre.
- Vous pouvez essayer de repérer les lignes directrices du tableau, sa perspective, etc. Ici, il faut remarquer que l'espace est déformé.

Expliquer le tableau

- Pour expliquer un tableau, il faut se demander pourquoi le peintre a représenté cette scène et éventuellement si son tableau porte un message critique sur la société dans laquelle il vit.
- Pour *Les Joueurs de skat,* il existe un décalage entre le titre de l'œuvre qui semble nous présenter une scène conviviale de la vie quotidienne et son sens réel.
- Demandez-vous pourquoi Otto Dix a peint ce tableau et faites le lien entre vos observations et vos connaissances personnelles tirées du cours.

Exposé

Ce tableau intitulé ***Les Joueurs de skat*** est **une peinture d'Otto Dix datant de 1920**. C'est une **huile sur toile**, dont les dimensions sont de **1 m 10 sur 87 cm** ; c'est donc une peinture relativement petite. Otto Dix est lui-même un ancien combattant allemand de la Première Guerre mondiale. On l'a rattaché au mouvement expressionniste allemand qui cherchait à provoquer l'émotion du spectateur en déformant la réalité.

Les personnages présents ici ont tout le **corps mutilé et déformé**. Ce sont **d'anciens combattants, des « gueules cassées »** qui jouent aux cartes (au skat). Par exemple, le personnage de gauche n'a plus d'œil ; un conduit auditif posé sur la table lui sert d'oreille ; il a une main mécanique et tient ses cartes avec son pied. **Les autres personnages sont tout aussi déformés** ; celui de droite est juste posé sur sa chaise, dépourvu de jambes. **La déformation des corps est accentuée par la déformation de l'espace** : les chaises s'entremêlent à la table et aux jambes artificielles ; **des journaux rappelant des événements de la guerre** semblent être affichés au-dessus des têtes. **La lumière d'une ampoule électrique éclaire fortement la scène et souligne encore davantage la déformation des corps.**

À travers cette scène, Otto Dix dénonce **la violence des combats et le traumatisme subi par les anciens combattants**. Les mutilations sont là pour rappeler l'horreur des combats et **la brutalisation qu'a entraînée l'armement moderne**. Ces « gueules cassées » sont exclus de la société : ils ne peuvent plus que jouer aux cartes. **Otto Dix dénonce donc la guerre, mais aussi ses conséquences sur la société d'après-guerre**. Le traumatisme est physique, mais aussi psychologique et ne s'effacera jamais.

Gagnez des points !

Mobilisez vos connaissances d'histoire des arts pour mieux présenter le tableau et son auteur. Si vous connaissez le courant artistique auquel il se rattache, n'hésitez pas à l'insérer dans votre réponse.

Pièges à éviter

La partie « décrire » ne doit pas être trop longue : ne faites pas une liste sans fin de chaque détail du tableau, mais relevez les éléments les plus importants et que vous pourrez ensuite expliquer.

Gagnez des points !

Pensez à utiliser un vocabulaire précis appris en cours : « mutilés », « gueules cassées », « traumatisme », « brutalisation », etc.

Sujet 49 Aménagement des territoires français et engagement citoyen

15-25 min

Sujet inédit

Exposé

Seul : 5 min En groupe : 10 min

Projet

Dans le cadre du « Parcours citoyen » que nous avons suivi au collège, nous avons choisi de nous intéresser à la place et au rôle des citoyens dans la mise en œuvre des mesures prises en matière d'aménagement des territoires français.

Parcours Citoyen

Titre du projet Aménagement des territoires français et engagement citoyen

Contenu du projet Comprendre le rôle des citoyens dans l'aménagement des territoires

Document Manifestation contre le projet d'aéroport de Notre-Dame-des-Landes à Nantes en janvier 2016

SUJETS D'ORAL

Entretien avec les examinateurs

Voici des questions que pourrait vous poser le jury :

1 Quel est le principal mode d'expression de la citoyenneté dans la démocratie ?

2 À quelle liberté fondamentale peut-on associer le droit de manifester ?

Sujet 49 Corrigé

Les clés pour réussir

Présenter le sujet

- Le parcours Citoyen a pour double objectif de vous faire connaître les valeurs de la République et de vous conduire à devenir des citoyens responsables et libres : il faut donc montrer d'emblée aux examinateurs que votre sujet répond à ces deux exigences.
- Compte tenu de l'ampleur du sujet et du temps imparti, il convient de préciser au jury que vous ne pourrez pas multiplier les exemples dans le cadre de l'exposé (en prévoyant d'en citer d'autres au moment de l'entretien...).

Croiser les différentes approches disciplinaires

- La dimension géographique du sujet est essentielle. Elle relève principalement du Thème 2 du programme « Pourquoi et comment aménager le territoire ? ».
- Pour autant, n'oubliez pas que l'exposé et l'entretien doivent également mobiliser les connaissances et les compétences que vous avez construites dans d'autres champs disciplinaires (en histoire et en EMC notamment) tout au long de votre scolarité dans le cycle 4. Il s'agit donc d'employer certaines expressions-clés telles que « modèle social républicain », « liberté », « démocratie », « conquête des droits politiques »...

Exposé

Les inégalités sociales et économiques s'observent à toutes les échelles du territoire français. Ces disparités ont tendance à s'accentuer depuis quelques décennies sous l'effet de la métropolisation, de l'intégration européenne et de la mondialisation. Pour en atténuer la portée, l'État et les collectivités territoriales mettent en œuvre des **politiques d'aménagement du territoire**. Les mesures correspondantes ne sont pas toujours acceptées par les citoyens. Certains

Gagnez des points !

Inscrivez votre réflexion dans une perspective suffisamment large pour vous permettre d'apporter de nouvelles informations pendant l'entretien ; n'oubliez pas de « problématiser » l'exposé en terminant l'introduction par une question.

d'entre eux s'engagent alors dans une démarche de contestation parfois virulente... **Comment s'exerce la citoyenneté des Français en matière d'aménagement du territoire ?**

Envisageons l'exemple du projet de construction d'un nouvel aéroport international dans l'ouest de la France, à Notre-Dame-des-Landes. Le projet a été envisagé dès les années 1960 pour remplacer l'actuel aéroport de Nantes. Il a été relancé dans les années 2010 afin de répondre à la croissance attendue des flux aériens.

Depuis, ses détracteurs multiplient les initiatives pour que les autorités publiques renoncent à sa construction. Ils dénoncent en particulier les conséquences économiques et environnementales du projet. Privés de leurs terres et de leurs exploitations, les agriculteurs n'auraient en effet d'autre choix que de partir ; les paysages ruraux du territoire concerné en seraient profondément bouleversés.

Dans cette lutte, de simples citoyens unissent leurs efforts à ceux des militants de mouvements écologistes, de partis politiques ou d'organisations syndicales. Ils utilisent des moyens variés pour arriver à leurs fins : occupation de la ZAD (zone d'aménagement différé), pétitions, manifestations, blocages des voies de communication... En niant l'intérêt général et en refusant les nuisances subies par les riverains, les opposants sont accusés d'avoir un comportement de type « Nimby » ou « Banana ».

Gagnez des points !

Pour montrer l'étendue de vos connaissances et prendre appui sur l'actualité, vous pouvez établir des parallèles entre cette manifestation et d'autres mouvements d'opposition à des projets d'aménagement du territoire : installation de lignes à haute tension, construction du centre d'enfouissement des déchets nucléaires dans la Meuse...

Gagnez des points !

« Banana » (de l'anglais *build absolutely nothing anywhere near anyone*, soit « ne rien construire nulle part ni près de personne ») et « Nimby » (*not in my backyard*, soit « pas dans mon arrière-cour ») sont des acronymes qui désignent la résistance de la population locale face à des décisions d'aménagement de l'État.

L'expression de cette opposition est pourtant un signe de bonne santé de la démocratie en France : elle montre qu'un dialogue est possible entre citoyens et pouvoirs publics. L'exercice du débat contradictoire entre citoyens d'une part, et avec ceux qui les représentent d'autre part, garantit le respect des libertés fondamentales des Français.

Cette forme d'exercice de la citoyenneté se heurte à certaines limites comme en témoignent des actes de violence et de sabotage commis à l'occasion de manifestations récentes. C'est alors à la justice d'appliquer les règles de droit ; c'est également à elle de rendre un jugement quand les négociations entre l'État et ses opposants n'ont pas permis de trouver un compromis.

Entretien avec les examinateurs

1 Le vote au suffrage universel est un élément fondamental de la citoyenneté : c'est le fondement de la République française.

2 Manifester relève de la liberté d'expression, droit fondamental de tout citoyen français.

3 Cette question est l'occasion de démontrer que vous vous intéressez à la vie de votre commune, de votre département ou de votre région et que vous en serez bientôt un citoyen actif et éclairé. Vous pouvez en outre préciser de quelle manière les médias locaux ont rendu compte des arguments en présence pour aborder le rôle joué par la presse dans la vie sociale et politique du territoire concerné.

Sujet 50 Transports et mobilités urbaines en France

15-25 min

Sujet inédit

Exposé

Seul : 5 min En groupe : 10 min

Projet

Dans le cadre de l'enseignement pratique interdisciplinaire « Transition écologique et développement durable », nous avons réfléchi aux enjeux liés à la question des transports et des mobilités dans les villes françaises.

EPI Transition écologique et développement durable

Titre du projet Transports et mobilités urbaines en France

Contenu du projet Exploiter une photographie de presse

Document **Station de rechargement de véhicules électriques en partage à Grenoble**

Depuis 2014, les habitants de l'aire urbaine de Grenoble disposent d'un service d'autopartage de véhicules 100 % électriques ; il complète l'offre de transports publics en proposant une solution pour les premiers ou les derniers kilomètres des déplacements individuels en agglomération.

Entretien avec les examinateurs

Voici des questions que pourrait vous poser le jury :

1 Par quel terme désigne-t-on un déplacement qui associe des moyens de transport différents ?

2 Pour quelles raisons le nombre de déplacements quotidiens dans les aires urbaines métropolitaines françaises a-t-il considérablement augmenté au cours de ces dernières années ?

3 Quelle distinction faire entre « mobilité douce » et « écomobilité » ?

Sujet 50 Corrigé

Les clés pour réussir

Présenter le sujet

- L'introduction de votre exposé doit permettre aux examinateurs de comprendre immédiatement l'intérêt du sujet traité. Il convient d'en indiquer clairement le sens et la « problématique », c'est-à-dire la question générale autour de laquelle s'articulera votre démonstration.
- Il ne s'agit pas de définir un à un les termes que vous allez utiliser : les précisions sur le vocabulaire pourront être apportées au fil de votre intervention ou en réponse à la question posée par un membre du jury.

Croiser les différentes approches disciplinaires

- La dimension géographique du sujet est essentielle. Elle relève principalement du premier thème du programme « Dynamiques territoriales de la France contemporaine ».
- Cependant, l'exposé et l'entretien doivent également mobiliser et mettre en relation les connaissances d'autres champs disciplinaires :

– en physique : mouvement et interaction, l'énergie et ses conversions...
– en SVT : la planète Terre, l'environnement et l'action humaine...
– en technologie : design, innovation et créativité ; les objets techniques, les services et les changements induits dans la société...

Convaincre les membres du jury

- Parmi les critères de réussite de l'épreuve, votre capacité de conviction joue un rôle majeur ; il s'agit de s'exprimer clairement, en utilisant un langage précis et adapté et en suivant un plan cohérent.
- À l'issue de l'exposé, il faut aborder l'entretien d'une manière sereine tout en restant bien concentré afin d'apporter aux examinateurs les précisions qu'ils attendent.

Exposé

En France, **80 % de la population vit au sein de grandes aires urbaines**. Avec leur extension et la multiplication des déplacements individuels, les **mobilités urbaines ont considérablement augmenté**, ce qui aggrave les problèmes de pollution dans l'ensemble des métropoles du pays.

Dès lors, comment rendre compatibles développement des transports urbains et **développement durable** ? Plusieurs éléments de réponse peuvent être envisagés :

– le **développement des transports collectifs** : nettement moins polluants que la voiture, ils exigent des investissements importants qui ne peuvent s'envisager qu'à moyen ou long terme ;

– la mise en œuvre d'une **offre de transports alternative** : covoiturage, parc de véhicules électriques en partage, gyropodes, etc. ;

– la promotion des **mobilités douces** : vélos, rollers et trottinettes constituent des moyens de se déplacer sans émission de gaz à effet de serre.

Les transformations des modes de transport sont encore malgré tout insuffisantes pour diminuer significativement leur impact environnemental : les mesures de restriction de la circulation en cas de pic de pollution, la gratuité du stationnement résidentiel, la création de nouvelles infrastructures en site propre et la création d'écoquartiers sont autant de mesures qui montrent cependant que le modèle de la **« ville durable »** s'impose peu à peu comme la seule perspective viable.

Gagnez des points !

Votre exposé doit être le reflet de votre investissement dans un projet ; il faut que votre présentation soit construite comme une démonstration, une réponse à la question que vous vous êtes posée initialement.

Pièges à éviter

Il n'est pas toujours possible d'accorder la même importance à chaque argument, faute de temps. Ne retenez que ce qui vous semble fondamental et soulignez le caractère transversal de vos explications.

Entretien avec les examinateurs

1 On parle d'**intermodalité** ou de **multimodalité.** En ville, le nombre et la diversité des déplacements individuels (origine et destination des flux, horaires et fréquence des déplacements...) sont tels que l'offre de transports collectifs ne peut répondre seule aux besoins. Les citadins doivent pour la majorité d'entre eux combiner des modes de transport distincts pour se rendre d'un lieu à un autre.

2 **Le nombre de déplacements quotidiens a fortement augmenté** ces dernières années

Gagnez des points !

Les plans de déplacement urbain privilégient de plus en plus l'aménagement de lieux articulant plusieurs modes de transport. N'hésitez pas à donner des exemples : parkings à proximité des stations de tramway, stations de location de vélos à la sortie du métro...

dans les principales aires urbaines françaises, **la voiture étant de loin le mode de transport le plus répandu**. Ainsi, parmi les 25 millions de Français qui quittent quotidiennement leur domicile, 19 millions se déplacent en voiture. La majorité du parc automobile roule au **diesel**, l'un des carburants les plus polluants. Les déplacements en transports en commun augmentent également : en Île-de-France, ils représentent désormais un total annuel de 4,3 milliards de voyages. **Plusieurs facteurs justifient l'augmentation de la mobilité des citadins** : les aires urbaines s'étendent ; la distance entre le lieu de résidence et le lieu d'activité s'accroît : cela entraîne l'allongement des déplacements de la population active tant en distance qu'en temps de trajet ; les modes de vie évoluent : le développement de nouvelles pratiques culturelles et récréatives repose souvent sur la fréquentation de lieux parfois très éloignés les uns des autres, etc.

3 L'expression **« mobilité douce »** désigne les **modes de déplacement qui ont uniquement recours à l'énergie humaine**, tels que la marche à pied, les rollers et le vélo. Ils permettent d'agir contre les différentes formes de pollution urbaine (atmosphérique, sonore...) et plus largement de **réduire la production de gaz à effet de serre**.

L'écomobilité associe la mobilité douce et les modes de transport motorisés les plus respectueux de l'environnement, tels que les transports publics, le covoiturage et l'autopartage. De « nouveaux » moyens de transport urbain (gyropode, monocycle ou skate électrique) à faible consommation énergétique sont assimilés aux piétons et permettent aux citadins de circuler sur les trottoirs.

Révisions et méthode

Nathan live!

▶ En flashant cette page, des exercices interactifs sur tous les thèmes du programme.

1 Repères chronologiques de la 3e

Date	Repère	Description
1914-1918	La Première Guerre mondiale	Guerre caractérisée par la violence de masse : guerre de tranchées, violences contre les civils (génocide des Arméniens).
		1916 : Bataille de Verdun. Attaque allemande de la France sur le front de l'ouest. Verdun est le symbole de la guerre totale : guerre de tranchées, guerre industrielle, mobilisation de l'arrière, très lourdes pertes.
		11 novembre 1918 : Armistice signé par la France et l'Allemagne, qui met fin aux combats et à la Première Guerre mondiale.
1917	La Révolution russe	Coup d'État bolchevique organisé par Lénine et Trotski. Mise en place par Lénine du régime communiste en Russie, le premier dans l'histoire.
1924-1953	Staline au pouvoir	Staline succède à Lénine à la tête de l'URSS. Il organise la collectivisation des terres et met en place un régime totalitaire.
1933-1945	Hitler au pouvoir	Chef du parti nazi, Hitler met en place un régime totalitaire fondé sur le culte du chef, la supériorité de la race aryenne, l'antisémitisme et la conquête de l'espace vital, qui mène à la Seconde Guerre mondiale.
1936	Victoire électorale et lois sociales du Front populaire	Les mesures prises par le gouvernement du Front populaire font progresser la démocratie sociale : reconnaissance du droit syndical, semaine de 40 heures, 14 jours de congés payés.
1939-1945	La Seconde Guerre mondiale	Guerre d'anéantissement. Elle se déroule sur tous les continents et son bilan humain est très lourd (50 millions de victimes, génocide des Juifs et des Tziganes). Sa fin est marquée par la capitulation de l'Allemagne le 8 mai 1945 en Europe et par la capitulation du Japon, après l'explosion des bombes atomiques sur Hiroshima et Nagasaki en août 1945.
18 juin 1940	Appel du général de Gaulle	Acte de naissance de la Résistance française. De Gaulle prononce depuis la radio de Londres un appel aux Français pour refuser l'armistice demandé par Pétain.
1940-1944	Le régime de Vichy	Régime de dictature mis en place par le maréchal Pétain, qui mène une politique de collaboration avec l'Allemagne nazie.

Date	Repère	Description
1944-1945	Libération de la France	Libération par les armées alliées qui débarquent en France et par la Résistance intérieure.
	Rétablissement de la République (la IVe)	Le Gouvernement provisoire de la République française rétablit la République et fait progresser la démocratie : droit de vote accordé aux femmes (1944), sécurité sociale pour tous (1945).
1947-1962	Principale phase de décolonisation	Indépendance de la plupart des colonies des États européens, par la négociation (Inde) ou par la guerre (Algérie).
1961-1989	Le Mur de Berlin	**1961** : contexte de guerre froide. Construction par la RDA, soutenue par l'URSS, d'un mur qui isole Berlin Ouest (RFA), et empêche les Allemands de l'Est de migrer vers l'Allemagne de l'Ouest, soutenue par les États-Unis.
		1989 : destruction du mur de Berlin par les Berlinois de l'Est. Fin de la guerre froide.
1957	Les traités de Rome	Signés en 1957 entre six États européens, ils créent la Communauté économique européenne (CEE).
1958-1969	Les années de Gaulle	Retour au pouvoir du général de Gaulle en 1958 : il fonde la Ve République, dont la Constitution accorde un pouvoir fort au président de la République.
1981-1995	Les années Mitterrand	Pour la première fois sous la Ve République, arrivée de la gauche au pouvoir avec l'élection du socialiste François Mitterrand à la présidence de la République. L'alternance politique est ensuite à l'origine de deux cohabitations.
1992	Le traité de Maastricht	Ce traité marque la création de l'Union européenne (28 États en 2015), grand marché intérieur où circulent librement les marchandises, les services et les personnes. Les citoyens des États membres disposent de la citoyenneté européenne.
1995-2007	Les années Chirac	Retour de la droite au pouvoir avec l'élection de Jacques Chirac à la présidence de la République, mais cohabitation de cinq années avec la gauche.
2002	L'euro, monnaie européenne	Monnaie commune qui remplace les monnaies nationales dans 19 États de l'UE, dont la France.

2 Repères spatiaux de la 3e

Repère	Description	Carte-repère	Voir sujet
Dynamiques territoriales de la France contemporaine	Une dizaine d'aires urbaines françaises parmi les plus peuplées. La distribution de la population, les principaux espaces fortement peuplés. Des exemples d'aires urbaines dynamiques, de métropoles et d'espaces insérés dans la mondialisation. Des points d'entrée du territoire comme des ports et des aéroports, des interfaces frontalières, des façades maritimes. Des grands repères physiques : massifs montagneux et forestiers, grandes vallées et grands fleuves, domaines bioclimatiques en lien avec l'étude des dynamiques spatiales de la population.	→ 20 → 23 → 24 → 25 → 27 → 28	→ sujet 23 → sujet 24 → sujet 25 → sujet 26 → sujet 27 → sujet 28
Pourquoi et comment aménager le territoire ?	La nouvelle région administrative du collège ; les 13 régions métropolitaines ; les axes de transport ; les grands traits de l'organisation du territoire national ; les territoires ultramarins parmi lesquels les 5 DROM.	→ 19 → 26 → 27 → 28 → 29 → 30	→ sujet 29 → sujet 30 → sujet 31
La France et l'Union européenne	La carte des États membres de l'UE ; l'UE sur un planisphère montrant les grands pôles économiques mondiaux ; les principales métropoles européennes et les sièges des institutions européennes ; la mégalopole européenne et les grands axes de l'espace européen ; l'exemple de la région transfrontalière étudiée. Les façades maritimes européennes et quelques fleuves principaux ; le territoire français ultramarin ; quelques États francophones dans le monde.	→ 21 → 22 → 27 → 28 → 29 → 30	→ sujet 32 → sujet 33 → sujet 34

3 Civils et militaires pendant la Première Guerre mondiale

Les dates-clés

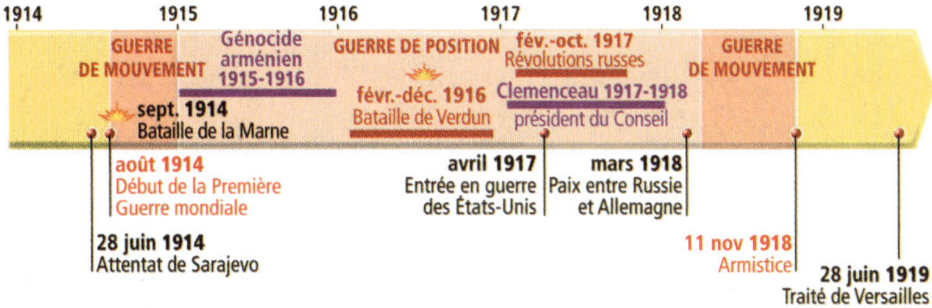

L'essentiel à retenir

Pourquoi la Première Guerre mondiale est-elle une guerre d'un genre nouveau ? Pourquoi a-t-elle des conséquences si importantes ?

Guerre totale : mobilisation des sociétés

- mobilisation générale des hommes en âge de se battre
- mobilisation de la population civile dans les champs et les industries de guerre
- mobilisation des esprits : propagande et « bourrage de crânes », censure
- mobilisation économique : industries de guerre, emprunts nationaux, mobilisation des scientifiques, etc.

Violence et brutalisation des sociétés

- violence extrême des combats : guerre de tranchées, armement moderne, 9 millions de soldats tués
- conditions de vie déplorables dans les tranchées
- répercussion de cette violence dans la société civile (deuil, propagande qui déshumanise l'ennemi, difficile réinsertion des invalides, etc.)
- ces violences engendrent d'autres violences : génocide arménien, insurrections révolutionnaires

Conséquences territoriales et politiques

- l'Allemagne et ses alliés déclarés responsables de la guerre par le traité de Versailles et lourdement sanctionnés
- les frontières de l'Europe sont entièrement redessinées
- la guerre est un des déclencheurs de la révolution bolchevique en Russie, en octobre 1917
- la Révolution russe entraîne une vague révolutionnaire en Europe au lendemain de la guerre

4 Les régimes totalitaires dans les années 1930

Les dates-clés, l'Allemagne nazie

1918 – 1920 : IIème Reich — 1920 – 1933 : RÉPUBLIQUE (1929 – 1933 : Crise économique et sociale) — 1933 – 1939 : IIIème Reich

- **11 nov. 1918** Armistice et défaite de l'Allemagne
- **1919** Traité de Versailles qui humilie l'Allemagne et met fin au IIème Reich
- **1923** Échec de la prise de pouvoir par la force d'Hitler et son parti nazi
- **1 mars 1933** Le parti gagne les élections. Hitler chancelier
- **1934** Hitler obtient les pleins pouvoirs. Il devient « Reichsführer »
- **1935** Loi de Nuremberg
- **2 septembre 1939** Hitler envahit la pologne, début de la Seconde Guerre mondiale.

L'essentiel à retenir

Définition d'un régime totalitaire	L'URSS de Staline, un régime totalitaire	L'Allemagne nazie, un régime totalitaire
Une dictature personnelle… – un seul chef – un seul parti – privation des libertés	**Une dictature personnelle…** – Staline – le Parti communiste – Ex. : liberté de la presse, liberté de circulation, etc.	**Une dictature personnelle…** – Hitler – le Parti nazi – Ex. : liberté de la presse, liberté de penser, etc.
… qui vise à imposer une idéologie…	**… qui vise à imposer le communisme…** – collectivisation – planification – égalitarisme et société sans classe	**… qui vise à imposer une idéologie raciste et nationaliste…** – mythe de la « race aryenne » – persécution des Juifs – espace vital
… en encadrant et en terrorisant la population – embrigadement dans des organisations à tout âge de la vie – propagande et culte de la personnalité – déportation et terreur par une police politique	**… en encadrant et en terrorisant la population** – école et Jeunesses communistes – culte de la personnalité autour de Staline, propagande pour la collectivisation – NKVD et goulags	**… en encadrant et en terrorisant la population** – école et Jeunesses hitlériennes – culte de la personnalité autour d'Hitler, propagande antisémite – SS, Gestapo et camps de concentration

5 La République de l'entre-deux-guerres : une démocratie fragilisée

Les personnages-clés

Georges Clemenceau
1841-1929
Homme politique français, défenseur de la République. Deux fois président du Conseil, il est surnommé le « Tigre » en raison de sa lutte acharnée contre les criminels, puis, pendant la guerre, contre les Allemands. En 1918, il devient le « Père la victoire ».

Léon Blum
1872-1950
Principal responsable de la SFIO (parti socialiste), il est le président du Conseil du Front populaire en 1936. Déporté pendant la Seconde Guerre mondiale, il revient à la vie politique à la Libération.

L'essentiel à retenir

La France…

… dans les années 1920, une république victorieuse, mais fragilisée	… dans les années 1930, une république en crise, mais victorieuse
– fin de l'Union sacrée – agitation sociale et risque révolutionnaire	– crise économique et sociale – agitation politique des ligues d'extrême droite
– victoire de la droite – division de la gauche entre SFIO et PCF au Congrès de Tours	– victoire du Front populaire en 1936 – mesures sociales qui améliorent la vie des classes populaires – forte opposition au Front populaire d'une partie de la population

6 La Seconde Guerre mondiale, une guerre d'anéantissement (1939-1945)

Les dates-clés

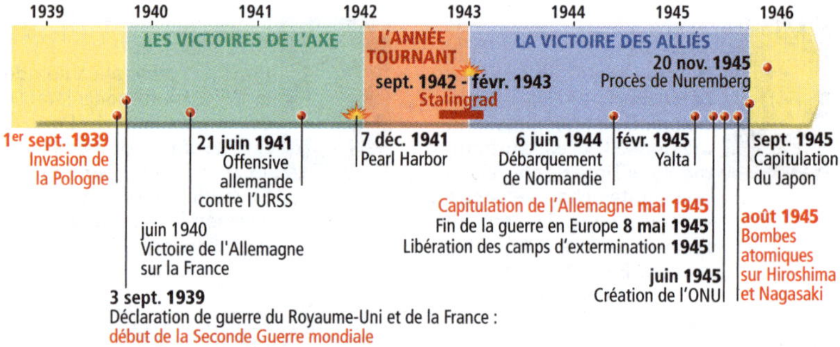

L'essentiel à retenir

La Seconde Guerre mondiale : une rupture majeure

Une guerre d'anéantissement aux dimensions planétaires
- guerre totale et mondiale
- choc des idéologies
- destruction de masse avec des villes entières détruites
- crimes contre l'humanité et Shoah
- plus de 50 millions de morts

La domination nazie sur l'Europe conduit à la barbarie
- différents modes d'occupation, de l'annexion à la collaboration
- pillage économique et humain
- répression et terreur
- mise en œuvre de la « solution finale »

La Seconde Guerre mondiale fait naître un nouvel ordre international
- l'Europe est affaiblie
- les colonies réclament plus ouvertement leur indépendance
- les États-Unis et l'URSS apparaissent comme les deux grands vainqueurs de la guerre
- l'ONU est créée pour « développer entre les nations des relations amicales » et maintenir la paix dans le monde

7 La France défaite et occupée : régime de Vichy, collaboration, Résistance

Les personnages-clés

Philippe Pétain 1856-1951 Maréchal de France après la Première Guerre mondiale, il devient le chef du gouvernement de Vichy qui collabore avec l'Allemagne de 1940 à 1944. Condamné à mort en 1945, il est ensuite gracié.

Charles de Gaulle 1890-1970 Général français qui refuse la défaite et lance depuis Londres, le 18 juin 1940, un appel à la résistance. Il est le chef de la France libre de 1940 à 1944.

Jean Moulin 1899-1943 Préfet d'Eure-et-Loir en 1940, il est révoqué par Vichy et rejoint de Gaulle qui le charge d'unifier les mouvements de la Résistance intérieure. Arrêté et torturé par la Gestapo, il meurt sans parler en 1943.

L'essentiel à retenir

	La France de Vichy	La France de la Résistance
Face à la défaite	– Pétain annonce qu'il demande l'armistice le 17 juin 1940 – Pétain accepte des conditions d'armistice très défavorables à la France – il prend les pleins pouvoirs, mettant fin à la IIIe République et met en place un régime autoritaire opposé aux valeurs républicaines	– Le général de Gaulle lance un appel à la résistance le 18 juin 1940 – de Gaulle organise la France libre pour continuer la guerre aux côtés des Alliés – de Gaulle incarne la continuité républicaine et est reconnu par les Alliés comme chef de la France libre
Face aux Allemands	– le gouvernement de Vichy collabore avec l'occupant nazi : il organise le STO, met en place une législation antisémite et participe à la déportation des Juifs – la milice traque les résistants et les livre à la Gestapo	– la France libre participe aux combats aux côtés des Alliés – les mouvements, réseaux et maquis de la Résistance intérieure mènent une lutte politique et militaire contre les nazis et les collaborateurs
Face à la Libération	– le procès de Pétain et de la collaboration s'ouvre à la Libération. Pétain est condamné à mort, puis sa peine est commuée en prison à vie – les collaborateurs sont considérés comme des criminels et jugés	– le programme du CNR prépare la Libération et la refondation de la République – de Gaulle devient le chef du GPRF dès juin 1944 – en 1946, une nouvelle Constitution est adoptée : c'est la IVe République

8 Le monde depuis 1945

Les personnages-clés

H. Truman
1884-1972
Président des États-Unis de 1945 à 1952.

Gandhi
1869-1948
Partisan de l'indépendance de l'Inde.

J.-F. Kennedy
1917-1963
Président des États-Unis de 1961 à 1963.

R. Reagan
1911-2004
Président des États-Unis de 1980 à 1988.

M. Gorbatchev
Né en 1931, dirigeant de l'URSS de 1985 à 1991.

J. Staline
1879-1953
Révolutionnaire russe, dirigeant du Parti communiste, puis de l'URSS qu'il gouverne seul à partir de 1928. Il installe un régime totalitaire qui fait des millions de victimes.

L. S. Senghor
1906-2001
Poète et homme politique sénégalais. Indépendantiste pendant la colonisation, il devient président du Sénagal décolonisé en 1960.

Les dates-clés

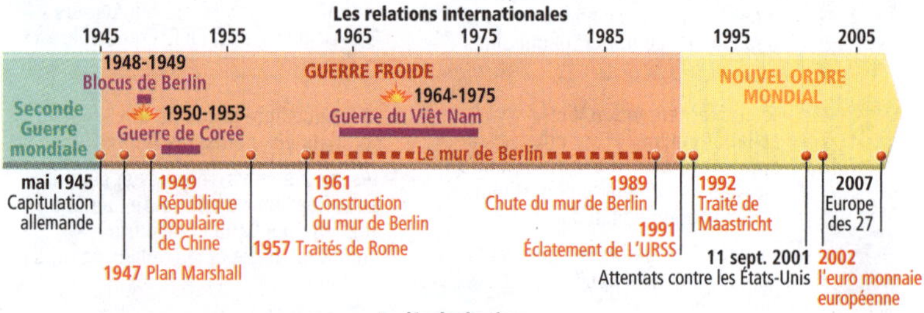

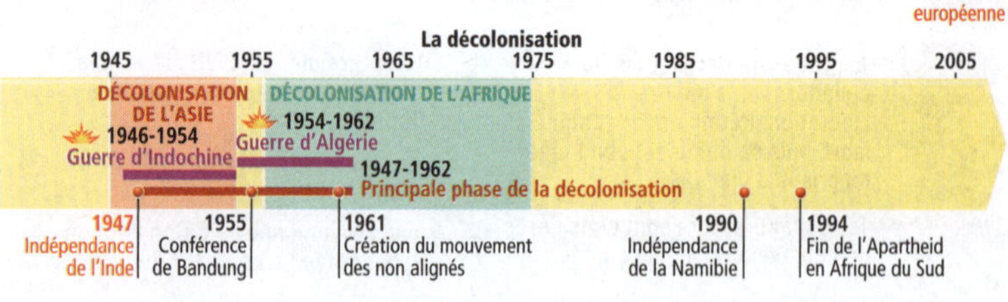

9 La Ve République à l'épreuve de la durée

Les personnages-clés

La France depuis 1958

C. de Gaulle

G. Pompidou

V. G. d'Estaing

F. Mitterrand

J. Chirac

N. Sarkozy

F. Hollande

E. Macron

L'essentiel à retenir

Changements politiques et institutionnels	Changements culturels et sociaux
Les années de Gaulle (1958-1974)	
– constitution de la Ve République – régime présidentiel – élection du président au suffrage universel direct – fin de la guerre d'Algérie et de la décolonisation – politique de grandeur – indépendance face aux États-Unis – dissuasion nucléaire – rapprochement franco-allemand – démission de de Gaulle (1969) – présidence de Pompidou (1969-1974)	– société de consommation – mixité dans les collèges – contraception – émergence de la jeunesse (rock, mouvement hippie…) – contestation de l'ordre établi et de la société de consommation : Mai 68 – naissance du MLF – Trente Glorieuses – immigration massive
La Ve République depuis les années 1970	
– Giscard d'Estaing, président (1974-1981) : centre-droit – Mitterrand (1981-1995) : gauche 2 cohabitations avec des Premiers ministres de droite : • Chirac (1986-1988) • Balladur (1993-1995) – Chirac (1995-2007) : droite 1 cohabitation avec un Premier ministre de gauche : • Jospin (1997-2002) – Sarkozy (2007-2012) – Hollande (2012-2017) – Macron, élu en 2017	– majorité à 18 ans – légalisation de l'avortement – abolition de la peine de mort – 5e semaine de congés payés – loi Roudy sur l'égalité professionnelle hommes/femmes – RMI – PACS – loi des 35 heures – parité hommes/femmes – réforme des retraites – ralentissement de l'immigration – société multiculturelle et xénophobie

10 Les aires urbaines, une nouvelle géographie d'une France mondialisée

L'essentiel à retenir

Urbanisation et étalement urbain

- Un pays de citadin, 80 % des Français habitent en villes.
- Des villes qui s'étalent par la formation de banlieues puis de couronnes périurbaines.
- Un étalement dû au manque d'espace dans les villes-centres et à la recherche d'un meilleur cadre de vie.
- Un étalement remis en question car il provoque trop de déplacements quotidiens, de pollution et la disparition de l'espace naturel ou agricole.

Métropolisation et mondialisation

- Les aires urbaines ne sont pas toutes égales, les plus grandes sont des métropoles qui exercent une grande influence sur leur région.
- Paris, seule métropole française de rang mondial, occupe une place à part.
- Certaines aires urbaines restent à l'écart, sont au contraire en difficultés et en train de « rétrécir ».
- Cette hiérarchisation s'explique par le phénomène de mondialisation qui accentue d'une part la métropolisation des grandes aires urbaines du Sud et de l'Ouest, et d'autre part les difficultés des aires urbaines du Centre ou du Nord-Est.

Paris, métropole dominante en France

- Paris est une ville et une métropole mondiale par ses activités économiques, touristiques, diplomatiques et logistiques.
- Paris et son agglomération doivent faire face à de nombreux défis : l'augmentation des inégalités, la gentrification, la concurrence mondiale et la saturation des transports en commun. Pour y répondre, un grand projet : le Grand Paris.

Les chiffres-clés

- Densité : 118 hb./km²
- Taux d'urbanisation : 85 %
- Nombre d'aires urbaines : 792
- Population vivant dans une aire urbaine : 95 %
- Métropole de plus d'un million d'habitants : 7
- La plus grande aire urbaine : Paris (12,7 millions d'habitants)

Les composantes d'une aire urbaine

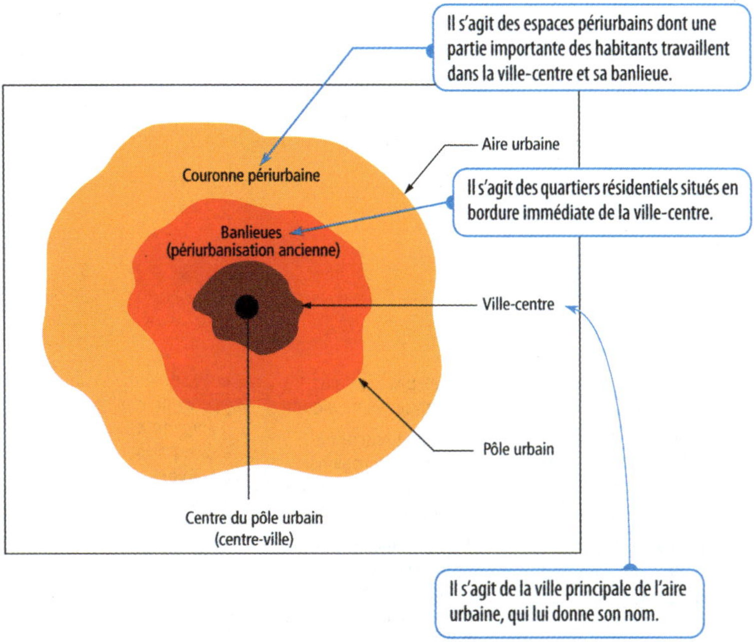

11 Dynamique des espaces productifs

L'essentiel à retenir

Une puissance agricole en question

- grande variété des productions
- bonne intégration au marché européen et mondial (PAC)
- agriculture intensive
- limites de ce développement (pollution, revenus en baisse, déprise rurale, etc.)

Une puissance industrielle en pleine mutation

- un des pays les plus industrialisés du monde
- désindustrialisation de certaines régions qui entament leur reconversion
- de nouveaux facteurs de localisation : grands axes de communication, métropoles et littoraux

Des services de plus en plus importants

- le 1er secteur économique en terme d'emplois, de richesse et d'exportation
- ce développement s'explique par la hausse du niveau de vie des Français
- la répartition des services au profit des métropoles et notamment de Paris

Trois types d'espaces sont particulièrement dynamiques

Les métropoles

- disponibilité d'une main-d'œuvre qualifiée
- collaboration entre entreprises favorisée par leur proximité
- présence d'universités et de centres de recherche
- bonne connexion aux axes de communications nationaux

Les littoraux

- possibilité d'exploiter les ressources de la mer
- possibilité de développer les activités touristiques
- possibilité de développer des activités industrialo-portuaires
- connexion aux axes de communication maritimes mondiaux

Les régions frontalières

- possibilité d'utiliser la main-d'œuvre transfrontalière
- collaboration facilitée par la proximité avec des entreprises étrangères
- possibilité de jouer sur les variations d'impôts ou de taxes entre les pays frontaliers

12 L'Union européenne, « un nouveau territoire »

L'essentiel à retenir

Une Union multiforme

- libre circulation des marchandises : traité de Rome 1957
- libre circulation des personnes : traité de Schengen, 1985
- monnaie commune : euro, 2002

Une Union hétérogène

- d'importants écarts de richesses entre :
  - les pays du nord et de l'ouest (riches)

  … et …
  - les pays du sud et de l'est (en retard)

Une Union solidaire

- fonds structurels : subventions de l'UE en faveur des régions les plus pauvres
- principe de cohésion sociale et territoriale

La carte-clé : Les territoires de l'UE

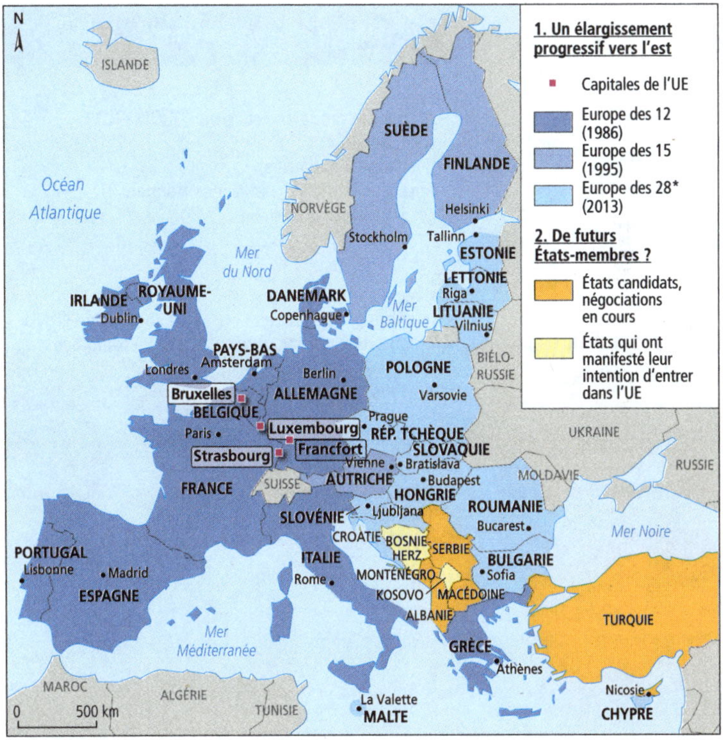

* Suite au référendum du 23 juin 2016, le Royaume-Uni a décidé de quitter l'Union européenne.

13 La France, une puissance d'influence

Les chiffres-clés

- 5 DROM
- 7 COM
- 2,5 millions d'habitants dans les territoires d'Outre-mer
- La France possède la 2e ZEE au monde
- 270 millions de francophones
- Le français, 2e langue utilisée sur Internet
- 84 millions de touristes étrangers par an en France
- 5e PIB au monde
- 1re puissance agricole européenne

L'essentiel à retenir

Influence française dans le monde

Influence culturelle
- présence française grâce aux DROM-COM
- francophonie
- 2 millions d'expatriés
- alliances françaises et lycées français
- 1er pays visité au monde

Influence diplomatique et militaire
- dissuasion nucléaire
- membre permanent du Conseil de sécurité de l'ONU
- nombreuses interventions de l'armée française pour la défense de la paix
- membre fondateur de l'UE

Influence économique
- 5e PIB au monde
- nombreuses FTN
- 1re puissance agricole européenne
- membre du G20

14 Les espaces de faible densité

L'essentiel à retenir

Les espaces de faible densité, ce sont...	Les espaces de faible densité sont avant tout des espaces agricoles	Les espaces de faible densité ont des atouts
– des espaces qui comptent moins de 30 habitants au km^2 ; – des espaces localisés dans la diagonale du vide et dans les zones de montagnes.	– une agriculture productiviste dans de grandes plaines notamment céréalières ; – une agriculture extensive dans les zones de montagnes soit en déclin soit dynamiques grâce aux labels (AOC, agriculture biologique).	– leur riche patrimoine naturel et culturel, l'aménagement de parcs naturels qui sont des atouts pour le tourisme vert et l'installation de résidences secondaires ; – leur cadre de vie attractif pour les néoruraux qui recherchent la vie à la campagne tout en ayant une profession en ville : développement du télétravail.

Les chiffres-clés

- Faible densité : moins de 30 habitants au km^2
- Espaces « désertifié » : moins de 10 habitants au km^2
- Densité moyenne en France : 118 habitants au km^2
- Part de la population vivant dans des espaces de faible densité : 7 %
- Part du territoire comportant des espaces de faible densité : 40 %
- Exode urbain : chaque année 100 000 citadins quittent la ville pour s'installer à la campagne

15 La République et la citoyenneté

L'essentiel à retenir

Citoyenneté

↓

Conditions

- nationalité
- majorité
- possession des droits civils et politiques

qui supposent

Des droits

- droit de vote et d'éligibilité
- majorité civile, matrimoniale et pénale
- droits civils, civiques, en justice (jurés, témoignage, etc.)

Des devoirs

- service national universel

\+

d'autres droits et devoirs s'appliquant à tous les habitants de la **France, République indivisible, laïque, démocratique et sociale**

Des droits

- droits d'opinion, d'expression et de croyance
- droits sociaux et culturels (droit au travail, à la santé, au chômage, aux loisirs, à l'éducation, etc.)

Des devoirs

- respect de la loi
- payer des impôts
- fraternité et solidarité
- civisme
- engagement associatif

16 La vie démocratique

Les personnages-clés

Pouvoir exécutif	Pouvoir législatif	Collectivités territoriales
– président de la République – Premier ministre – ministres – conseillers d'État – président de la Cour des comptes – préfets – fonctionnaires	– députés de l'Assemblée nationale – sénateurs – membres du Conseil constitutionnel	– maires et conseillers municipaux – président du conseil départemental et conseillers départementaux – Président du conseil régional et conseillers régionaux

L'essentiel à retenir

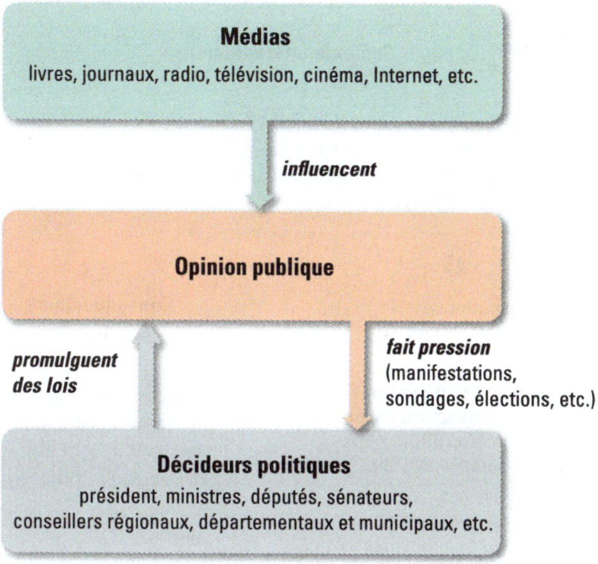

17 La défense et la paix

Les principaux acteurs de la sécurité collective

- les États comme la France
- les ONG, par exemple :
  – Médecins sans frontières
  – Handicap International
  – Action contre la faim
- l'ONU

L'essentiel à retenir

Contexte international

– fin de la guerre froide
– atténuation de la menace nucléaire
– développement de la menace terroriste
– nouveaux conflits frontaliers (ex-Yougoslavie, pays africains, etc.)
– émergence d'une politique de défense européenne

Conséquences sur la défense nationale

– une nouvelle organisation : fin de la conscription, armée professionnelle, JDC, défense européenne, etc.
– de nouvelles missions : maintien de la paix dans le monde dans différentes organisations, missions humanitaires

Conséquences sur la sécurité collective

– les États-Unis, « gendarmes du monde », ont une influence prépondérante à l'ONU
– rôle accru de l'ONU
– rôle de plus en plus important des ONG

18 Les institutions de la Ve République

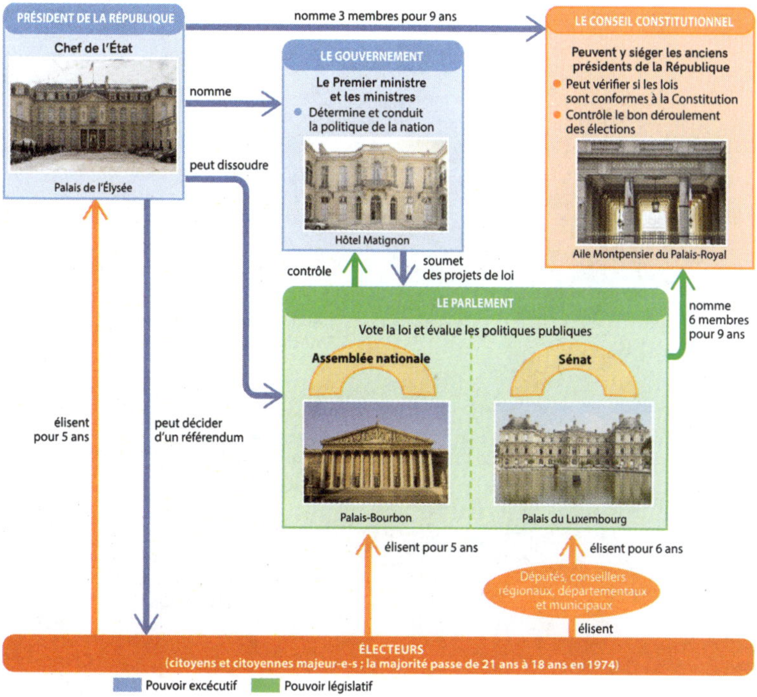

19 Les régions de France

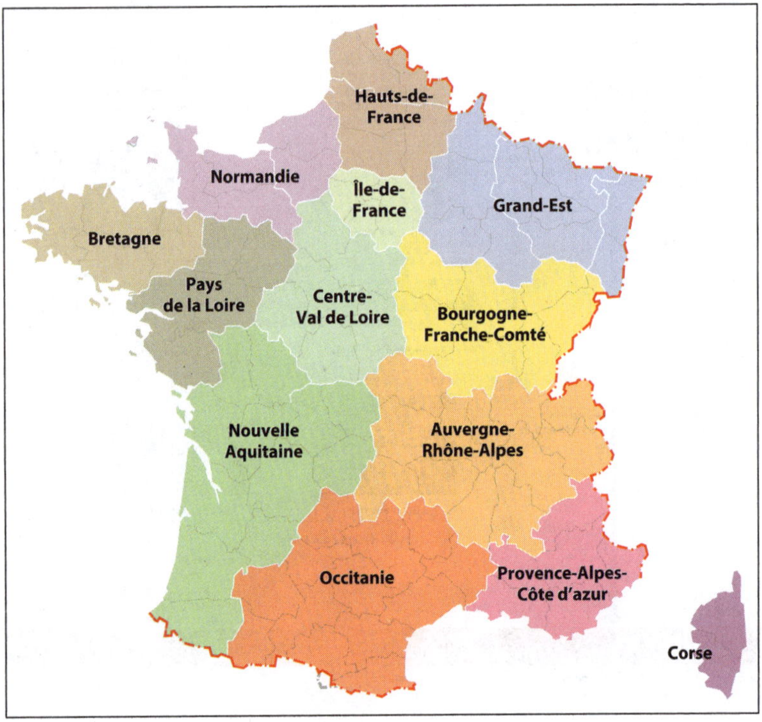

20 Le territoire français

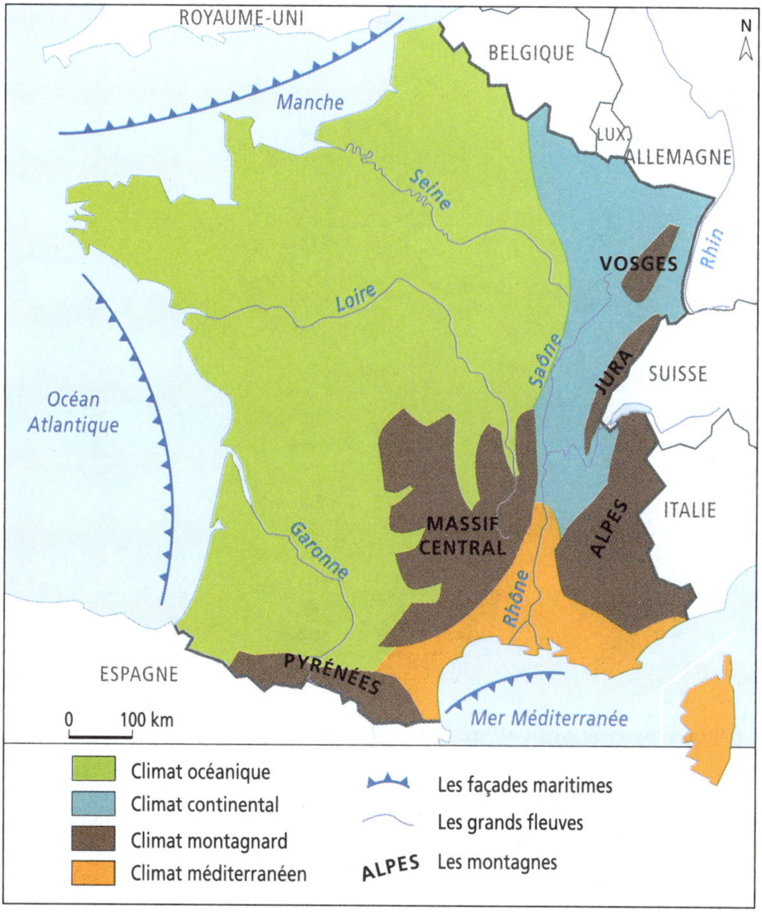

21 Les États de l'Union européenne

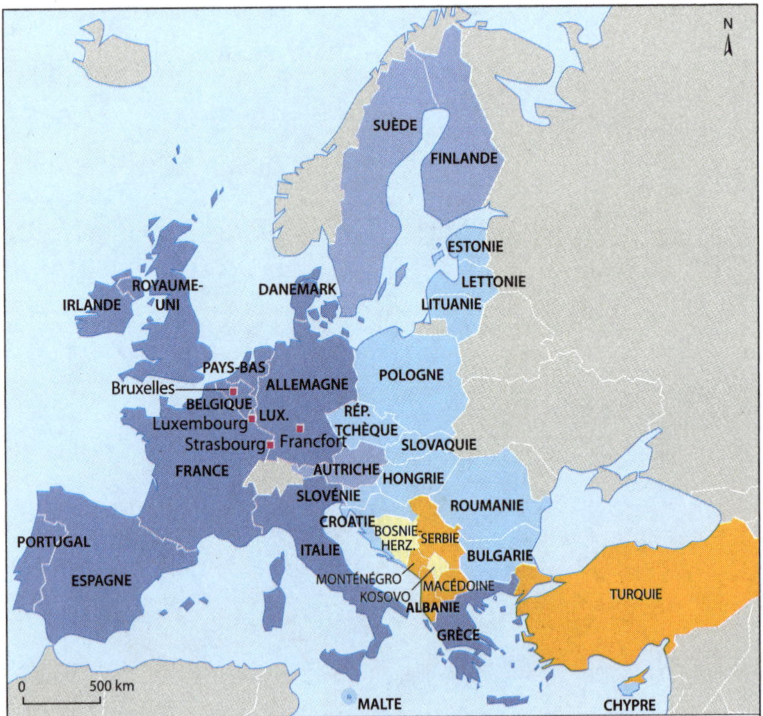

1. Un élargissement progressif vers l'est

- Capitales de l'UE
- Europe des 12 (1986)
- Europe des 15 (1995)
- Europe des 28 (2013)*

2. De futurs États-membres ?

- États candidats, négociations en cours
- États qui ont manifesté leur intention d'entrer dans l'UE

* Suite au référendum **Brexit** du 23 juin 2016, le Royaume-Uni a décidé de quitter l'Union européenne.

22 Métropoles européennes, l'espace Schengen et la zone euro

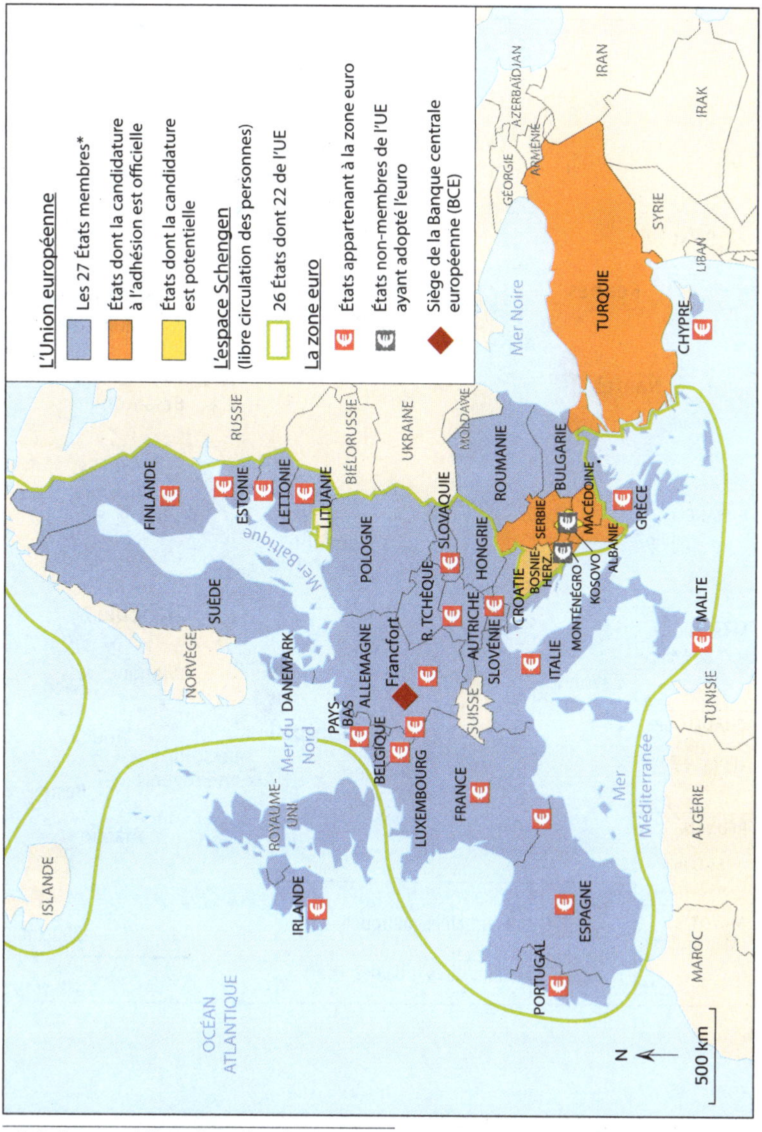

* Suite au référendum **Brexit** du 23 juin 2016, le Royaume-Uni a décidé de quitter l'Union européenne.

23 Les principales aires urbaines en France

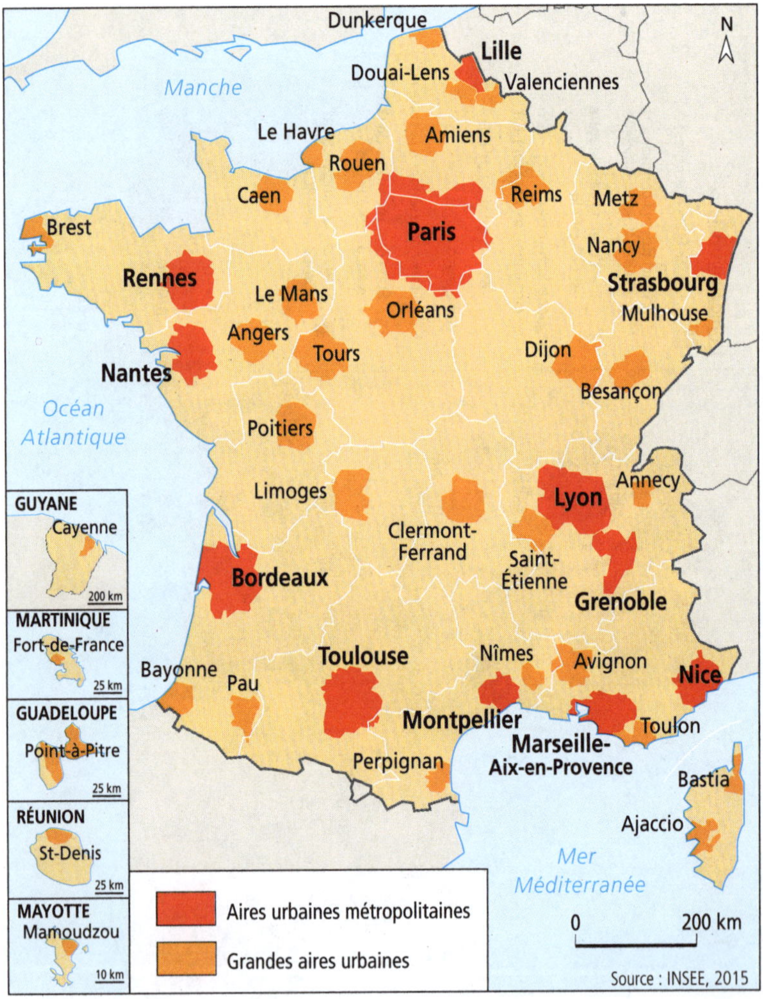

24 Le territoire des aires urbaines métropolitaines

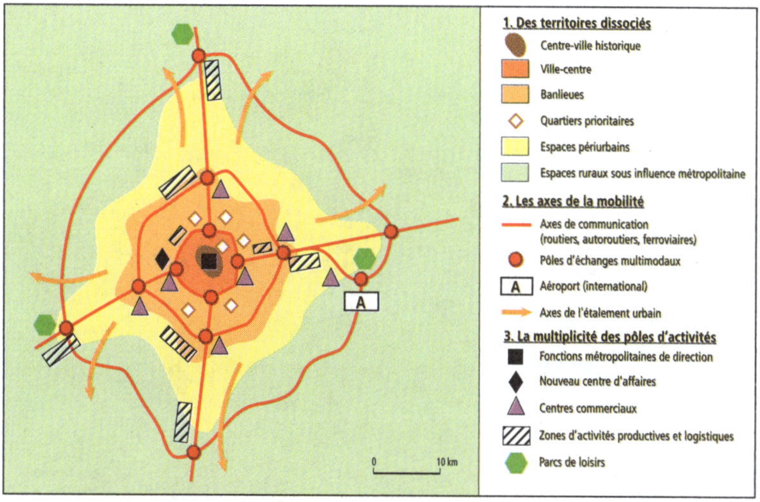

25 Peuplement et principales aires urbaines en France

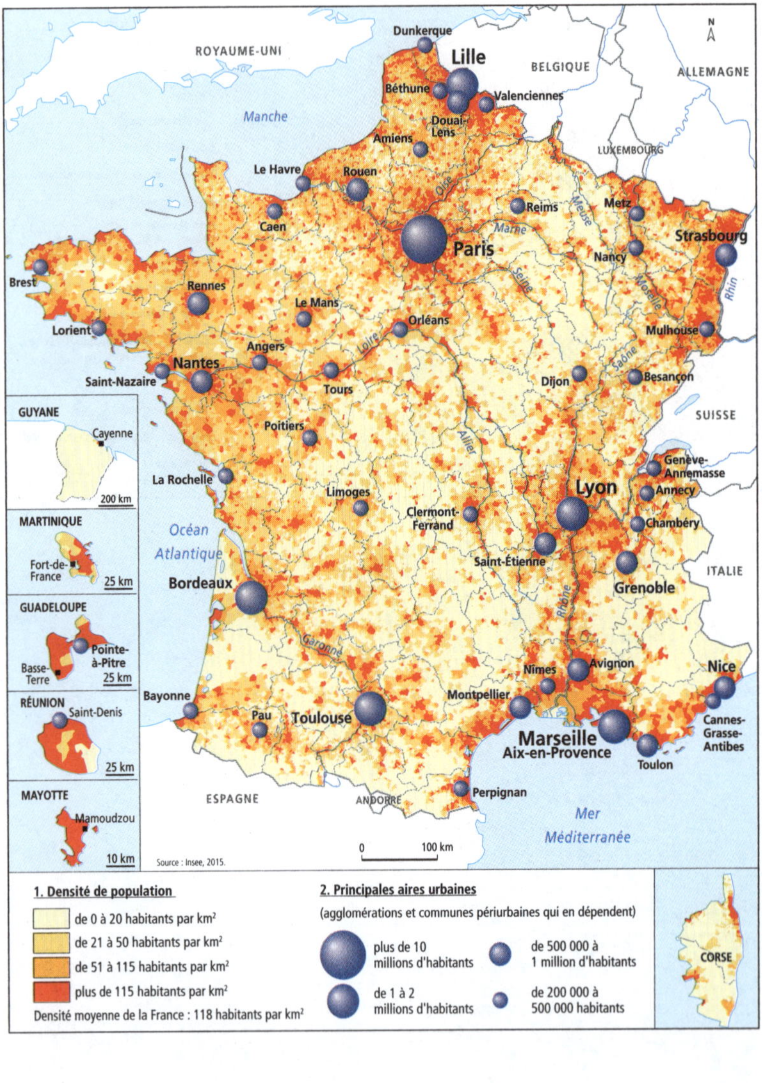

26 La diversité des politiques d'aménagement du territoire

27 L'organisation de l'espace européen

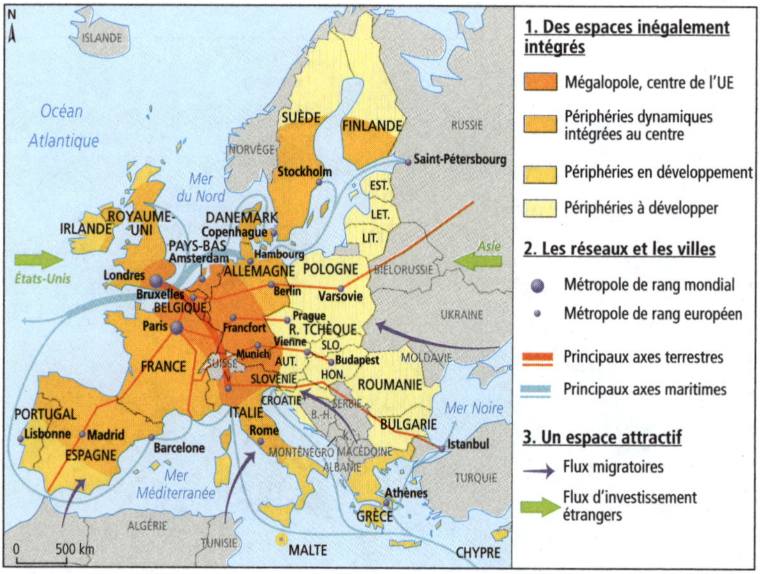

* Suite au référendum **Brexit** du 23 juin 2016, le Royaume-Uni a décidé de quitter l'Union européenne.

28 La situation de la France en Europe

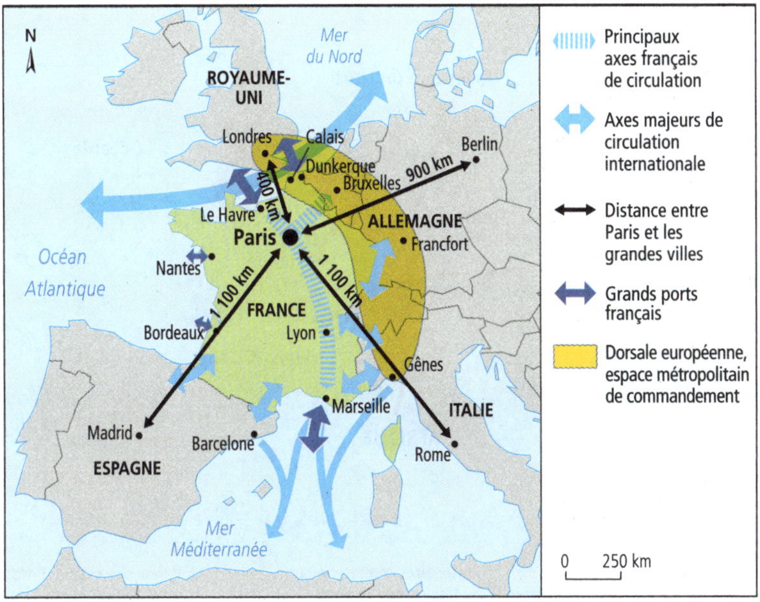

29 L'Europe, un géant du commerce mondial

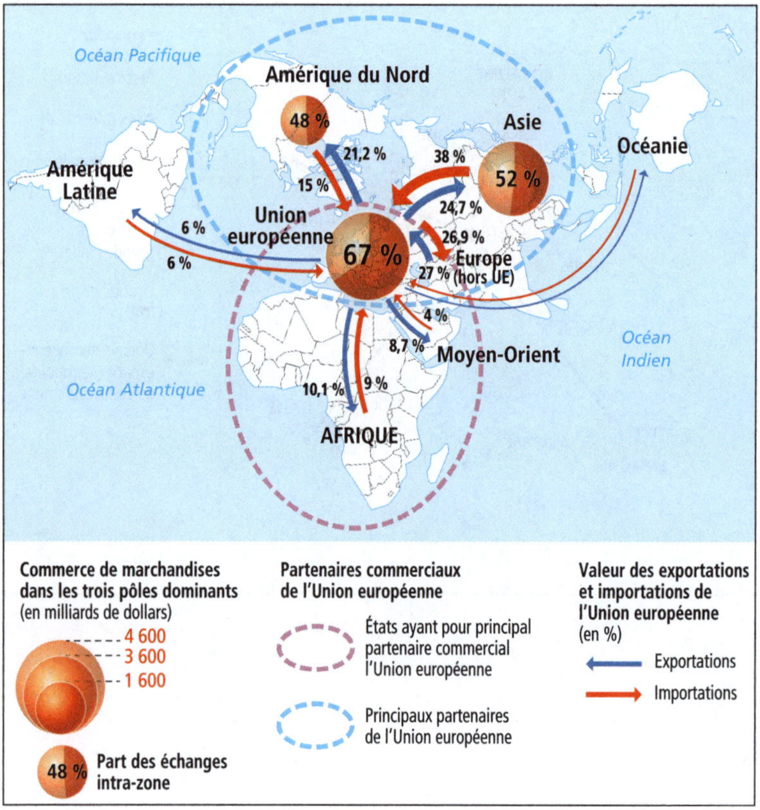

30

Les territoires ultra-marins de la France

Cartes repères

31 Analyser un article de journal

Méthode

Identifier la provenance

- De quel **journal** est-il est tiré ?
- S'agit-il d'un magazine spécialisé ou d'un journal d'actualités ? D'un mensuel, d'un hebdomadaire ou d'un quotidien ?

Définir la nature

- Un **éditorial** est un article qui reflète la position du journal par rapport à un événement et qui est souvent situé en début de journal.
- Un **article d'actualités** réagit à un événement précis.
- Un **article de fond** analyse un phénomène plus large.
- Une **dépêche** d'une agence de presse se contente souvent de décrire un événement sans prendre parti.

→ L'Agence France Presse (AFP) est l'agence française chargée de fournir les informations aux différents médias. Les « dépêches » qu'elle fournit sont ensuite reprises et complétées par les journalistes.

Analyser le titre

- Le **titre** donne l'information générale fournie par l'article. C'est le cas notamment pour les articles informatifs de type dépêches AFP.
- Parfois, le titre peut avant tout servir à attirer l'attention du lecteur, le choquer ou le divertir. Il ne constitue pas alors une information suffisante pour savoir ce que contient l'article, il donne plutôt le **point de vue** du journaliste. C'est le cas par exemple des titres des éditoriaux.

Observer la structure

- Un article de journal est souvent divisé en plusieurs paragraphes, séparés par des sous-titres qui ont du sens et permettent de comprendre de quoi il va être question dans ce paragraphe.

Repérer la structure du texte

- Ne vous contentez pas de lire une fois le texte, surtout quand il est assez long et compliqué. Avant de regarder les questions posées, lisez-le une première fois pour repérer les mots compliqués et essayer de les comprendre dans leur contexte. Puis lisez les questions et relisez le texte une seconde fois.

Application

Au Mali, près de 130 000 personnes ont fui les combats depuis le 17 janvier

Le Haut Commissariat des Nations unies pour les réfugiés (HCR) a demandé 35,6 millions de dollars (26,5 millions d'euros), vendredi 24 février, pour venir en aide à près de 85 000 personnes qui ont fui les combats entre l'armée régulière et la rébellion touareg qui secouent le nord du pays depuis la mi-janvier. Les fonds « seront utilisés pour fournir une aide d'urgence aux déplacés au Mali et dans les pays voisins », précise le HCR dans un communiqué. La somme devrait couvrir les besoins « jusqu'en juillet 2012 ».

DES RÉGIONS AFFECTÉES PAR LA CRISE ALIMENTAIRE

Si les gouvernements hôtes et plusieurs organisations ont commencé à apporter une assistance en abri, eau et assainissement ou encore en nourriture et en éducation, « la réponse est actuellement très loin de correspondre aux besoins », souligne l'agence onusienne, qui note par ailleurs que les réfugiés arrivent dans des régions « particulièrement affectées par la crise alimentaire qui sévit au Sahel » en raison de la sécheresse. Plusieurs ONG avaient déjà dénoncé la semaine dernière une situation de crise humanitaire.

« Les réfugiés ont un besoin désespéré de logements convenables », souligne le HCR. Ils ont également besoin de nourriture, d'eau, d'articles ménagers de base, de moustiquaires, de couvertures ainsi que de services de santé et d'éducation. Jusqu'à présent, le Haut Commissariat aux réfugiés a fourni des tentes et autres articles de secours essentiels à 22 000 personnes au Niger, au Burkina Faso et en Mauritanie, où des sites ont été identifiés pour reloger, dès que possible, les réfugiés loin de la frontière.

D'après *Le Monde.fr,* 4 février 2012, d'après l'AFP (Agence France Presse).

Analyse

- **Titre de l'article**
- Sous titre
- **Provenance de l'article**

Extrait d'un article du journal quotidien *Le Monde,* dans sa version numérique, publié le 4 février 2012. Cet article a été écrit d'après une dépêche de l'AFP, et le nom du journaliste qui en est l'auteur n'est pas cité.

- **Les éléments à connaître**

– Le rôle de l'**ONU**.
– La situation générale du **Mali**.
– Le rôle du **HCR** et sa place dans l'organisation de l'ONU.

32 Analyser une photographie d'actualité

Méthode

Identifier la photographie

- Qui est **l'auteur** de la photographie ?
- **Quand** a-t-elle été prise ? **Où** a-t-elle été prise ?
- Quel est son **titre** ?
- De quel **type** de photographie s'agit-il ? (Photographie de presse ou d'actualités, photomontage, photographie d'art, etc.)

Présenter les techniques utilisées par le photographe

- Quelles sont les **couleurs** utilisées par le photographe ? (Noir et blanc, couleurs naturelles, couleurs retravaillées.)
- Quel est le **cadrage** choisi par le photographe ? (Gros plan, plan large ou serré, photo aérienne, etc.)

→ N'oubliez pas qu'une photographie n'est jamais prise au hasard : le photographe choisit ce qu'il veut mettre en avant. La photographie n'est donc pas une représentation neutre de la réalité, mais un **point de vue** sur un événement, une personne ou un paysage.

Décrire la photographie

- Dans quel **décor** a été prise la photographie ? Vous pouvez ici utiliser le découpage **en plan** : premier plan, arrière-plan, surtout s'il s'agit d'un paysage.
- Quelles sont les **personnes** ou **groupes de personnes** présentes sur la photographie ? Décrivez leurs attitudes, leurs vêtements, leurs gestes.

Dégager le sens de la photographie

Pour comprendre l'événement illustré par une photographie vous devez, bien sûr, vous appuyer sur la photographie elle-même, mais également sur son titre et sa légende s'il y en a une. Cependant, pour en dégager l'intérêt historique, vous devez impérativement connaître votre cours et le contexte dans lequel cet événement a eu lieu. Ce sont vos connaissances qui vont vous permettre de comprendre le point de vue du photographe et vous permettre de mettre en lumière le sens de sa photographie.

Application

La destruction du mur de Berlin, le 19 novembre 1989 (1)

Analyse

(1) Identification

Ce document est une photographie d'actualité prise par un journaliste le 19 novembre 1989 à Berlin, au moment de la chute du mur.

(2) Techniques utilisées

Cette photographie couleur est prise au cœur de l'événement, le journaliste étant au milieu de la foule. Il fait un plan large ou d'ensemble pour essayer de saisir les différents acteurs présents lors de cette journée.

(3) Description

On distingue trois groupes de personnes qui se pressent autour du mur, seul élément de décor présent : la foule des manifestants joyeux et enthousiastes, les policiers en uniforme qui laissent faire et semblent ne pas savoir comment réagir et des journalistes en train de prendre des photos, soulignant l'importance de l'événement.

(4) Le sens

C'est l'élément central du décor qui donne son sens à la photo : il symbolise la chute rapide et sans violence du bloc de l'Est et donc la fin de la guerre froide.

33 Analyser un graphique

Méthode

Identifier le type de graphique

- **En barre** : il permet le plus souvent de comparer différentes informations.
- **Linéaire ou en courbe** : il représente toujours une ou des évolutions sur une durée.
- **Circulaire ou semi-circulaire** : pour ce type de graphique, n'utilisez pas le terme « camembert » qui est familier. Il représente une répartition souvent donnée en %.

→ Les résultats des élections sont presque toujours représentés avec un graphique semi-circulaire, qui permet de bien représenter l'organisation d'une assemblée, répartie de l'extrême gauche à l'extrême droite.

Observer et prélever les informations du graphique

- **Le titre** : un graphique comporte toujours un titre qui vous aide à l'interpréter.
- **Les couleurs** : elles permettent de différencier les informations données par le graphique. Celui-ci peut parfois comporter une courte légende.
- **Les chiffres** : les courbes ou les barres se lisent à l'aide de l'axe horizontal (abscisses) et de l'axe vertical (ordonnées). Attention, les chiffres des deux axes ont souvent des unités différentes.
- Des informations supplémentaires peuvent vous être données par des flèches ou des points.

Interpréter le graphique

Les chiffres permettent de mesurer des **évolutions** ou d'établir des **comparaisons** entre les différentes informations. Vous devez pouvoir montrer que vous savez lire le graphique en faisant des opérations simples et indiquer ainsi ce qu'il vous apprend.

Application

Les résultats des élections législatives de 1936

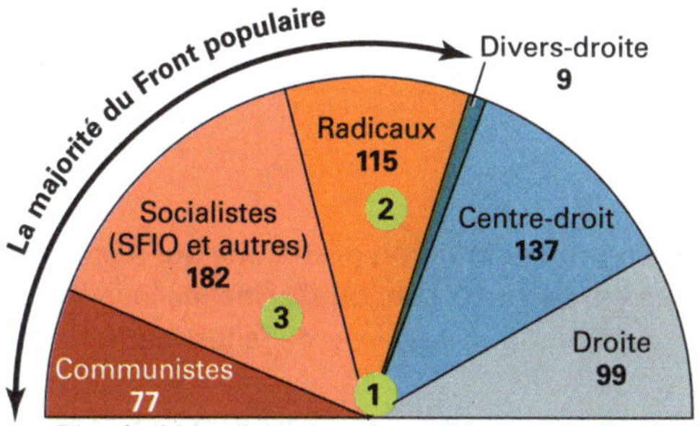

D'après *Livre d'histoire-géographie de 3ᵉ*, Belin, 2007.

Analyse

1 Identifier

Il s'agit d'un graphique semi-circulaire qui figure la Chambre des députés organisée depuis l'extrême gauche (Parti communiste) jusqu'à la droite et qui permet de représenter les résultats aux élections législatives de 1936 de chacun de ces partis.

2 Observer

Les chiffres présents sur le graphique représentent le nombre de députés élus pour chaque parti politique lors des élections législatives d'avril-mai 1936. Les couleurs évoquent les partis politiques (rouge/rose : communiste/socialiste et bleu : droite).

3 Interpréter

La majorité du Front populaire est constituée de l'addition des députés des trois partis de gauche placés sous la flèche. Avec 374 députés (182 + 115 + 77) sur 619 sièges au total, le Front populaire a bien une majorité absolue à l'Assemblée nationale.

34 Analyser une carte en Géographie

Méthode

Identifier la carte

- **Une carte** est une représentation graphique qui respecte les contours et les superficies de l'espace étudié et qui permet de localiser des lieux ou des phénomènes (carte routière, carte de densités, carte de la francophonie, etc.).
- **Un croquis** est une représentation graphique simple qui met en relation plusieurs données géographiques pour répondre à une question précise. *Exemple :* « l'organisation du territoire français ».
- **Une carte par anamorphose** est une carte qui donne à une région, un pays ou un continent, une taille proportionnelle au phénomène étudié. Elle permet de rendre visible tout de suite les différences entre les espaces représentés et de mesurer des inégalités (de richesse, de population, de temps de transports, etc.).

Prélever des informations

- **L'espace** représenté.
- **Le titre** : il indique le thème général de la carte.
- **La légende** : elle est toujours composée à partir de trois types de figurés.

→ **Les figurés ponctuels** (points, triangles, etc.) indiquent un lieu précis.

→ **Les aplats de couleur** sont là pour représenter des espaces, donc des régions ayant des caractéristiques communes. Les couleurs ont souvent une signification : les couleurs chaudes indiquent des espaces attractifs, tandis que les couleurs froides sont utilisées pour des espaces moins dynamiques.

→ Les **figurés linéaires** (traits, flèches) sont utilisés pour représenter des mouvements, des échanges, des flux...

Interpréter les informations

Confrontez les différents éléments donnés par la légende à leur localisation sur la carte ou le croquis pour pouvoir établir des informations précises.

Application

L'organisation du territoire français

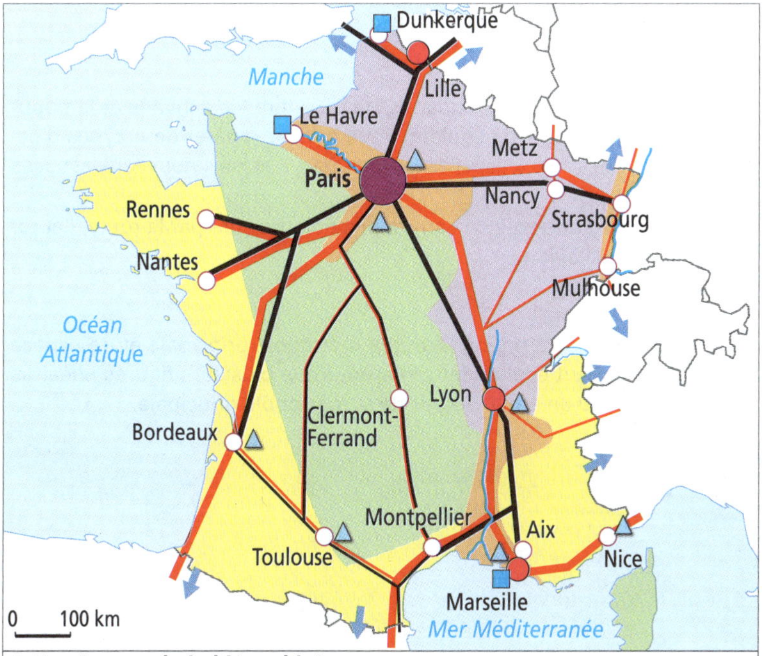

1. Un réseau urbain hiérarchisé

- Paris : un pôle urbain au rayonnement mondial
- Principaux pôles urbains nationaux
- Pôles urbains secondaires

2. Des régions au dynamisme inégal

- Régions dynamiques
- Régions peu dynamiques, consacrées à l'agriculture
- Anciennes régions industrielles en cours de reconversion
- Régions nouvellement dynamiques, bénéficiant de leur position littorale

3. Un territoire inégalement desservi

Des axes structurants

- Axes routiers
- Axes ferroviaires
- Axes fluviaux

Un réseau ouvert sur l'Europe et le monde

- Ouverture sur l'Europe des réseaux français
- Zones industrialo-portuaires
- Principaux aéroports

Identifier

Il s'agit d'**un croquis** qui montre l'organisation du territoire français à partir de plusieurs données : les grandes métropoles, les régions dynamiques ou non, les grands axes de transports.

Prélever des informations

- **Une région dynamique** est une région qui attire les activités et la population. Grâce aux aplats de couleur, vous pouvez repérer deux types d'espaces dynamiques : les « espaces dynamiques » et les « nouveaux espaces dynamiques ».
- **Un axe** désigne une voie de communication majeure par la route, l'autoroute, le train ou l'avion.

Interpréter les informations

Sur la carte, une seule région réunit la métropole principale et un espace dynamique. On peut également remarquer que plusieurs figurés linéaires forment un réseau en étoile autour de la métropole principale.

35 Analyser une affiche de propagande

Méthode

Identifier l'affiche et son contexte

- Que ou qui **représente** cette affiche ? Que dit-elle ? Y a-t-il un **slogan** politique ?
- Quand a-t-elle été réalisée ? Sous quel **régime politique** ? À l'occasion de quel **événement** ? De quelle **guerre** ? De quelle **élection** ? De quelle arrivée au pouvoir ?
- De quel type d'affiche s'agit-il (photographie officielle, photographie presse, dessin, photomontage...) ?
- Qui a donné l'ordre de diffuser l'affiche ? À qui est-elle **destinée** ?

Décrire l'affiche

- Quels **personnages** sont représentés ? Comment sont-ils représentés ? Il faut décrire l'attitude, la position, le regard, les gestes...
- Comment est composée l'affiche ? Que voit-on au **premier plan**, au **second plan** et en **arrière-plan** ?
- Dans quel **décor** la scène se déroule-t-elle ?
- Comment les personnages sont-ils éclairés ? Quelles sont les couleurs utilisées ?
- S'il y a un slogan ou un **message**, quel lien peut-on faire avec l'image ?

Dégager le sens de l'affiche

- **Une affiche de propagande** a pour objectif de **délivrer un message politique**, de **susciter l'adhésion** du plus grand nombre. Quel est le message envoyé par cette affiche ? Qu'est-ce que son commanditaire cherche à provoquer chez ceux qui la regardent ?
- Enfin, mobilisez vos connaissances personnelles pour expliquer le message de l'affiche.

Application

Analyse

1 Identification

Ce document est une affiche de propagande qui représente un portrait d'Adolf Hitler datant de 1938. Ce portrait est un portrait officiel, c'est-à-dire qu'il a été commandé par Hitler pour être placé dans tous les lieux publics.

2 Description

Sur cette affiche, Hitler est debout en costume militaire, le regard tourné vers la droite (procédé souvent utilisé dans ce genre d'affiche pour représenter l'avenir). Il est représenté en contre-plongée, c'est-à-dire qu'il apparaît comme étant au-dessus du spectateur. Son bras droit sur la hanche montre sa détermination. La lumière l'éclaire alors que tout est sombre autour de lui. Au bas de l'affiche, on peut lire un slogan, « Ein Volk, ein Reich, ein Führer », qui signifie « Un peuple, un empire, un guide ».

3 Dégager le sens de l'affiche

Cette affiche a pour but de montrer la grandeur du Führer, le guide de la nation allemande. L'affiche participe donc du culte de la personnalité organisé autour d'Hitler, présenté comme le sauveur du peuple allemand qui va redonner au pays sa gloire passée.

Le slogan « Ein Volk, ein Reich, ein Führer » est un résumé de l'idéologie nazie, nationaliste et raciste. « Ein Reich » évoque le nationalisme d'Hitler qui veut refonder l'empire allemand détruit par le traité de Versailles.

Depuis 1934, l'Allemagne est redevenue un empire, le IIIe Reich et, en 1938, Hitler commence ses coups de force en Europe, notamment avec l'annexion de l'Autriche (l'*Anschluss*). Ainsi, il va étendre l'« espace vital » nécessaire, selon lui, à la survie du peuple allemand. Ce peuple (« Ein Volk ») est également unifié par la mise à l'écart des autres « races » jugées inférieures dans l'idéologie raciste et antisémite nazie. Les Juifs et les Tziganes sont visés par des politiques de plus en plus discriminatoires et violentes.

En 1938 a lieu la nuit de Cristal, lors de laquelle des synagogues sont brûlées, des magasins juifs sont pillés et détruits, des centaines de Juifs sont agressés, brutalisés et certains assassinés.

Cette affiche, publiée la même année, cherche donc à mobiliser le peuple allemand derrière son chef pour le faire adhérer à la politique de conquête de l'Europe de l'Est qu'il est en train d'organiser, politique qui va conduire à la Seconde Guerre mondiale.

Lexique

HISTOIRE

- **Accords d'Evian** : accords signés entre la France et les Algériens en mars 1962 et qui reconnaissent l'indépendance de l'Algérie.
- **Action clandestine** : action de la résistance intérieure obligée de se cacher pour échapper aux nazis et à Vichy.
- **Armement industriel** : armement construit à la chaîne en grande quantité dans les usines ; désigne surtout les obus, les canons et les mitrailleuses puis les tanks et les avions.
- **Avortement** : interruption volontaire de la grossesse avant le 4e mois de développement du fœtus.
- **Camp de concentration** : camp de travail forcé mis en place par Hitler pour éliminer ses opposants.
- **Chambre à gaz** : pièce fermée dans laquelle les nazis entassaient les Juifs et les Tziganes et envoyaient du gaz toxique afin de tous les assassiner.
- **CNR** : Conseil national de la Résistance, créé par Jean Moulin en 1943 pour unifier les différents mouvements de résistance et préparer le retour à la démocratie.
- **Collaboration** : politique de coopération avec l'Allemagne nazie mise en place par le Maréchal Pétain, mais aussi comportement de ceux qui, pendant la Seconde Guerre mondiale, ont aidé les occupants nazis.
- **Communisme** : système économique et politique s'inspirant des idées de Karl Marx et visant à l'établissement d'une société égalitaire et sans classes sociales grâce à la mise en commun des moyens de production.
- **Conservateur** : qui cherche à conserver les valeurs et les institutions existantes, sans les faire évoluer.
- **Constitution** : loi fondamentale qui décrit les principes et le fonctionnement d'un État ou d'un groupe d'États.
- **Construction européenne** : processus d'élargissement et d'approfondissement de l'union entre les États européens.
- **Contraception** : emploi de moyens pour qu'un rapport sexuel n'entraîne pas de grossesse.
- **Coup d'État** : prise de pouvoir par la force.
- **Course à l'armement** : engrenage qui pousse les deux grandes puissances à consacrer une grande partie de leur budget à un équipement militaire de plus en plus sophistiqué.
- **Crise de mai 1968** : révolte des étudiants et des ouvriers contre le pouvoir trop autoritaire et conservateur du général de Gaulle. La France est paralysée par des grèves et des manifestations pendant un mois.
- **Culte du chef** : propagande destinée à faire aimer le dictateur.
- **Déportation** : déplacement forcé d'une population, loin de chez elle, dans un camp de concentration ou d'extermination.
- **Dictature** : gouvernement d'un seul homme et d'un seul parti.
- **Dissuasion nucléaire** : politique d'armement nucléaire, mise en place dans les deux blocs pendant la guerre froide, qui vise à empêcher toute attaque ennemie.
- **Égalité professionnelle** : désigne l'égalité entre les hommes et les femmes dans le monde du travail.
- **Embrigadement** : recrutement de la population dans des organi-

sations destinées à la mobiliser en faveur du régime.

■ **Féministe** : personne cherchant à défendre le droit et la cause des femmes dans la société.

■ **FFL** : les Forces Françaises Libres ou France Libre sont créées à Londres en 1940 par le général de Gaulle pour combattre aux côtés des Alliés. Les Forces Françaises de l'Intérieur sont l'ensemble des organisations armées de la Résistance intérieure, issues du CNR.

■ **Fours crématoires** : fours permettant de brûler le corps des prisonniers après les avoir tués.

■ **France de Vichy** : désigne la France dirigée par le Maréchal Pétain pendant la Seconde Guerre mondiale. Les nazis occupant Paris et toute la zone nord, Vichy dans le massif central était devenu la capitale de la France non occupée.

■ **Führer** : « guide » en allemand, nom que se donne Hitler dans le régime nazi.

■ **Gaz toxiques** : gaz utilisés dans les combats pendant la Première Guerre mondiale comme le gaz moutarde, gaz asphyxiant destiné à empêcher ou à gêner l'assaut d'une position par les troupes ennemies.

■ **Génocide** : destruction systématique d'un peuple pour le faire disparaître.

■ **Gestapo** : police politique du régime nazi chargée de surveiller la population.

■ **GRPF** : Gouvernement provisoire de la République française, nom porté par le gouvernement du général de Gaulle de 1944 à 1946.

■ **« Gueules cassées »** : expression désignant les soldats défigurés par des blessures de la Première Guerre mondiale.

■ **Guerre d'usure** : stratégie qui consiste à parier sur l'épuisement de l'adversaire en lançant de nombreuses offensives meurtrières.

■ **Guerre froide** : conflit politique et idéologique entre les États-Unis et l'URSS pour la domination du monde après la Seconde Guerre mondiale et qui n'aboutit jamais à une guerre ouverte.

■ **Guerre totale** : guerre dans laquelle toutes les forces humaines, économiques, techniques et scientifiques sont mobilisées par les États.

■ **Impérialisme** : volonté de domination d'un État sur d'autres États.

■ **Jeunesses hitlériennes** : mouvement du parti nazi destiné à embrigader la jeunesse allemande.

■ **Menace nucléaire** : menace d'un bombardement atomique qui pèse sur les deux camps pendant la guerre froide. Cette menace est dite de dissuasion, car aucun des deux grands ne veut risquer l'anéantissement.

■ **MLF** : Mouvement de Libération de la Femme ; créé après Mai 68 pour faire avancer la cause féministe dans la société française.

■ **Monde bipolaire** : désigne le monde pendant la guerre froide divisé par deux grandes puissances : les États-Unis et l'URSS.

■ **Mutilé** : personne ayant perdu un membre ou une partie de celui-ci.

■ **Obus** : bombe lancée par un canon.

■ **Occupation allemande** : après la défaite de la France en 1940 et la signature de l'armistice par le Maréchal Pétain, l'armée allemande occupe son territoire d'abord en partie, puis en entier, pour contrôler ses frontières, sa population et piller ses ressources.

■ **OTAN** : Organisation du Traité de l'Atlantique Nord créée dans le contexte de la guerre froide regroupant les Alliés des États-Unis.

■ **Pacte de Varsovie** : alliance militaire entre l'URSS et les pays du bloc de l'Est pendant la guerre froide.

■ **Parité** : égalité du nombre d'hommes et de femmes présentés par les partis politiques lors des élections.

■ **Parti nazi** : parti national socialiste d'extrême droite, fondé par Hitler en 1920 et qui défend des idées nationalistes et racistes.

■ **Parti unique** : seul parti autorisé dans une dictature.

■ **Persécutions antisémites** : violences et discriminations envers les Juifs.

■ **Plan Marshall** : plan d'aide économique et militaire proposé par les États-Unis aux pays européens en 1947.

■ **Pleins pouvoirs** : obtenir le pouvoir législatif, le pouvoir exécutif et le pouvoir judiciaire.

■ **Poilus** : expression familière qui désigne les soldats français pendant la Première Guerre mondiale.

■ **Politique de grandeur** : politique du général de Gaulle quand il est président pour redonner sa place de puissance à la France.

■ **Presse clandestine** : journaux qui sont écrits, imprimés et diffusés en secret par la résistance intérieure pendant la Seconde Guerre mondiale.

■ **Propagande** : ensemble des méthodes utilisées pour faire accepter des idées à une population.

■ **RDA** : République Démocratique Allemande (Allemagne de l'Est).

■ **Référendum** : vote, à l'initiative du chef de l'État, d'1/5 des parlementaires ou d'une pétition rassemblant 1/10 des citoyens, lors duquel on pose une question aux électeurs, qui doivent y répondre par « oui » ou par « non ».

■ **Régime parlementaire** : régime politique où l'essentiel des pouvoirs est entre les mains du Parlement, qui nomme le chef du gouvernement.

■ **Régime présidentiel** : régime politique où l'essentiel du pouvoir est entre les mains d'un président.

■ **Régime totalitaire** : régime politique dans lequel l'État dictatorial encadre la population par la propagande, l'embrigadement et la terreur, dans le but de la faire adhérer totalement à son idéologie.

■ **Reichstag** : parlement allemand à Berlin, détruit en 1933 par un incendie provoqué par les nazis pour permettre l'établissement de la dictature d'Hitler.

■ **Réseau** : organisation clandestine de la résistance intérieure menant des activités militaires : renseignement, sabotage, évasion puis combats aux côtés des Alliés.

■ **Résistance** : actions clandestines menées contre l'Allemagne nazie. En France, la Résistance s'organise aussi contre le régime de Vichy qui collabore avec l'Allemagne nazie.

■ **RFA** : République fédérale d'Allemagne (Allemagne de l'Ouest).

■ **Rideau de fer** : image utilisée pour la première fois par W. Churchill en 1945 pour désigner la frontière infranchissable entre l'Europe de l'Ouest et l'Europe de l'Est qui, occupée par l'Armée rouge, deviendra communiste.

■ **Sabotage** : destruction par la Résistance de matériel allemand ou d'usines, de moyens de transports servant aux Allemands.

■ **STO** : Service du Travail Obligatoire, imposé en France par Hitler en 1942 pour fournir de la main d'œuvre à l'Allemagne nazie.

- **Suffrage universel** : élection à laquelle tous les citoyens peuvent participer.
- **Terreur** : moyen de contrôle de la population par la violence qui vise à empêcher toute opposition.
- **Tranchées** : fossés creusés dans le sol pour se protéger des tirs ennemis. Les soldats y vivent et y lancent des assauts contre l'ennemi.
- **Trente Glorieuses** : période de très forte croissance économique dans les pays développés de 1946 à 1975.
- **Violence de masse** : terme qui désigne l'ensemble des violences faites à l'encontre des soldats et des civils pendant la guerre, notamment grâce à l'apparition d'un armement moderne et meurtrier.

GÉOGRAPHIE

- **Aire urbaine** : ensemble formé par une ville, ses banlieues et les communes périurbaines, dont au moins 40 % des habitants travaillent dans la ville-centre et ses banlieues.
- **Banlieue** : communes d'une aire urbaine situées en périphérie immédiate d'une ville-centre.
- **Collectivités territoriales** : communes, départements et régions.
- **Compétitivité** : concurrence exercée entre les territoires pour attirer à eux des emplois et des investissements afin de soutenir leur développement économique et social.
- **Couronne périurbaine** : communes d'une aire urbaine qui ne se situent pas dans le pôle urbain, c'est-à-dire l'ensemble formé par la ville-centre et ses banlieux.
- **Délocalisation** : déplacement de la production dans un autre pays pour en diminuer le coût.
- **Désindustrialisation** : recul du nombre d'emplois ou du volume de la production dans le secteur industriel.
- **Développement durable** : développement économique et humain qui satisfait les besoins des générations présentes sans compromettre ceux des générations futures.
- **DROM-COM** : Départements et Régions d'Outre-mer/Collectivités d'Outre-mer.
- **Dynamique (spatiale)** : évolution démographique, économique, sociale ou environnementale d'un territoire.
- **Espace productif** : espace qui produit de la richesse.
- **Espace rural** : ensemble des territoires situés en dehors de l'espace urbain ; il représente plus des deux-tiers de la superficie totale du pays.
- **Espace Schengen** : espace de libre circulation des personnes, créé par la convention de Schengen en 1995, qui comprend aujourd'hui 26 États membres ou non de l'UE.
- **Étalement** urbain : extension de la ville au détriment de la campagne.
- **Facteurs de localisation** : élément qui explique l'installation et le développement d'une activité économique.
- **Interface** : zone de contact entre deux espaces.
- **Mégalopole** : vaste espace urbanisé formé de plusieurs métropoles bien reliées entre elles.
- **Métropole** : grande ville qui concentre une population importante, des activités économiques et des fonctions de commandement.
- **Métropolisation** : concentration des activités et de la population dans les métropoles.
- **Migrations pendulaires** : déplacements des actifs entre leur lieu de résidence et leur lieu de travail.

- **Mobilités** : différents déplacements de population.
- **Mondialisation** : mise en relation des territoires entre eux par l'augmentation des échanges à l'échelle de la planète.
- **Périurbanisation** : urbanisation de la périphérie des villes.
- **Politiques d'aménagement des territoires** : mesures que les acteurs publics appliquent pour corriger les déséquilibres et orienter le développement des territoires à toutes les échelles dans le cadre d'un projet global.
- **Productivité** : production réalisée en temps donné.
- **Puissance** : État ou groupe d'États ayant une influence importante à l'échelle mondiale.
- **Rénovation** : processus de remise en état d'un lieu qui consiste le plus souvent à détruire ce qui existe pour construire un nouvel ensemble.
- **Ségrégation socio-spatiale** : forme de mise à l'écart d'une partie de la population en fonction de son lieu de résidence sur des critères économiques, sociaux ou ethniques.
- **Technopôle** : ville où se concentrent les activités et les industries de haute technologie.
- **Territoires ultramarins** : territoires situés outremer, c'est-à-dire au-delà des mers. Ces territoires dépendent administrativement de la France. Certains (les DROM) sont des départements et des régions français.
- **Union européenne** : rassemblement volontaire de 27 États partageant des valeurs communes (démocratie, droits de l'homme) et mobilisés autour d'un projet de développement économique et social à long terme.
- **Ville-centre** : ville au centre d'une aire urbaine.
- **ZAC (Zone d'Aménagement Concerté)** : procédure publique d'aménagement de l'espace urbain associant la construction de logements et d'équipements collectifs.
- **Zone euro** : ensemble formé par les 19 États membres de l'Union européenne dont l'euro est la monnaie officielle.

ENSEIGNEMENT MORAL ET CIVIQUE

- **Association** : groupement de personnes volontaires réunies autour d'un projet commun ou partageant des activités, mais sans chercher à réaliser de profit.
- **Bénévole** : qui travaille dans une association sans rémunération.
- **Citoyen** : personne qui jouit de droits civils et politiques à l'intérieur d'un État.
- **Citoyenneté** : fait d'être citoyen et de jouir des droits politiques liés à cette citoyenneté (par exemple le droit de vote).
- **Constitution de la Ve République** : loi fondamentale de la Ve République qui définit l'organisation de l'État, ses principes et ses valeurs.
- **Débat** : échanger et partager des idées.
- **Défense nationale** : ensemble des mesures prises pour défendre le territoire national et sa population.
- **Démocratie** : régime dans lequel le peuple exerce le pouvoir en votant et fondé sur les droits de l'homme.
- **Devise nationale** : phrase qui énonce les valeurs fondamentales de la République : « liberté égalité fraternité ».

Discrimination : fait de traiter inégalement des personnes en fonction de différents critères, notamment celui de l'origine.

Droits civils et politiques : droits de participer à la vie politique de son pays notamment par le droit d'être électeur et éligible.

Égalité : principe républicain qui signifie que tous les citoyens ont les mêmes droits devant la loi.

Égalité politique : quand les droits politiques sont les mêmes pour les hommes et les femmes.

Électeurs : ceux qui peuvent voter aux élections.

Éligibilité : possibilité donnée au citoyen de se présenter à une élection et d'être élu.

Engagement : capacité à devenir acteurs de ses choix et à les défendre au sein de la société, de son établissement ou de sa ville par des actions collectives.

Esprit de défense : État qui met les citoyens en capacité d'agir face aux risques et aux menaces, afin de les réduire.

Féminisme : mouvement cherchant à défendre le droit et la cause des femmes dans la société.

Fraternité : principe républicain qui signifie que tous les citoyens doivent s'entraider comme s'ils étaient des frères.

JDC : Journée Défense et Citoyenneté, elle concerne tous les jeunes citoyens, filles et garçons, entre 16 et 18 ans.

Laïcité : principe de la République française qui instaure la neutralité de l'État en matière de religion de chaque citoyen. Ce principe est mis en place par la loi de 1905, dite « loi de séparation de l'Église et de l'État ».

Liberté : principe républicain qui signifie que tous les citoyens doivent disposer de droits qui leur permettent de faire leurs propres choix.

Liberté de conscience : droit de choisir et de pratiquer sa religion et droit de croire ou de ne pas croire.

Liberté d'expression : droit d'exprimer sa pensée, son opinion.

Libertés et droits individuels : droits qui appartiennent à chaque individu. Droits appelés aussi « droits de l'homme ».

Libertés publiques : libertés données et garanties par l'État.

Maire : chef du conseil municipal qui dirige la commune.

Nation : communauté humaine qui partage une même culture et qui affirme sa volonté de vivre ensemble.

Naturalisation : fait d'accorder la nationalité à un étranger.

Parcours de citoyenneté : Parcours composé de quatre étapes : l'enseignement de défense en classes de 3e et de 1re ; le recensement à 16 ans (inscription sur les listes électorales en mairie) ; la journée Défense et Citoyenneté et enfin l'éventuel appel sous les drapeaux.

Pluralisme : principe démocratique selon lequel il existe plusieurs partis politiques.

Recensement : démarche administrative obligatoire à la mairie de son domicile qui concerne tous les nationaux français ayant atteint l'âge de 16 ans.

République sociale : République qui garantit des droits sociaux à ses citoyens, c'est-à-dire des droits dans les domaines de la santé, du travail ou encore de l'éducation.

Sécurité nationale : Fait de mettre en place une stratégie de défense pour protéger son pays et ses intérêts contre les dangers qui les menacent.

- **Suffrage universel masculin** : droit de vote accordé seulement aux hommes.
- **Suffrage universel** : élection à laquelle tous les citoyens peuvent participer.
- **Suffragettes** : désigne les femmes qui luttent pour le suffrage universel féminin au XIXe siècle en Europe et aux États-Unis.
- **Valeur** : ce à quoi on accorde le plus d'importance.
- **Valeurs républicaines** : valeurs inscrites dans la constitution de la Ve République qui servent de référence à toutes les lois et les règles votées par les institutions de cette république.

Crédits photos :

p. 27 : ©Ville de Floirac - Tous droits réservés ; **p. 39** : © David Frobert ; **p. 41** : © Fotolia / Défenseur des droits ; **p. 53** : © Archives départementales de l'Ain ; **p. 58** : BIS / Ph. L.L © Archives Larbor ; **p. 78** : *h :* Droits Réservés ; *b :* Musée de la Résistance ; **p. 82** : *hg :* LEEMAGE-OPALE ; *hd :* BIS / Ph. Coll. Archives Larbor; *mg:* BIS / Ph. E.C.P.A / Coll Archives Bordas ; *md :* BIS / Ph. Jean-Loup Charnet Archives Bordas ; *b :* BIS / Ph. Coll Archives Larbor – DR ; **p. 95** : *hg :* Collection Dupondt / akg-images ; *hm :* © Leemage.com ; *hd :* akg-images / picture-alliance / dpa ; *bg :* Collection Dupondt / akg-images ; *bm :* © Janine Niepce/Roger-Viollet ; *bg :* akg-images/Album ; **p. 106** : Photo12 / L'ILLUSTRATION ; **p. 141** : © ectm.fr ; **p. 180** : DR / École BRASSART campus de Tours – création : Léo DUPUY ; **p. 189** : © France handicap - Yann Beauson ; **p. 211** : DR / Ville de Besançon ; **p. 214** : *hg, bg, hm, bm :* gamma rapho. / Robert Deyrail ; *hd, bd :* shutterstock ; **p. 221** : www.service-civique.gouv.fr ; **p. 226** : AKG-images / Erich Lessing, Otto Dix © Adagp, Paris 2016 ; **p. 229** : REUTERS (Thomson-Reuters) / Stéphane Mahé ; **p. 233** : NATURIMAGES / Alain Pellorce ; **p. 243** : *hd :* BIS / Ph. Coll. Archives Larbor ; *hg :* BIS / Ph. Nadar / Coll. Archives Larbor ; **p. 245** : *d :* AFP ; *g :* BIS / Ph. J.L. Charmet © Archives Bordas ; *m :* BIS / Ph. Coll. Archives Larbor ; **p. 246** : *bd :* SHUTTERSTOCK / Frédéric Legrand – COMEO ; *bg :* SHUTTERSTOCK / 360 *b ; bm :* SHUTTERSTOCK / Fréderic Legrand-COMEO ; **p. 247** : *hd :* SIPA PRESS / Frilet ; *hg :* BIS / Ph. Coll. Archives Larbor ; *md :* Archivo L.A.R.A. / PLANETA ; *mg :* Coll. ARCHIVES NATHAN ; © gettyimages ; **p. 257** : *hg :* © Karim Daher / hanslucas.com ; *hm :* © Photo12 ; *hd :* © Dragan Lekic / hanslucas.com; *bg :* © akg-images / Catherine Bibollet ; *bd :* © leemage.com ; **p. 273** : SIPA PRESS / Alfred ; **p. 280** : akg-images.

MIXTE
Papier issu de sources responsables
FSC® C022030
www.fsc.org

Nathan est un éditeur qui s'engage pour la préservation de son environnement et qui utilise du papier composé de fibres naturelles, renouvelables, fabriquées à partir de bois provenant de forêts gérées de manière responsable et contrôlée.

Dépôt légal : juin 2020 - N° de projet : 10259698
Imprimé en France par Maury-Imprimeur
45330 Malesherbes
N° d'imprimeur : 245180

IMPRIM'VERT
Votre imprimeur agit pour l'environnement